主 编：陈 恒

光启文库

光启随笔

光启文库

光启随笔　　光启讲坛
光启学术　　光启读本
光启通识　　光启译丛
光启口述　　光启青年

主　编：陈　恒

学术支持：上海师范大学光启国际学者中心

策划统筹：鲍静静
责任编辑：陈　雯
装帧设计：纸想工作室

将军不敢骑白马

卜 键 著

商务印书馆
The Commercial Press

图书在版编目（CIP）数据

将军不敢骑白马 / 卜键著. —北京：商务印书馆，2022
（光启文库）
ISBN 978−7−100−20314−2

Ⅰ.①将… Ⅱ.①卜… Ⅲ.①中国文学 — 当代文学 — 作品综合集 Ⅳ.①I217.2

中国版本图书馆 CIP 数据核字（2021）第173741号

权利保留，侵权必究。

将 军 不 敢 骑 白 马

卜 键 著

商 务 印 书 馆 出 版
（北京王府井大街36号 邮政编码 100710）
商 务 印 书 馆 发 行
山东临沂新华印刷物流
集团有限责任公司印刷
ISBN 978−7−100−20314−2

2022年1月第1版	开本 889×1194 1/32
2022年1月第1次印刷	印张 12⅛

定价：66.00元

出版前言

梁启超在《清代学术概论》中认为,"自明徐光启、李之藻等广译算学、天文、水利诸书,为欧籍入中国之始,前清学术,颇蒙其影响"。梁任公把以徐光启(1562—1633)为代表追求"西学"的学术思潮,看作中国近代思想的开端。自徐光启以降数代学人,立足中华文化,承续学术传统,致力中西交流,展开文明互鉴,在江南地区开创出海纳百川的新局面,也遥遥开启了上海作为近现代东西交流、学术出版的中心地位。有鉴于此,我们秉承徐光启的精神遗产,发扬其经世致用、开放交流的学术理念,创设"光启文库"。

文库分光启随笔、光启学术、光启通识、光启讲坛、光启读本、光启译丛、光启口述、光启青年等系列。文库致力于构筑优秀学术人才集聚的高地、思想自由交流碰撞的平台,展示当代学术研究的成果,大力引介国外学术精品。如此,我们既可在自身文化中汲取养分,又能以高水准的海外成果丰富中华文化的内涵。

文库推重"经世致用",即注重文化的学术性和实用性,既促进学术价值的彰显,又推动现实关怀的呈现。文库以学术为第一要义,所选著作务求思想深刻、视角新颖、学养深厚;同时也注重实用,收录学术性与普及性皆佳、研究性与教学性兼顾、传承性与创新性俱备的优秀著作。以此,关注并回应重要时代议题与思想命题,推动中华文化的创造性转化与创新性发展,在与国外学术的交流对话中,努力打造和呈现具有中国特色的价值观念、思想文化及话语体系，为夯实文化软实力的根基贡献绵薄之力。

文库推动"东西交流",即注重文化的引入与输出,促进双向的碰撞与沟通,既借鉴西方文化,也传播中国声音,并希冀在交流中催生更绚烂的精神成果。文库着力收录西方古今智慧经典和学术前沿成果,推动其在国内的译介与出版;同时也致力收录汉语世界优秀专著,促进其影响力的提升,发挥更大的文化效用;此外,还将整理汇编海内外学者具有学术性、思想性的随笔、讲演、访谈等,建构思想操练和精神对话的空间。

我们深知,无论是推动文化的经世致用,还是促进思想的东西交流,本文库所能贡献的仅为涓埃之力。但若能成为一脉细流,汇入中华文化发展与复兴的时代潮流,便正是秉承光启精神,不负历史使命之职。

文库创建伊始,事务千头万绪,未来也任重道远。本文库涵盖文学、历史、哲学、艺术、宗教、民俗等诸多人文学科,需要不同学科背景的学者通力合作。本文库综合著、译、编于一体,也需要多方助力协调。总之,文库的顺利推进绝非仅靠一己之力所能达成,实需相关机构、学者的鼎力襄助。谨此就教于大方之家,并致诚挚谢意。

清代学者阮元曾高度评价徐光启的贡献,"自利玛窦东来,得其天文数学之传者,光启为最深。……近今言甄明西学者,必称光启"。追慕先贤,知往鉴今,希望通过"光启文库"的工作,搭建东西文化会通的坚实平台,矗起当代中国学术高原的瞩目高峰,以学术的方式阐释中国、理解世界,让阅读与思索弥漫于我们的精神家园。

上海师范大学光启国际学者中心
2020年3月

自　序

转眼又到庚子，转眼即过庚子。

在一些国人看来，庚子是一个厄运年。我为《三联生活周刊》所写专栏中，有一组文章就题为"瑷珲的庚子年"，记述1900年发生在黑龙江的一个个惨案：海兰泡和江东六十四屯的大屠杀，瑷珲、墨尔根、齐齐哈尔接连被残破，生民流离，哀鸿遍野。其时京师已为八国联军攻陷，慈禧太后等仓皇出逃，奉旨留守的恭亲王也不敢在城内待着，带领一帮人在近郊东躲西藏……

夏历以干支纪年，周而复始，并无孰吉孰凶之别，给庚子年扣上一顶灾厄的帽子，无疑是荒唐的。即如今年，刚开始时新冠肆虐，令人揪心，可看到各地医疗队奔赴武汉，疫情很快得到控制，也为之感动欣慰。具体到我自己，居住于燕山脚下一个小山村，抗疫期间有数月封闭，应酬更少，出活则大增，过得平静且充实。约两个月前，贺圣遂兄从上海打来电话，约我选一个集子，敢不从命，于是就有了这本书——一本在庚子年编成的学术随笔。

我的专业本为古典戏曲，后兼治小说，再后来由文入史，近年来的关注点则在东北边疆史地。选编本书的过程中，自也会回视走过的路,真的很惭愧,更像一个学术"流窜犯",跟着兴趣走,也随工作变化转移,打一枪换一个地方,或者说换一个地方打一枪,当今严格划分学术畛域,难免引人侧目。而在我国学术史上,在那些大儒的概念里,似乎并无文与史的壁垒:司马迁《史记》散发着耀眼的文采,其中一些名篇更像文学作品;乾嘉时列名"史学三大家"的钱大昕,也不乏诗人气质。学界的画地为牢,并不利于学科的建设;而文与史的交汇融通,更能加深我们对经典的理解。拜读过商务印书馆推出的"光启随笔"系列,颇为喜欢,窃以为随笔这一样式,或正是一条打通文史的路径。

我对文字一向心存敬畏,下笔较慎重,也喜欢修改,发表前会一遍遍地改,而刊发后再读,仍觉多有遗憾。因而也要谢谢出版社提供的这个重编机会,书中收录的文章绝多都发表过,此次又做了较认真的梳理和修订。钱穆先生曾说学者应保持对语词的敏感,大哉斯言,其实也应祛除对一些语词(包括套语)的因循蹈袭:如"无一字无来历",在史学界(包括古典文学界)被很多人视为圭臬,用以夸饰严谨,自高崖岸,指授弟子,本人则追索源头,梳理其走向极端化的传播路径,指出其偏狭荒谬之处;如"白马"一句,则由《淮南子·说山训》的原生语境引发开来,对古典小说戏曲中白马将军的描述,对其中有关战争描写的反智化,做了阐述和分析;如通常认为明清两朝对《金瓶梅》实施了厉禁,本人则依据一条新见史料,证明和珅曾在军机处讲述书中黄段子,再引据其他文献记载,论证清代朝廷不光没有设禁,还持有欣赏态度。这些论述皆跨越文史的分界,皆曾被人们所淡忘,有必要加以澄清。至于选择以"将军不敢骑白马"为书名,意在定格阅读时的错愕震惊,打碎固化的"白马意象",由此开启一种历史审视和反思,加深对传统文化之复杂性的认知。

编完此稿,已是2020年的最后一天,夏历的庚子仍迁延未去。"岁月不居,时节如流。"对于一个读书人,旧岁新年的差异本来就不大,仍是阅读和写作,唯祈愿疠疫消弭,世界安好。

2020年12月31日

于京北两棠轩

目录

自　序	3
将军不敢骑白马	3
龙吟相和鸣	20
"无一字无来历"平议	30
昨夜大风撼户	49
雨叶风枝自萧飒	60
饕餮季节的爱情书写	74
明朗高亮，执心弘毅	88
彼岸的守望	95
灵眼觑见，灵手捉住	103
那一年的田青	112
献之意韵，真卿精神	117
刻镂文心	123
读书人的江湖	128
双福小集	134
老杜家的那场小酒	137

秽恶中有一束良知的光 145
一个风雨交加的寒夜 151
课堂上自有无限烟波 157

三十载相随李太常 167
"戏曲"有一道概念屏障吗 170
那个时代的风物世情 174
市井中的生命悲歌 187
"一部史记",索解难尽 190
《金瓶梅》的传世密码 192
重读的愉悦 211
最是人间留不住 216

第一次与最后一次会面 231
瑞芳老师远去的夏日 236
清寂中的持守 240
老友刘辉的最后日子 246
在执政府大院校书的日子 250
今生的精神天堂,彼岸的魂灵故乡 255
一个有学术洁癖的人 259
说好了要做邻居的 264

易卜生为何不回故乡	271
基辅山岗的黄花	277
斗牛场,残阳下那一弯血痕	282
巴赫奇萨拉伊的泪泉	288
普希金的1826	297
胡马雍寝宫前的衬葬棺	316
挪威的国旗	329
风湾纪事	335
月色菩提路	356
冬日看树	361
敦煌的刀郎	365

将军不敢骑白马

2020年的第一天，尚不知将会遭遇新冠之劫，晨起读张双棣先生校释之《淮南子·说山训》，有句曰"将军不敢骑白马"，霍然心惊！钱穆先生称读书应保持对字词的敏感，余平日曾以此自诩，此亦一例也。遂揉眼定睛，细读原文及所引各家注疏，继而翻检其他典籍，草成一篇小文，也算是有"敏感"而发。

白马将军，在古典戏曲小说中是一个叙述亮点，与之相关联的是对英雄的礼赞。那种三军列阵、一将突前搦战、双方大战三百回合的宏大场景，那白马白甲、白盔白袍的勃勃英姿与横扫千军的无畏气概，都令人血脉贲张，令人陶醉于审美愉悦中，也浑然忘却去考量人物事件之真伪。其既是一种追求极致的传奇笔墨，塑造了不少俊伟侠义的文学形象，又不无简单化、反智化的写作倾向，把残酷的战争等同儿戏，复以类乎市井角力的程式化表演，遮蔽古人深邃丰富的军事思想与谋略。

这是《淮南子》给我们的启示。

一　白马情结与意象

能进入前人著作的"白马"，应不仅仅定义为白色的马，而是指英挺俊逸、通体洁白的骏马。《穆天子传》与《拾遗记》所记周穆王的"八骏"，考其名色，应不少于两匹白骏马。喜爱纯良俊逸的动物为人类之天性，如白鹿、白狐乃至白狼等，如历朝统治者所重的白鹰海东青，如清代的"九白之贡"，似也不若白马喜好之普遍。军事天才拿破仑最流行的画像是骑着一匹前蹄腾空的白马，一幅以1812年法军溃败为题的油画。这位法兰西皇帝也骑在白马上，只是神情有些落寞。而我们的近邻俄罗斯亦有此好：自巴黎撤军回国，最先通过彼得堡凯旋门的近卫军上校沃尔康斯基骑着一匹白马；卫国战争胜利后的红场大阅兵，朱可夫骑着白马驰过一个个受阅方阵，威武神勇中透出几分飘逸。

或者可以说：人类社会存在着一种"白马情结"，文学艺术作品乃至历史文献中有一个"白马意象"，几乎不分族群和国家，跨越时空，一直延续下来。

以我国最早的诗歌总集《诗经》为例：《周颂·有客》的"亦白其马"，被认为是讲述宋微子乘白马来朝之事；《小雅·白驹》四节，皆以"皎皎白驹"起兴，余冠英先生释为留客惜别，为此将客人的马拴起来，一个骑着白马的翩翩佳公子形象随之跃然纸上；而《小雅·四牡》的"啴啴骆马"，即白马黑鬃，记军人辛勤王事，由四匹白马的剧烈喘息转而写驭手思家难归，字行间流淌着一种艰辛疲累，未写战场厮杀，单是离乡背井的奔波驱驰就难以承受了。

不知道算不算是一条思维之弧，古人从喜爱白马、珍惜白马，竟至于有所谓的"白马之盟"，听起来很美，却是在盟誓时杀白马而饮其血。《史记·张仪列传》有"刑白马，以盟洹水之上"，而《史记·吕太后本纪》记载右丞相王陵反对分封吕姓，声称汉高祖在世时曾经召集重臣，"刑白马，盟曰：'非刘氏而王，天下共击之。'"刑白马，即登坛宰杀白马，是为歃血为盟的较高规格。后世"刑白马"设誓的事件颇多，如唐太宗有"渭水之盟"，与进逼长安的突厥首领颉利"刑白马设盟"，一扫逼近长安的战争乌云；辽宋有"澶渊之盟"，杀白马祭天，结为兄弟之国，越百余年未再发生大的战事；后来在明清之交，女真族崛起于东北，也曾多次与一些蒙古部落"刑白马乌牛"，缔结军事同盟。

没有读到对"刑白马"过程的细微记述，但据有关草原民族杀马祭天的场景，可知极为血腥。强健骏逸变为血污支离，可怜的白马，缘此又在文化记忆中刻下一种不祥的印痕。《史记·秦始皇本纪》以"白马素车"为秦朝丧亡之象征，曰："楚将沛公破秦军入武关，遂至霸上，使人约降子婴。子婴即系颈以组，白马素车，奉天子玺符，降轵道旁。"而传说伍子胥死后为钱塘神，其魂魄驾白马素车往来江上，化为层层叠叠的钱塘潮。元王逢《钱塘春感》有"白马素车江海上，依然潮汐撼西兴"句，抒发的是对英雄蒙冤的惆怅。

如果说"白马情结"较多基于对美好事物的惜爱，是对速度、力量与豪放气概的嘉许，那么世人所目见的还有一种悲惨景象：高坛会盟时，被砍头剥皮、割颈沥血的白马；朝廷沦亡时，载着低眉顺眼、颈挂符玺的亡国之君的白马；远征途中疲累不堪、呼哧带喘的白马，以及它那同样狼狈的主人……

三国时曹植有组诗《白马赋》，写的是一位出身北国的白马少侠，兹节引几段：

> 白马饰金羁，连翩西北驰。借问谁家子，幽并游侠儿。
> 少小去乡邑，扬声沙漠垂。宿昔秉良弓，楛矢何参差。
> 控弦破左的，右发摧月支。仰手接飞猱，俯身散马蹄。
> 狡捷过猴猿，勇剽若豹螭。边城多警急，虏骑数迁移。
> 羽檄从北来，厉马登高堤。长驱蹈匈奴，左顾凌鲜卑。
> 弃身锋刃端，性命安可怀？父母且不顾，何言子与妻。
> ……

揣摩文句，所写应是一位白马将军了，西征北战，英勇御敌，写作重点却落在其难保身家性命，"捐躯赴国难，视死忽如归"，令人钦敬，也令人唏嘘。

或是觉得曹子建的诗意过于低回，李白创作《白马篇》五首，纵笔濡染一种豪壮风貌："龙马花雪毛，金鞍五陵豪。秋霜切玉剑，落日明珠袍"，"发愤去函谷，从军向临洮。叱咤万战场，匈奴尽奔逃"，最后却写功成归来，不肯做官，重过狂放不羁的日子。

白马，是诗人反复吟咏的主题。再看杜甫笔下的《白马》：

> 白马东北来，空鞍贯双箭。可怜马上郎，意气今谁见？
> 近时主将戮，中夜商于战。丧乱死多门，呜呼泪如霰。

一匹白马自战场归来，空鞍，负箭，主人不知死活，不知身在何处。比起李白的驰骋想象、信笔挥洒，号称"诗史"的老杜更贴近生活。诗中所叙也是一位白马将军，或即"主将"，但全不去写出兵时的意气鹰扬，不写战场上的英勇搏击，满纸的丧乱和死亡气息。

与诗人的白马情结相连接的，是多重的白马意象，又常常由马及人，马与人一体，而重在写人。曹植、李白、杜甫都是如此，各有擅场，而以老杜之作最为真切感人。

二 历史上的白马将军

前面所引白马诗，守卫边疆、战死沙场的主人公都可能位居将军，所重却不在为某人作传，不具姓名。而在群雄争杀的东汉末年，真的出现了一位白马将军——辽东属国长史公孙瓒，在世时雄踞一方，死后史上留名。

公孙瓒出身官宦门第，"家世二千石"，略如九卿、刺史、郡守的等级，但由于其母乃地位卑贱的妾室，只能从小吏做起。其人一望便觉与众不同，"美姿貌，大音声，言事辩慧"，用今天的话说就是长得帅，声音洪亮，且能言善辩，被太守看中，招为女婿。婚后的他有过一段入山从名师读书的时光，再入官场后被重用,"举上计吏",即负责年终时向朝廷呈送郡中统计簿册,并接受问询。此一职务通常由各州郡的副职担任,选中他显然是格外重视。这时的太守已换为刘君,不久因事被抓,槛车押赴洛阳,律法严禁属下伴随,公孙瓒化装成家丁,一路侍奉照料。至京师后,刘君被判处流徙日南(汉代行政区划,在今越南中部),当时视为瘴疠绝域,瓒于北邙山置酒祭辞先人,慷慨悲泣,决然随侍南下。岂知刘君于途中遇赦,公孙瓒得以安然返回,也因此攒了不少人气,被任为长史。是时汉室衰微,东北部的鲜卑、乌桓等经常袭扰边地,一次公孙瓒率数十骑巡行塞下,猝然与数百鲜卑骑兵相遇,见难以脱身,即与属下相约死战,率先持长矛冲向敌阵,杀伤众多,己方也伤亡过半。他的坐骑已是白马了吗?不能证实,大概还没有。公孙瓒经此一战名声大震,升为骑都尉,浴血征杀,曾陷入重围,历两百多天才艰难返回。《后汉书·刘虞公孙瓒陶谦列传》记述交战实况:"瓒深入无继,反为丘力居等所围于辽西管子城,二百余日,粮尽食马,马尽煮弩楯,力战不敌,乃与士卒辞诀,各分散还。时多雨雪,队阬死者十五六,虏亦饥困,远走柳城。"置于死地而后生,实非侥幸。之后公孙瓒官拜降虏校尉,封都亭侯,掌领重兵,开始在形式上搞点噱头,不光自己骑乘一匹白骏马,贴身近卫也一律换成了白马。传曰:

> 每闻有警,瓒辄厉色愤怒,如赴仇敌,望尘奔逐,或继之以夜战。虏识瓒声,惮其勇,莫敢抗犯。
>
> 瓒常与善射之士数十人,皆乘白马,以为左右翼,自号

"白马义从"。乌桓更相告语,避白马长史。乃画作瓒形,驰骑射之,中者咸称万岁……

于是,公孙瓒就成了胡汉闻名的白马将军,一班亲卫则号为"白马义从"。义从,归义从命,本指胡羌各部归附汉廷之人,此处用以形容那些追随效命的勇士。公孙瓒曾读书山中,不会不去研读《孙子兵法》,却将"能而示之不能"一条丢在脑后。果然,乌桓首领在告诫回避"白马长史"的同时,也将其画像作为靶子,命属下精骑识别和演习箭法,思谋着搞一次斩首行动。

让亲随统一骑乘白马,是一种炫耀夸示,其实也是一种障眼法,有着保护主帅的作用。史称公孙瓒的白马义从为数十名善射之士,临战时分为左右翼,亦重在随扈捍卫。而到了王粲的《英雄记》中,其数量竟陡然激增——

瓒每与虏战,常乘白马,追不虚发,数获戎捷,虏相告云:"当避白马。"因虏所忌,简其白马数千匹,选骑射之士,号为"白马义从"。

与曹植并称"曹王"、被刘勰誉为"七子之冠冕"的王粲,弃史笔而入于传奇一路,写得极度夸张。白马之为世所珍,第一位的原因当不仅在其神骏,更在其数量稀少。以邻近游牧部落的地缘优势,公孙瓒可以为亲从配备几十匹白马,却难以组建数千骑的白马兵团,这是一种基于常识的推测。

白马将军公孙瓒的结局很悲惨。生性的残忍嗜杀，在官场的争名夺利，掌权后的"不恤百姓，记过忘善，睚眦必报"，杀害旧主刘虞一家老小的恶劣行径，以及越来越强烈的疑忌之心，注定了众叛亲离的结果。所建易京被攻破之际，公孙瓒缢死姊妹妻子，引火自焚，其白马与那些个"白马义从"，均不知所终。

历史上的白马将军，地位更高、名声更糟的是侯景。此人狡黠狠鸷，一生叛附无定，先后做过东魏的定州刺史、濮阳郡公，南梁的河南王、大将军，叛乱后残破建康城，饿死梁武帝，逼娶溧阳公主，自称"宇宙大将军"，篡位自立，暴长暴落，兵败后竟被民众分食，尸骸无存。《南史·贼臣传》述其生平大略时，不忘记一笔他的白马故事：

> 先是，大同中童谣曰："青丝白马寿阳来。"景涡阳之败，求锦，朝廷所给青布，及是皆用为袍，采色尚青。景乘白马，青丝为辔，欲以应谣。

以其地位，侯景不仅可称"白马将军"，还可号称"白马郡公""白马王""白马天子"，后世却呼为"白马小儿"。为何？皆因侯景志大德薄，品性残暴卑污，又迷信儿童谣谶，竟然也做了几天伪汉皇帝，便将白马将军与黄口小儿之歌谣相牵结，构成一个谑且虐的语词组合。

侯景之后，出现了一位颇具人望的白马将军，即历仕唐、后梁和后唐的王审知。审知起家陇亩，与两个哥哥历经战阵，皆至高位。《新五代史·闽世家》记述了其家族据有福建的一段史实，王审知在位时敬贤惠民，实施德政，能于天下大乱之际坚拒分裂自立，也比较重视亲情，传曰："审知为人状貌雄伟，隆准方口，常乘白马，军中号'白马三郎'。"著此一句，则知他的两个哥哥大约不骑白马。

史上的白马将军不止上述几人，而白马也非武将的专属，皇亲国戚与文臣乃至于江湖好汉均可骑乘。如东汉初曾任光禄勋、太子太傅的张湛，就喜欢骑着白马上朝，也喜欢当面犯颜谏诤，被汉光武帝称为"白马生"，多少有一点儿揶揄的意味。

三　真实的与纸上的战争

《淮南子》是一部智慧之书，《说山训》此处，讲的是趋利避害与和光同尘，兹多引几句：

> 将军不敢骑白马，亡者不敢夜揭炬，保者不敢畜噬狗。鸡知将旦，鹤知夜半，而不免于鼎俎……是故不同于和而可以成事者，天下无之矣。

大意是：将军不敢骑太显眼易招致攻击的白马，逃亡者夜间行路时不敢举着火把，酒保不敢喂养咬人的恶狗。公鸡凌晨报晓，白鹤半夜鸣叫，却不免会成为砧板上的肉。所以说过于招摇，不懂得与环境相契合，不知时时处处保持谨慎低调，便做不成大事。《道德经》的"和其光，同其尘"，《晋书·宣帝纪论》所谓"和光同尘，与时舒卷；戢鳞潜翼，思属风云"，说的都是这个道理。

具体到战场上，具体到领兵打仗的将军，从来都是凶险无比，故《孙子兵法》开篇即强调用兵关系着生死存亡，必须极为慎重，"多算胜，少算不胜"，又说：

> 兵者，诡道也。故能而示之不能，用而示之不用，近而示之远，远而示之近；利而诱之，乱而取之，实而备之，强而避之，怒而挠之，卑而骄之，逸而劳之，亲而离之。攻其无备，出其不意。（《始计篇》）

在许多经历战阵的将军看来，在淮南王身边的智者眼中，主帅骑一匹白马，立于帅字旗下，使对手一望而知，最是一种招祸取死之道。事物的复杂性在于，公孙瓒并未折于阵上，乌桓铁骑虽然认准了"白马长史"，也没奈何其一根毫毛；而他后来自杀于围城之中，与向来行事夸饰、不体恤属下不无因果关系，也能窥见白马将军的风光幻象。

这位白马将军是一个妄人，却也缘此由史入文，在小说戏曲中都有一席之地。《三国演义》对他的描述与史传略同，只有写到"白马"时采用王粲《英雄记》的说法，事在第七回：

> 次日，瓒将军马分作左右两队，势如羽翼。马五千余

匹，大半皆是白马。因公孙瓒曾与羌人战，尽选白马为先锋，号为"白马将军"；羌人但见白马便走，因此白马极多。

而在接下来与袁绍的交战中，他的白马兵团没占到任何便宜，身边的执旗将被敌将麹义斩杀，"大红圈金线帅字旗"也被砍断，"公孙瓒见砍倒绣旗，回马下桥而走"，麹义则紧追不舍。若非新来的赵云挺枪跃马冲出，格杀麹义，并直取袁绍，必然会是一场惨败，公孙瓒也将性命难保。简简一段叙事，也为"将军不敢骑白马"作了一个鲜活的注脚。

在罗贯中笔下，白马将军公孙瓒只是一个过场人物，所领白马铁骑一触即溃，所谓"白马义从"一字不提，而对常山赵子龙则浓墨渲染。不少文章写赵子龙身列公孙瓒的"白马义从"，《三国演义》未及此事，甚至不去写其坐骑的毛色，重在描绘他的深明大义和忠勇。应该指出的是：书中猛将如云，骏马无数，号称"白马将军"的仅公孙瓒一人，表现得庸碌不堪；而作者也未见对白马有何特殊偏爱，吕布的赤兔马，曹操的爪黄飞电马，刘备的的卢，甚至蛮王孟获的卷毛赤兔马，都明显比公孙瓒的白马高一两个等级。

曾有努尔哈赤父子从《三国演义》学习兵法一说，难辨真伪，以反间计害死督师袁崇焕，应有一些影子。但该书中绝多的阵法实在并不高明，总是两军相对列阵，总是主帅乘马立于大纛之下（诸葛亮则是坐四轮车，羽扇纶巾），总是要先互相辩论或骂上几句，也总是各出一员大将斗勇斗狠……这是真实的战争吗？那些个弓箭手只会看热闹吗？那还是十连弩、车弩、床弩不断被发明并装备部队的时代，不怕被射中吗？曾就这个问题向李庆西兄请教，他认为应是受了戏曲的影响。宋元南戏、元杂剧皆有取材"三国故事"的剧目，民间书会也有"说三分"话本流行，都会影响到罗贯中的写作；而《三国演义》刊行后，也带动了一大批"三国戏"的诞生，尤其以京剧为多，脍炙人口。也就是在长时间的互动过程中，丰富深邃的战争思想变为简单的程式化表演，血腥味淡远，英雄气浓重，真实的残酷的战争演为纸上和舞台上的对垒。这种文学与艺术呈现自有价值，也构成了古典小说戏曲特有的审美韵致。

《三国演义》毕竟是一部鸿篇巨制，作者罗贯中毕竟阅历深厚（据说曾进入张士诚的幕府），是以其写战争也有许多纪实之笔。第五十八回"曹阿瞒割须弃袍"，虽然不无戏剧化，却也写出主帅被对方盯上的危险。书中也不止一次写到白马，大多非记其雄健，而在描写其丧败：六十三回，刘备将所骑白马让给军师庞统，埋伏的敌军指称"骑白马者必是刘备"，"箭如飞蝗，只望骑白马者射来，可怜庞统竟死于乱箭之下"；七十一回，曹操白马金鞍，立于高阜看两军争战被魏延一箭射中，"折却门牙两个"，幸得庞德救下；而就是这个"南安庞德"，七十四回"青袍银铠，钢刀白马，立于阵前"，结果是被关公俘获后斩首。敢于骑白马的还有几位，情况都不太妙。

文学中的白马将军，令读者印象深刻的并非公孙瓒，而应数《西厢记》里的杜确。他与该剧主人公张生一样，都出于唐代元稹的《莺莺传》，所不同的是：原作写杜确为廉使（相当于明清的按察使），与张生并不相识，王实甫则让二人成为同窗好友、八拜之交，复称杜确为"白马将军"，"官拜征西大将军，正授管军大元帅，统领十万之众"。如此改编，显示了作者对此一称号的推重，既为张生日后求兵弭乱做铺垫，也在老夫人那里极大地挣了面子，可顾此失彼，漏洞很多——

其一，张生二十三岁，其同窗结拜兄弟应年龄相仿，纵然是武状元，岂能暴得大将军之类高位？

其二，崔莺莺一家困居普救寺，孙飞虎起意抢亲，派一队亲兵前来带回即可，又何须全军出动？更为可笑的是大兵到后，"围住寺门，鸣锣击鼓，呐喊摇旗"，好像生怕别人不知要"掳莺莺小姐为妻"。

其三，孙飞虎被张生派人转告几句话，就乖乖退出"一射之地"，静等三天，哪里还有一点抢亲的架势，更不像一个乱军之悍将。

其四，孙飞虎有"半万贼兵"，白马将军杜确也只是发兵五千，两边各引卒子上场，"骑竹马调阵"，甫一交手，孙飞虎即被"拿绑下"。

其五，元稹写张生赴试不利，淹留京师，而剧中的他则是一举折桂，遮蔽了古代科举之途的万般艰辛，也开启了戏曲人物取功名如探囊之先河；更觉胡闹的，是在张生中状元之后，即任河中府尹，"今朝三品职，昨日一寒儒"，完全无视文官体制的明确规定。

谁能否认《西厢记》是一部伟大的戏曲佳构呢？凡此种种，都是剧中存在的不合情理之处，呈现出一种无视历史真实、消解观众思维判断的反智化倾向。该剧写了缠绵悱恻的爱情，并以之作为唯一主题，所涉及的变乱与平乱情节，皆为烘托崔张二人的魂灵之爱而设。拈出上述几条，与其说是作者的疏失，不如说其意不在此。但白马将军显然是王实甫精心设计的一笔，着墨不多，全须全尾，也是崔张爱情的保护神。

四　西门庆也有一匹白马

将军不敢骑白马，揭示出冷兵器时期战争的残酷性，体现了古代战争思想的智慧与务实，也凸显了古代文学作品，包括一些古典名著描写战争之谫陋。可话又说回来，那也只限于血腥厮拼的战场，只要离开了死亡威胁，回归和平环境，置身于巡游与庆典活动中，又有何不敢！白马，常被视为权势与财富的标志，且莫说位高权重的大臣和将军，兰陵笑笑生笔下的西门庆，也有一匹白马，也爱骑着它在小县城的街巷中行走。

不是说"骑白马的不一定是王子"吗？诚然。切近生活的《金瓶梅词话》提供了例证，只要兜里有钱，如西门庆之类市井光棍，也可以弄一匹白马骑骑。而不管是王子还是光棍，爱的都是白马之神骏，骑在上面也都显得潇洒放逸，都会吸引女子的目光。《金瓶梅》开始时未写西门庆有马，是以在街巷步行，才会被潘金莲的叉杆打在头上，引出一段恶姻缘。至第七回，想是为了娶那富孀孟玉楼，手头尚拮据的他咬牙跺脚买了一匹大白马，骑着先去杨家姑姑那里送礼，求得她的力挺，再去与玉楼相会，果然一举拿下。顺便说几句：一些读者因西门庆凶横淫恶，将之设想得丑陋不堪，实则大不然。在素来挑剔的潘金莲眼中，他是"张生般庞儿，潘安的貌儿"；而阅人甚多的李瓶儿，对之也是一见倾心，抵死缠绵。白马，是那个时代的劳斯莱斯。西门庆骑着白马在清河县城招摇过市，赴宴会友，洽谈生意，寻花问柳，约会情人，也成为一些女子的梦中情人。若仅就长相，西门庆应不输于通常所说的王子，而以该书所产生的嘉靖隆庆两朝设譬，不多几个皇子皇孙，在形象上皆远不如小说中的他。

该书第三十一回，写西门庆做了提刑副千户之后，"每日骑着大白马，头戴乌纱，身穿五彩洒线猱头狮子补子员领，四指大宽萌金茄楠香带，粉底皂靴，排军喝道，张打着大黑扇，前呼后拥，何止十数人跟随，在街上摇摆"。那份气势自与往日不同，当地官衙和亲朋邻舍都来拜贺，"家中收礼接帖子，一日不断"。作者以四句诗抒发感慨：

白马血缨彩色新，不是亲者强来亲。
时来顽铁皆光彩，运去良金不发明。

前两句出自南宋时所编《名贤集》，原为："白马红缨彩色新,不是亲者强来亲。一朝马死黄金尽,亲者如同陌路人。"明初戏文《杀狗记》第二出,将首句改为"白马黄金五色新"。微有差异,皆在讥刺人情之势利,实乃一种人人厌憎又大都难免的永恒叹息。

第三十八回,写东京蔡太师府的翟管家因西门庆赠送美女,回赠他一匹骏马,爱显摆的他立刻骑着去衙门,下班时与正职夏提刑有一番对话:

> 夏提刑见西门庆骑着一匹高头点子青马,问道:"长官那匹白马怎的不骑,又换了这匹马?到好一匹马,不知口里如何?"西门庆道:"那马在家歇他两日儿。这马是昨日东京翟云峰亲家送来的,是西夏刘参将送他的……"

接下来,夏提刑在啧啧叹羡后话头一转,说自己的马病了,只得借别人的马来骑。西门庆当即表示要送给他一匹黄马,而且是到家后就让小厮送去,至于白马,却不相送。几日后西门庆往东门外玉皇庙,骑的又是白马——高头点子青马虽来自西夏,善能长行,毕竟不如白马引人注目。

公孙龙不是提出过"白马非马"吗?妙极趣极,却也发人深思。无论是文学作品还是历史著作中,白马,都被较多地赋予了一种象征意义,作为地位与财富的标志物,也颇能传递出主人之心性修为。因为胯下是一匹白马,几乎所有的白马将军都染上一层传奇色彩；而"将军不敢骑白马"的格言，在文学世界也未被全然遗忘，让那些艺不高人胆大的白马将军在混战中杀进杀出，也让他们猝然丧身，蒙上一层宿命的阴影。白马非马，已与它的主人浑然一体，团凝成一种丰沛的审美意象。

2020年夏月
于京北两棠轩

龙吟相和鸣
——从《大风歌》到《盛京赋》

我国是一个诗歌的国度,历史上有不少帝王同时也是诗人,各有作品传世。汉高祖刘邦算是诗人吗?不敢肯定,但一生写了四万多首的乾隆帝弘历肯定算是诗人了。从传播学的角度来讲,刘邦的《大风歌》虽只有三句,影响力、知名度似乎远在弘历的五部御制诗文集之上;而另一个方面,网上对乾隆帝诗赋的议论大多浅薄,学界这方面的研究也很不够。本人做过一些检索引用,深知其具有多重的价值。如果要研究清代中叶的重大政治决策、重要战争的背景,研究清代的文化走向、人文地理,研究乾隆朝的君臣关系以及帝王心理学,都可以从他的诗赋中得到有益启发。

乾隆八年(1743)秋,弘历第一次回乡祭祖,即兴写成一歌一赋,其中特别提到汉高祖的《大风歌》。这是一种跨越历史、地域和族群的文化传递,也可以看作两位帝王的一次隔空对话,本文的鉴赏比较也就由此扯开来。

一 "情至斯动"——丰沛的故乡情结

读《大风歌》,首先让人感动的是那种丰沛的故乡情结,那是一个游子回到家乡后,原本紧绷着的神经的暂时放松,是乡音乡情、亲人故人带给一个身心疲惫的帝王的欣慰喜悦。《史记·高祖本纪》:

> 高祖还归,过沛,留。置酒沛宫,悉召故人父老子弟纵酒,发沛中儿得百二十人,教之歌。酒酣,高祖击筑,自为歌诗曰:"大风起兮云飞扬,威加海内兮归故乡,安得猛士兮守四方!"令儿皆和习之。高祖乃起舞,慷慨伤怀,泣数行下。谓沛父兄曰:"游子悲故乡。吾虽都关中,万岁后吾魂魄犹乐思沛……"

这是在刘邦称帝后的第十二个年头,是他在御驾亲征、平叛过程中顺道返乡,也是他生命倒计时进入最后半年。叛乱尚未彻底敉平,刘邦就返回首都,原因很多,其中之一即身带箭伤。但他仍拐一个弯来到故乡,与亲朋相聚,击筑高歌,慨然起舞,感伤流泪,心情应是极其复杂的。乾隆帝的评价是"情至斯动,直己陈德",亦即到家乡后激情进发,亲自登场酣歌劲舞,把握解析得很准确。

乾隆帝的《盛京赋》以及《盛京筵宴世德舞辞》,也是返回故乡、感怀深挚之际的即兴之作,与《大风歌》在时间上相隔

1938年，而意绪相接。那是乾隆八年七月初八日，弘历奉皇太后从京师起驾东巡，经承德、内蒙古之地前往盛京；九月十六日起，依次往永陵、福陵、昭陵隆重祭祖，然后在盛京驻跸；九月二十五日，御大政殿赐宴，发布《御制盛京筵宴世德舞辞》；十月初一日，在凤凰楼前大宴宗室，发布《御制盛京赋》；次日回銮。他在盛京待了半个月，与刘邦在沛的时间差不多。

所谓"世德舞辞"，是弘历专为东巡盛京、宴集宗亲撰写的一组乐章，主题只有一个——缅怀祖宗之恩德。他在小序中说："乾隆八年秋，朕奉皇太后恭谒祖陵，还至盛京，受朝锡宴。夫汉高过沛而歌大风，情至斯动，直己陈德，况予小子，觏扬光烈，能无言之不足而长言之哉？爰作世德舞辞十章，章八句。"明确陈述自己在抵达旧都、拜谒祖陵之际，想起了汉高祖返乡时写的《大风歌》，以及刘邦击筑而歌的忘情场景，追怀先祖创业艰难，心潮激荡，欲罢不能，将十节歌词一气呵成。

《清会典事例·乐部》载录了这部乐章，较少有人关注研究。乾隆帝此作缕述像一部史诗，韵节铿锵，胜过原有的《盛京筵燕舞辞》多矣，是以一出即取代前者。如其反复染写自己回乡祭祖的心情，"元孙累叶，维祖之思。我西云来，我心东依。历兹故土，仰溯始谋"，"余来故邦，瞻仰桥山。慰我追思，梦寐之间"，情感真实挚切。至于追忆祖辈开创之艰，可以第五章为例，"丕承太宗，允扬前烈。俾彼松山，明戈耀雪。以寡敌众，杵漂流血。惜无故老，为余详说"。往事如烟，就连太宗朝之事已无人能说清楚了，令弘历深为遗憾。

刘邦起于陇亩，在此之前也曾数次回到故乡，在这里娶妻生子，在这里召集子弟兵起事，在这里初尝部属背叛的滋味，也在这里几乎被敌人追上，慌张之际丢下一双子女。对帝王之举或不可以常理常情衡量，可在故乡让他深受感动的、所作《大风歌》最能打动人心的，还是人之常情。弘历的东巡略有不同，身为龙种，长于紫禁城，辽东只是其祖先的生存与拼搏之地，是他概念上的家乡。可他一旦踏上这片土地，身临太祖、太宗的陵墓，进入立国初年兴建的宫阙，即油然而生一种缅怀之情，同时也深感肩负之重。

这是乾隆帝的第一次东巡，皇祖康熙帝曾有三次东巡，而父皇雍正帝却没有来过。弘历显然认为这是一个缺憾，撰作《盛京赋》时特地加以解释，他说：父皇在位期间，朝政面临全面改革，每日忙于批阅奏章、处理繁杂事务，又遇上准噶尔在青海和西域作乱，备极辛劳；加上父皇做皇子时，曾奉皇祖命拜谒祖陵，已经来过盛京，是以在位十三年中没能举行东巡之典。

祭祀，乃中华文化的重要组成部分。《左传》成公十三年："国之大事，在祀与戎。"东巡的主要目的是谒陵，也兼有其他内容，如康熙二十一年（1682）东巡至吉林，在松花江检阅水师，就是为用兵黑龙江、驱逐入侵的哥萨克做准备。

二　为君难——创业守成两不易

读《大风歌》和《盛京赋》，我们能感受到刘邦与弘历的浓浓乡情，很动人，却不宜仅停留在这个层面上。更重要或曰更有感染力的，个人认为应在于作品中家与国的合一，在于其强烈的家国情怀，也在于其流露出的焦灼、忧虑、牵念和期待。两人都是名垂青史的帝王，谁能说他们不自信呢？可我们分明能读出那种心里没底，尤其是《大风歌》的第三句，前面还在渲染自己的不世之功与荣归故里，一转而无尽苍凉。

"为君难"三字，见于《论语·子路》，是孔子在鲁定公问政时的回答。清雍正帝对此感悟痛切，即位不久就亲书此三字，制成匾额，悬挂于他办理朝政的养心殿西暖阁，并命镌刻私玺一枚。他曾说："皇考以大位付朕，朕念皇考四十五年顾复深恩，勉承大统。仰荷贻谋之重大，夙夜祗惧，不遑寝食，天下几务无分巨细，务期综理详明。朕非以此博取令名，特以钦承列祖开创洪基，仰体皇考付托至意，为社稷之重勤劳罔懈耳。古云：'为君难。'若只图一身逸乐，亦复何难？惟欲继美皇考之治，则忧勤惕励，莫难于为君矣！"刘邦不喜读书，不一定读过《论语》《孟子》，但其为开创大汉基业，经历过千难万险，自也不在话下；此时已得天下十二年，昔日部下封王封侯，仍是接连地扯旗造反，身为皇帝的他还得御驾亲征，战场上还会被流矢射中，也为"为君难"作了注脚。

"生年不满百，常怀千岁忧"，用以形容历史上那些有为之君，也很恰切。刘邦与弘历自然是各有各的忧虑，但又能构成一种双向互动的关系。作为开国皇帝，汉高祖想的是政权稳固与选择合适的继承人；作为继位之君，乾隆帝考虑的是如何守护祖宗打下的江山，光大帝业。清代的南巡、东巡都备受批评，讥为劳民伤财，实际上也有天子巡守、体察民情、识拔人才等意义。这次在盛京期间，乾隆帝登上讲武台大阅军伍，见盛京兵军容整齐，骑射精良，心情很喜悦，谕曰："盛京乃我朝肇基之地，人心朴实，风俗淳厚。朕此次恭谒祖陵，巡幸至此，见其兵丁，汉仗俱好，行围演武，均属熟练整齐。至其淳朴旧俗，百余年来未尝少失，朕甚嘉悦。国本攸关，最为紧要！"他要求盛京将军与副都统等高官，不仅要抓好军事训练，也要兼理地方事务，关心民生，教育兵民，维护社会秩序，保持淳朴旧习，像爱护自家子弟一样惠爱旗人。

与历次东巡相同，弘历于途中也曾多次举行围猎，参加者有经行之地的蒙古王公，也有随扈的亲王贝勒等，多数人的表现令皇上严重不满。就在返京的前一天，乾隆帝御大政殿，赐随从王大臣等宴，发表了长篇谕旨，全是指责训斥，《清高宗实录》卷二〇二：

> 尔等得与朕在清宁宫内祭祀，皆祖宗所赐之福，亦系满洲之旧例也。今观满洲旧例，渐至废弛。且如怡亲王弘晓不佩小刀，是何道理？朕敬阅实录内载皇祖太宗谕曰："今宗室之子弟，食肉不能自割，行走不佩箭袋，有失满洲旧俗，后之子孙何所底止？"是太宗当时教训诸子，早念及后之子孙遗弃旧俗矣。况怡贤亲王昔时恪守制度，尔等之所共知，弘晓纵不顾祖宗成宪，独不念及乃父乎？……此次除庄亲王

> 外,其余王等皆不能手格一兽,由不自奋勉习学所致,乃反以为从朕远行,致雁罪庋。又如朕食肉未毕,而诚亲王、和亲王便放碗匙默坐,惟达尔汉王俟朕食毕始放碗匙,方见遵循旧习。且满洲、蒙古、汉人,皆有一定之理。即以汉人文学而论,朕所学所知,即在通儒未肯多让,此汉人所共知者,亦由朕于书文勤加披览,不染委靡之习故耳。尔等皆系太祖太宗一派子孙,乃至如此,朕心深为愧惕。嗣后尔等宜以朕今日教导之言,常如祖宗在天之灵亲临告诫,革除陋习,恪守旧章,以仰荷祖宗眷佑于奕禩,可不勉乎?可不慎乎?

这番话是对王公贵戚与宗室人员讲的,可证弘历日常对臣下观察之细、要求之严。由赴宴时不佩带小刀,到围猎时晃晃悠悠、一无所获,再到宴席上不遵旧规,均一一指出,殷殷告诫,叮嘱他们要坚守传统,不忘满洲旧俗。

就在同一天,弘历写成了《盛京赋》,文中贯穿的,仍是对先祖创业艰辛的追述和缅怀:

> 盖尝考千古之兴替,稽百代之历数。拒符瑞之难谙,信仁义之堪守。斥逐鹿之蛊说,审神器之有授。乃知帝命不时,眷清孔厚也。不有开之,何以培之?不有作之,何以得之?夫其披荆棘,冒氛霾,历艰辛,躬利害,无嬗代之迹,而受车书之来者,盖《书》所谓"于汤有光"、《诗》所谓"民之攸归"矣。

而在全篇的最后一句，弘历表达了作为一个守成之君的态度，"敬之敬之，翼翼惴惴。于亿万岁，皇图永绵"，即深知江山得来不易，心中惴惴不安，举措小心谨慎。

三 畏天爱人——弘历的回应

《大风歌》的前两句是铺垫和蓄势，第三句才是重点，抒发郁积在心中的焦虑，留下一个新生帝国统治者的问号，那就是：得到政权后，怎样才可以使之长治久安？

这是奠定两汉四百余年帝基的汉高祖的疑问，是其耿耿于怀的心结和创痛，旧日的股肱之臣一个个称兵叛乱，又复依靠谁来捍卫国家呢？他还有一个更大的心病，那就是自知身体已难支撑太久，继承人的问题令他极为纠结。前朝的秦始皇何其强毅，就因为选错了继位者，逝后仅三载，庞大帝国便告崩解。前车之鉴，可不深虑乎？但在太子刘盈与爱子如意之间如何取舍，他也拿不定主意。而这些又不能发诸歌诗，不能对父老乡亲吐露，只得憋在心底。不如意事常八九，可与人言无二三。即便当朝天子也是如此。

比较起来，清廷从偏于一隅到定都北京，以不足十万满洲男丁攻掠控制中原，面对的风险和压力要大得多。崛起时的满洲是一个战斗民族，统治集团有强大进取心和无时不在的危机意识，几代帝王惨淡经营，终于坐稳了江山。弘历说他的父皇雍正帝"日不暇给"，没有时间东巡祭祖，所说的也是实情。

作为古代文体的赋,《盛京赋》也是铺排渲染,颇不易读,大旨则见于卷首小序。乾隆帝如道家常,自说自话,其实也回应了汉高祖的千年之问,他说:

> 尝闻以父母之心为心者,天下无不友之兄弟;以祖宗之心为心者,天下无不睦之族人;以天地之心为心者,天下无不爱之民物。斯言也,人尽宜勉,而所系于为人君者尤重。然三语之中,又惟以祖宗之心为心居其要焉。盖以祖宗之心为心,则必思开创之维艰,知守成之不易,兢兢业业,畏天爱人。

阅读至此,不可能不联想到弘历父辈的皇位之争,兄弟阋墙,结成团团伙伙,无所不用其极,令晚年的康熙帝伤透了心。设若能知"以父母之心为心",兄弟同心,各以聪明才智效力于国家,将是一个怎样兴盛的局面?文中不言,其实也隐含对父皇雍正帝的批评,其在登基后残酷对待几位兄弟,监押软禁,甚而逐出宗室,自也算不得"以父母之心为心"。

《盛京赋》是一篇大赋,立意高远,包容宏富。有人说是文臣代拟的,实在不了解弘历,不了解他的学识和他的高傲。我曾经细读过他的《御制诗文集》,以诗纪事,同时写人,写自己的心情,很有价值。乾隆八年的大清帝国存在的问题很多,黄河决口,米价上涨,流民闹事,官兵废弛,秘密会党滋蔓……而他的东巡往返超过四个月,"念祖宗缔构之艰难,思列圣燕贻之绵永","溯源报本，弥深追远之情"，意在对贵近大臣进行一次触及灵魂的传统教育。

我们常用"日新月异"来形容时代的变化，但人心和人性则相对稳定，看不出根本的差异。再回到汉高祖，其《大风歌》中蕴含的既有"祖宗之心"，也隐约可见"父母之心"，这也是《大风歌》最让人感动的地方，是其至今仍能引发共鸣之处。龙吟，可喻指君主的吟诵，两位相隔近两千年的帝王以其歌赋，做了一次隔空对话。乾隆帝提出的"畏天爱人"，回应了汉高祖的世纪之问，而以刘邦的性格似乎做不到这一点，实际上弘历也远没有做到。

2020年10月
于京北两棠轩

"无一字无来历"平议

2015年的一个夏日,在陕西师大举办敝作《国之大臣》的研讨会,午间用餐时,邻座一位年长学者对我说:"我们搞历史的,讲究无一字无来历。"他声音慈和,看得出充满善意,可也能听得出其言外之音。这句话近似于学术格言,曾不止一次听说过,皆不如那次印象深刻。

后来也听到相近表述,可知并非个别人的观念,且涉及历史著作尤其人物传记的书写原则,时而有所思索斟量。新年伊始,游学广州,某晨醒来此语再次萦回脑际,遂梳理思路,草拟一篇小文。适与复旦大学图书馆吴格教授同住于一套公寓中,吴兄博雅君子,时相请益,蒙他协助查得《四库全书》中语例,在此谨致谢忱。

一 此语来历之追寻

无一字无来历,本作"无一字无来处",据笔者所见,最早出的"发明权"应属于黄庭坚。崇宁三年（1104）某一天，五十九岁的山谷老人在流放地宜州接外甥洪刍来信，附有所作文章求教，便在回信中阐释了对诗文写作的几点主张，即著名的《答洪驹父书》。这是一个文坛长者对晚进的经验谈，更是舅舅对外甥的悄悄话，应无意于公之于众、传播后世，否则便不会议论苏轼的"好骂"之病，叮嘱外甥不要走苏轼的路子。作为"苏门四学士"之一，黄庭坚钦敬老师的文笔犀利与才情酣畅，然经历过萧寂的边荒流放生涯，深知世道人心之险，不愿意外甥重蹈前辙。

山谷复信中所写，多为回应洪刍提出的问题，或点评其作文之偏，而为人引用最多的，是论杜诗韩文的几句：

> 自作语最难，老杜作诗，退之作文，无一字无来处。盖后人读书少，故谓韩、杜自作此语耳。古之能为文章者，真能陶冶万物，虽取古人之陈言入于翰墨，如灵丹一粒，点铁成金也。

这段名言，如同多数各类名言，须联系上下文才能准确理解。山谷在前面简评洪刍诸文优劣，指出其追求"雄奇"与"词笔纵横"，"用字时有未安处"等时髦病，方作如此表述。重点谈的是读书与诗文写作的关系，指出独出机杼（即"自作语"）甚难，并以杜甫诗和韩愈散文为例，说二人遣词造句皆有所本，那些被认为出于自创的地方，皆因后人读书太少，无从悉知出处。黄庭坚还说自古文章高手，在于对世间纷繁物象的感知与陶冶能力,即便是采用吸纳前人陈言旧语,也可以点铁成金,给人焕然一新的印象。请注意:这里的"灵丹一粒",是说作者"陶冶万物"之才,而非"古人之陈言"。

此前有过近似的说法么?有,且出自苏轼好友、黄庭坚嫡嫡亲亲的岳父大人孙觉,曾说过杜诗"无两字无来处"。孙觉,字莘老,学问淹博,治"春秋学",历官多善政。南宋赵次公《杜诗先后解》曰:"余喜本朝孙觉莘老之说,谓杜子美诗无两字无来处。"孙觉以"两字"为单位,应指杜诗中语词或典故,虽不无过甚,毕竟避开了诗中大量存在、无从且不必要检索的单字,是较为审慎的。黄庭坚走得更远,坚称杜诗韩文"无一字无来处"。这应不是他第一次如此表达,亦不知孙莘老对爱婿的"发扬光大"有何感想,但通篇读来,知山谷此言虽意在强调阅读经典与积聚学识,讥刺那些读书不多、擅解杜诗韩文之人,与其"诗词高胜,要从学问中来"之说法相合,却也并非文中论述重点。此话出于孤高执拗的黄庭坚口中,乃极而言之,不太经得起省思细究。试想,作诗撰文当然应讲究炼字功夫,可若真将诗文琐琐碎碎拆分到"字",又哪一个字没有来处呢?诗中那些普遍存在的"之乎者也",纵使追索到最初所出,又有什么意义呢?如果说他的意思是"字眼""语词",仍然难以说通。推想山谷所指,大约仍在于"用事""缘情",在于为后面的"灵丹一粒"与"陶冶万物"做铺垫——这才是他要对洪刍说的重中之重。

不得不指出,针对诗歌创作提出的"无一字无来处",是一种诗化的追求极致的表述,而非严谨的写作理论。其中可看到山谷老人厌憎西昆体之浮靡文风，提倡领悟经典与古人佳作，可也与他本人"文章最忌随人后"的观念不无抵牾。以故说说听听可以，却是较不得真的。

此信写于黄庭坚贬窜宜州的第十年，也是其凄凉辞世之前岁。就在这年冬月，山谷老人偶见梅花绽放，触景伤情，诗意涌腾，一发而不可收束，吟诵出一首《虞美人·宜州见梅作》：

天涯也有江南信，梅破知春近。夜阑风细得香迟，不道晓来开遍向南枝。　　玉台弄粉花应妒，飘到眉心住。平生个里愿杯深，去国十年老尽少年心。

比起旧日那些过甚经营的滞涩之作，该词晓畅直白，虽于下阕用寿阳公主昼卧宫檐下、梅花飘落额间之典，而主旨则在于抒发贬窜穷边、岁华飞逝的郁结与悲凉。意兴所至，"自作语"随之汩汩而出，实在谈不上恪守"无一字无来处"的百丈清规了。

二　句法之学

杜诗韩文，光焰不息，其佳绝处在于言必有据么？在于无一字无来处么？历史上曾有无数人为之作注解，寻寻觅觅，如皓首穷经，仍不能得出这种结论。

从山谷老人信中，也读不出这层意思，而后世屡屡称引，着力点亦有所不同。他的弟子任渊作《山谷诗集注》，说老师多次讲到此语，因为这正是其诗词风格。而明嘉靖间大学者杨慎因带头抗谏被两次廷杖，发配云南，终生不予赦回，与黄庭坚志节命运相仿佛，闲愁中论学，也注意到山谷此论：

> 先辈言杜诗韩文，无一字无来历，余谓自古名家皆然，不独杜韩两公耳。刘勰云：灼灼状桃花之鲜，依依尽杨柳之貌，喈喈逐黄鸟之声，嗷嗷学鸿雁之响。虽复思经千载，将何易夺？信哉其言。试以灼灼舍桃而移之他花，依依去杨柳而著之别树，则不通矣。近日诗流，……厌鸿雁嗷嗷而强云鸿雁嘈嘈，鸿雁可言嘈嘈乎？（《丹铅总录》卷十九"诗文用字须有来历"）

如果说山谷的"无一字无来处"专以称赞杜甫韩愈，杨慎则扩大到"自古名家"，所指略有不同。文中拈出语例如"鸿雁嗷嗷"，似乎这个庞大物种只会"嗷嗷"（很难说贴切传神），只能发出一种鸣叫声，也觉可笑。但他强调措辞用字的准确与规范，强调继承前人之美，不可生硬扭造新词，是对的。

及至晚明岭南张萱撰《疑耀》，先照录杨慎前四句，接下来却说："即作古选体，有一字不从汉魏中来，便不是古选；作律诗，有一字不从盛唐诸公中来，便不是律诗。"（卷三，"诗文必有所本"）明显持批评态度。黄庭坚之后，"来处"多被说成"来历"，意思固相近，细味亦有差别，甚至是不算太小的差别：一说出处，一说来路；一个专指点，一个兼及线。

古人作诗，化用甚至直接采用前贤名句，的确很常见，就中的才思巧构，往往为人喝彩。黄庭坚曾以杜甫《小寒食舟中作》"春水船如天上坐，老年花似雾中看"为例，指明来自沈佺期"船如天上坐，人似镜中行"。他的学生范温将老师的话写入所著《潜溪诗眼》，谓"公诗多本沈语，无一字无来历"，接下来提倡"句法之学"，曰"句法以一字为工，自然颖异不凡，如灵丹一粒，点铁成金也"。看起来完全一副山谷腔调，实已走远走偏。黄庭坚所强调的陶冶熔铸不见了，从前人那里剿袭之陈言，似乎成了点铁成金的灵丹，是怎样的误解！

明清之际顾宸作《杜诗注解》，提出反驳："余谓少陵所以独立千古者，不在有所本也。读书破万卷，偶拈来即是耳。诗三百篇，岂必有所本哉？"（《御选唐宋诗醇》卷十八）讲究炼字与句法都是对的，也是写作诗文的必备功夫，至于要求达到"无一字无来历"的程度，则不免荒唐，以之概括杜韩的创作成就更为荒谬，不是吗？

三 "递相祖述"与"陈言务去"

不管怎么说，黄庭坚此言一出，杜诗韩文便常与"无一字无来处"相捆绑；经其弟子、再传弟子、拥趸等一代代绎解烘托，所称"灵丹一粒，点铁成金"也一反本义，成了炼字功夫的推广语。我们不得不回过头来，听听杜韩二人的说法——

杜甫一生志业，本在于用世与行道，却为前程和生存所迫，凄惶漂泊，其文学观与创作主张不遑或也无意整理，仅散见于诗行间。如《戏为六绝句》之五"不薄今人爱古人,清词丽句必为邻",表达了兼收并蓄、反对厚古薄今的客观态度,以及对清新词句的赞赏喜爱。之六"未及前贤更勿疑,递相祖述复先谁",萧涤非先生《杜甫诗选注》采用浦起龙之说,谓"前贤各有师承,如宗支之代嬗",只怕是认差了路头。杨慎解曰"戒后人之愈趋愈下",钱谦益指为"沿流失源"之讥,方不失本旨。反对因袭,提倡清新,批评一味模仿前人的做法,才是诗圣的创作原则。老杜诗句多情感贯注,沉郁顿挫,句法亦精妙,却不在于字字有来历。试想:他的"三吏"、"三别"、《茅屋为秋风所破歌》中那些千古警句,只能来自突发的生计遭逢与真切感受,又哪里可一一找到来处?

同题写作,因循剿袭,算是我国诗文史上的一个特色(国画界更如此),一大积弊,不知是否与"无一字无来历"的提法相关?沿此路径很难出现优秀作品,更不可能成就伟大作家。杜甫学识渊博,善于在经典中汲取营养,而妙在为己所化用。他瞧不起那些食古不化、"递相祖述"的人,也不可能在诗情勃郁时一字字顾及来处。

至于古文运动的重要推手韩愈,更是明确反对词句的剿窃因袭。元和间,新科进士刘正夫请教为文之道,韩愈的回答是多读前贤的作品,"师其意,不师其辞",即学习他们的思想境界,不要一味追摹仿效其辞藻。韩愈提倡以前贤经典作品为法,要求能深入领悟其间精义,形成自己的风格。他举司马相如、司马迁、刘向、扬雄之作为例,提倡"自树立,不因循",全不及炼字与句法，大概并非不重视，而是认为不在作文的第一层面上。

与"无一字无来历"相扞格的，还可见韩愈"陈言务去"的主张。他在《答李翊书》中说，如果心中有东西想写出来，一定要尽可能摒弃那些陈旧语词，其在写作实践中正是这样做的。至于晚年，他仍对创新孜孜以求，声明"不蹈袭前人一言一句"。苏轼称他"文起八代之衰，而道济天下之溺"，或在于是。王国维赞关汉卿"一空依傍，自铸伟词"，移之以论韩愈，亦见贴切。

许多语句都是不可拔离语言情境的。完整阅读，黄庭坚对于外甥的说法仍蕴含"推陈出新"之意，但阐解不精，复强调过甚，易引发误解。前人已提出驳议，如袁枚《随园诗话》：

> 宋人好附会名重之人，称韩文杜诗，无一字没来历。不知此二人之所以独绝千古者，转妙在没来历。元微之称少陵云："怜渠直道当时事，不着心源傍古人。"昌黎云："惟古于词必己出，降而不能乃剽贼。"今就二人所用之典，证二人生平所读之书颇不为多，班班可考；亦从不自注此句出何书，用何典。昌黎尤好生造字句，正难其自我作古，吐词为经。

设若山谷老人能得见此文，真不知作何感想？作何驳议？

四　矮人与高人

以黄庭坚在文学史上的地位，所说"无一字无来处"传播甚广，历代皆不乏欣赏激赏、引录引申者。清前期号称文坛盟主的王士禛即其一。他在缕述北宋诗坛名家后，独推宋祁（谥景文）之作，依据正在于此："予观宋景文近体，无一字无来历，而对仗精确，非读万卷者不能，迥非南渡以后所及。今人耳食，誉者毁者，皆矮人观场，未之或知也。"（《香祖笔记》卷十）渔洋先生所指"矮人"，当是那些才具平平、知其一不知其二、见表象而不及内涵的凡庸之辈。古往今来，文坛与学界活跃的多属此类人等，众矮成城，结成帮会与利益联盟，"虫人万千，相互而前"，气势也足以骇人。王渔洋不是嗤笑"矮人观场"么？设想若由武大郎主事，先将场内高人逐出，再派壮矮数名把门，不许高人入内，则满场中又谁是矮人？

乾隆时敕修《四库全书》，著录了《东坡诗集注》，托名王十朋编纂，卷首有署名赵夔的序，写全书细分为五十类："凡偶用古人两句、用古人一句、用古人六字五字四字三字二字、用古人上下句中各四字三字一字相对，止用古人意不用字，所用古人字不用古人意，能造古人意，能造古人不到妙处，引一时事，一句中用两故事，疑不用事而是用事，疑是用事而不用事，使道经僻事、释经僻事、小说僻事……无一字无来历……"天啊天啊！可怜的坡翁，毕生呕心沥血之作，竟被一帮子矮人零割碎剁成这般景象。幸好《四库全书》主纂诸公多为高人，在提要中指出：不光王十朋之名出于书肆伪托，就连赵夔的序可能也是假的。王十朋状元及第，仕至龙图阁学士，赵夔曾任荣州知州，所注苏诗为宋孝宗收藏诵读，应都算是当世高人了；而所注经三家村秀才一番割裂重组，编纂体例明显受到"无一字无来历"的影响，则显得颠倒舛乱。

南宋时另一位高人、名头更响的朱熹夫子，也对山谷此语很认可，加以引用。在与门人杨履正的复信中，朱熹说：

> 若看得本文语脉分明，而详考集注以究其曲折，子细识认，见得孟子当时立意造语，无一字无来历。不用穿凿附会，枉费心力，而转无交涉矣。（《晦庵集》卷五十九《答杨子顺》）

朱熹将"无一字无来历"的范例，由杜韩提前到孟轲，由诗文扩展至亚圣的学说，也由句法之学增加了"立意"（即写作主旨）的内容，而他所反感的"穿凿附会，枉费心力"，大约仍在于寸寸铢铢、文辞字眼的钩索比附与强作解人。后文中，朱熹对一些观点逐条驳正，见出他的这位弟子虽也下了很大气力，识见依然不高。

再回到本节开始的王渔洋。作为诗歌"神韵说"理论的推助者，渔洋先生所称"无一字无来历"是否包括立意的成分？很难论定。但其所盛赞的宋祁，的确能做到立意与句法兼善。这位因佳句"红杏枝头春意闹"被戏称"红杏尚书"的大学问家，为《新唐书》两总纂之一，年辈先于苏黄等人，有一篇传为佳话的《鹧鸪天》，词曰：

> 画毂雕鞍狭路逢,一声肠断绣帘中。身无彩凤双飞翼,心有灵犀一点通。　金作屋,玉为笼,车如流水马游龙。刘郎已恨蓬山远,更隔蓬山几万重。

书写的是一次途中"艳遇",以及所受到的心灵激撞。其中有毫不掩饰的抄袭,却恰恰能写照胸臆,情思绵长,的是绝妙好词!此际已出现石延年与胡归仁的"集唐诗",宋祁的高明之处,在于或信手拈来,或翻新前人名句,要在为我所用,而浑然一体,了无扭造之痕。

五　仅有"来历"就够了吗

就这样,"无一字无来处",替代了"无两字无来处",又被改为"无一字无来历";由提倡饱读诗书、融会贯通走向专门的"句法之学",再上升为诗文写作之标准。至于何时从文学蔓延到史学领域,成为某些人津津乐道的一种评判尺度,甚至法脉准绳,真的还说不太清楚。南宋史绳祖《学斋占毕》卷三:

> 先儒谓韩昌黎文无一字无来处,柳子厚文无两字无来处,余谓杜子美诗史亦然。惟其字字有证据,故以史名。

呵呵,传播史常是这般有趣,孙莘老与贤婿黄庭坚的"两字""一字",竟这样被派上用场!但史绳祖强调杜诗反映社会现实，推重其"诗史"特色，或给此语进入史学领域搭了一道桥梁。

进入清朝，当朝名儒或大文人如王士禛、纳兰性德、屈复、沈德潜、梁章钜、郑珍、俞樾等对此语都有过引用，也在不知觉间给人留下深刻印象。不同的声音也存在，赵翼曾以此比较苏黄优劣，《瓯北续诗话·黄山谷诗》：

> 东坡随物赋形，信笔挥洒，不拘一格，故虽澜翻不穷，而不见有矜心作意之处。山谷则专以拗峭避俗，不肯作一寻常语，而无从容游泳之趣。且坡使事处，随其意之所之，自有书卷供其驱驾，故无据撦痕迹。山谷则书卷比坡更多数倍，几于无一字无来历，然专以选材庀料为主，宁不工而不肯不典，宁不切而不肯不奥，故往往意为词累，而性情反为所掩……

分析得很是中肯。山谷不乏佳作，但"意为词累"，为字词的来处所累，也是一个不争的事实。

唐代史学大家刘知几谓"作史有三长，曰才，曰学，曰识"，乾嘉间钱大昕则提出"诗有四长"，增加一个"情"字。实则历史著作也须倾注感情，今人以为畛域分明的文与史，初无差别。钱大昕以治经的方法治史，训诂以求义理，也拈来"无一字无来历"，以期打通诗文与经史的关系，《潜研堂集》卷二六："含经咀史，无一字无来历，诗之学也。"这样说来，此语由作诗到论史，也就顺理成章地实现了跨界。

然则有了来历就够了吗？就可宣称学术严谨、成就良史信史吗？

至此，我愿稍费笔墨，写一件自身经历之事。两年前为撰写乾隆帝禅让时期的大清朝政，搜集考索史料时，笔者对通行的宠臣和珅之绝命诗出现疑惑，诗曰：

> 五十年来幻梦真，今朝撒手谢红尘。
> 他时水泛含龙日，认取香烟是后身。

太上皇弘历于嘉庆四年正月初三日驾崩，和珅即被逮治抄家，赐死后其绝命诗流传坊间。据说此诗写于衣带之上，故又称"衣带诗"。见于今人所编《清通鉴》，根据《朝鲜李朝实录中的中国史料》，而吴晗先生又是从原文献中抄录，来历分明，以故引用者极多。

这首诗又被称作难解之谜，第三句的"水泛含龙"，四字真言，不知是何来历？于是索解歧出，多论为和珅对朝廷怨恨诅咒，甚至扯上慈禧太后和大清沦亡：有的说用"夏桀龙漦"典，是一个女子祸国的典故，隐指后来的西太后；有的在字面上下功夫，以"水泛"为黄河决口，而"含龙"是说泛滥的洪水中孕育着真龙天子。孟森先生还将第四句的"香烟"解释为洋烟卷儿，说和珅与慈禧可能都有烟瘾，再过三十余年和珅的后身慈禧在滔滔洪水中降生，葬送了清廷。

太扯了吧？

"水泛含龙"究竟有何来历？查阅一些史学家的书，包括几部有影响的乾隆传、嘉庆传与和珅传记，多有征引，多认真注明出处，也多不作解析，仿佛毋须考证。而实为传闻转抄之讹，是一个由两次抄录错讹造成的语词怪胎，根本没有这个典故，自然也无从索解。先说第二个错误，即在于清史泰斗孟森。这首诗的来处是《朝鲜王朝实录·正宗大王实录》卷五一，而查对吴晗辑本，作"水汛含龙"。再核《朝鲜王朝实录》原文，也是"水汛含龙"。此条来自朝鲜使臣徐有闻回国后呈进的"闻见别单"，其中记述和珅之死：

> 正月十八日，赐帛自尽。珅临绝作诗曰："五十年来梦幻真，今朝撒手谢红尘。他时水汛含龙日，认取香烟是后身。"遂缢而死。(《朝鲜王朝实录》第47册，《正宗大王实录》卷五一)

朝鲜国当时制度，凡使臣出使清朝，应将亲历和闻见之事及时上奏。和珅死后不久衣带诗即开始流传，徐有闻也算有心，记录下来，成为此诗的最初记载。诗中的"汛"，与"氾"(今通作"泛")形似，孟森转抄时出现了失误。清代黄河经常决口，朝廷对治河极为重视，设置河道、厅、汛、堡四级监管机制，汛，通常由所经州县的副职负责，流域较长者再分为上汛、下汛。这个错谬，造成了理解上的巨大偏差。

第一个失误,则出现在朝鲜人那里:或是徐有闻录写时偏差,或是《李朝实录》整理时误判,先将原诗中的"睢",以音似误书为"水";复将"合",因形似误书为"含",四字实应是"睢汛合龙"。这是当时朝廷一件大事:上年夏多雨,黄河来水甚多,六月间睢州下汛即出现险情,八月二十九日夜睢州上汛先是大水漫溢,接着冲决大堤,形成一百五十多丈的口门,奔腾下泄。原拟在年前堵闭,可东河总督司马騊于腊月间上奏,称睢口(睢工大坝口门)虽仅留十八丈,可连日大雪严寒,积聚了大量冰凌,请求暂缓合龙。太上皇老病兼至,已不再阅批奏折,嘉庆帝做出批谕,允许等日暖开冻后再行合龙。

一个敞开口子恣肆流淌的黄河,实乃压在皇帝心头的大患。而黄河决口的每一次成功合龙,对朝廷都是极大喜讯,照例要钦派侍卫驰送大藏香二十支,隆重祭祀河神。此两句诗应是"他时睢汛合龙日,认取香烟是后身",大意为:等待睢口合龙那一天,祭神的袅袅香烟中,会看到我的忠魂。哪里有一丁点儿怨恨诅咒?分明是一腔的忠诚国事,这才符合和珅的身份与聪明。

该诗还有着另一个版本,多书皆见收录,实属不罕见,惜乎竟未见史学家关注。梁章钜《浪迹丛谈·睢工神》:

余记得嘉庆初在京,日阅邸抄,是时和珅初伏法,先是拿问入狱时,作诗六韵云……赐尽后,衣带间复得一诗云:"五十年前幻梦真,今朝撒手撒红尘。他时睢口安澜日,记取香烟是后身。"

梁章钜为嘉庆七年（1802）进士，曾任军机章京，所记和珅临终情形与衣带诗较为可信。第三句以"睢口安澜"代替"睢汛合龙"，所指也完全吻合。其字面上的差异，当是传抄造成的。后来叶廷琯《鸥陂渔话·和珅诗》、史梦兰《止园笔谈》等书，所记略同。

这样的例子还有不少，告知我们仅有"来历"是远远不够的，若不合乎情理，再不经过考证掂量，很容易造成笑谈。即使是故宫文献与一史馆密折、军机处录副，也有着大量虚假信息，有许多有意欺瞒与唯心颂赞之作，有不少胡编乱造的场景与数字（如鸦片战争期间奕山、奕经二将军的前线战报）……若一见即信以为真，忙不迭抄入书中，引以为证，便着了道儿。

历史研究（也包括其他研究）当然要强调严谨，要注意史料的出处，却不必去扯什么"无一字无来历"。观念或措辞的偏执夸张，实乃学界沉疴之一。此语作为诗文写作尚落于二义，施用于治学治史，借之以高自标榜，可不慎乎？

2018年7月
于京北杏花谷

昨夜大风撼户
——冯其庸与"庚辰别本"的一段往事

在传世的《红楼梦》早期抄本中,"庚辰本"较多保留着前八十回原稿品貌,以内容较全、评语最多、体式整饬、录写精慎,具有着不可替代的研究价值。冯其庸先生著有《论庚辰本》一书,考证其祖本出处,梳理其流传轨迹,推重其善本地位,评介其文学意义,在红学研究中影响极大。他主持之《红楼梦》校注本前两册,即以庚辰本为底本,由人民文学出版社印行后大受读者欢迎,历三十余年而畅销不衰。

本文所记,是其庸先生手抄庚辰本的一段往事。上周六下午,邬书林兄与我约同前往张家湾冯宅探望,先生已九十三岁高龄,沉疴牵缠,头脑依然清晰敏锐。絮话间,听他缓缓讲说昔年犯禁抄录庚辰本的情形,深为之震撼感动。一段真切往事,一部沉甸甸的抄本,见证了一个读书人的持节秉义,见证了其为保存文学经典的坚忍强韧,也映照出了那个时代的举国癫狂。本文将其庸先生抄本拟称"庚辰别本",既以有别于通行的庚辰本,复以其别有一段历史背景,别有一番秘抄私藏经历,别具一种文献特质和人文情怀,读者诸君细察之。

一　正是众芳摇落时

对于《红楼梦》,毛泽东主席始终给予极高赞誉,影响所及,"十年动乱"中也出现过阅读和评论的高潮,史称"评红热"。一般人印象中,这本书应是与查封焚烧无缘的。但是不,据其庸先生回忆,在1966年夏天那股嚣然而起的"大抄家"中,《红楼梦》也被当作"封资修大毒草",遭到抄检和展览示众:

> 有一次,造反派要我们去看全校的"黄色"书展览,我看到我藏的影印庚辰本《石头记》也被展览出来了。我心想此风一起,刮向全国,《红楼梦》就要遭殃了。我想秘密抄一部,偷偷保存,以保全此书……(冯其庸《残梦依稀尚有痕》)

清朝嘉道间,行世未久的《红楼梦》即在安徽、江苏多地被禁,当轴者诋为淫书之首;后来的咸同两朝,《红楼梦》连同一批续书频遭厉禁。历史的厄运竟然重现,罪名还是"淫书"!

后来的局面更为严峻,老舍、陈笑雨等人自杀的消息传来,人民大学副校长孙泱(原朱德委员长秘书)也含恨自尽;造反派在学校的操场上大焚书,火焰灼天,那部庚辰本也被付之一炬。冯先生整天生活在恐怖屈辱的气氛中,而更让他忧虑的是一焚皆焚,是《红楼梦》等经典小说自此断绝。他发愿要手抄一部秘传后世,可自己正作为"反动学术权威""中宣部阎王殿的黑干将"被批斗,关押在西郊新校区,有家不能回,家藏图书什么时候被抄的也不知道。一念之诚,只能默存于心底。

这样的日子过了一年多。至1967年岁尾,学校两大造反派组织的冲突越发激烈,已不太顾得上那些被关押的"黑帮"了。冯先生等人时或还要接受批斗,但晚上可以回家,真是如获大赦。他千方百计托人借来一部庚辰本,精心挑选笔墨纸张,渴望已久的抄录计划开始缜密实施。他对庚辰本的抄录,从目录、正文到眉批、夹批,一切依照原本款式,就连原书的错、漏、空、缺和赘字,也一概照原样录写,忠实原本。凡遇脂砚斋等人的眉批夹批,则依原书用朱笔,并尽量摹仿其字体格式,双行小字皆存原貌,一丝不苟。真不敢想象,在那个风雨飘摇的时期,先生竟能够如此沉静执着,如此心宇澄明,非有大信念大定力者,孰能为此?孰敢为此!

在那时,说错一句话都可能招致杀身之祸,冯其庸先生的抄录自也充满危险。庚辰别本中有一段附记:

以上五月十二日钞。昨夜大风撼户,通宵不绝,今日余势未息。

此处用隐语，记当时刚刚发生的一件校园悲剧：人民大学两派武斗愈演愈烈，两个中文系学生在冲突时被对方用长矛刺死。两个年轻好学的阳光男孩，投身"文革"后性情改变，未想到竟至死于非命。冯先生听说后深感痛惜，夜抄红楼时仍心绪难平，藉此隐晦表达悲愤之情。这句话以极细小字写于边框外，复用装订线封住，大环境之险恶，先生之忧惧警惕，皆在不言中。大风，指两派之间暴力相向的狂热风潮。"昨夜大风撼户"，"昨夜大风雨，冷"，是那些个荒诞岁月的斑斑血痕，曾在其庸先生的抄本附记中多次出现，皆有具体所指。

这就是其庸先生秘抄《红楼梦》的真实背景。

为了避人耳目，也为将来不连累家人，他总是在深夜妻女入睡后才开始抄写，视当日身心状况，或长或短，但从无间断。三个多月后，他抄完前四十回，全八册，以细笔小字写下：

> 自一九六七年十二月三日起，至六八年三月十九日下午，钞讫上册，共四十回。用曹素功千秋光旧墨、吴兴善琏湖纯紫毫笔。

题记中的"上册"，当为"上函"。推想先生当年心态，大约一则以喜，一则以惧，导致出现了笔误。经过半年多的夜深或"人静"时光，其庸先生终于将庚辰本全部文字抄完，在最后一页写下："一九六八年六月十二日凌晨，钞毕全书。"将近半个世纪逝去，仍让人感受到那份温情，以及言语之外的沉郁和侥幸。

其庸先生早岁即以诗文称名，处逆境而吟咏不绝，虽说只能潜存于心底，却也是一种强大的心理支撑。第一次被押上高台，造反派正声嘶力竭地呼口号，忽然雷电交加，倾盆大雨从天而降，台下的人很快走光，一场大批斗只好潦草收场。虽然也是浑身湿透，先生则不以为意，在心里默吟一首：

漫天奉谕读楚辞，正是众芳摇落时。
晚节莫嫌黄菊瘦，天南尚有故人思。

众芳摇落，最是"红楼十二曲"的精准概括，摹画出一众女子的青春凋零，亦可为"文革"的凄风苦雨写照，不是吗？

二 代为珍藏的年轻学子

庚辰本的"庚辰"，为乾隆二十五年（1760），随着大小和卓在南疆的叛乱被彻底平定，大清王朝的强盛走上巅峰。这年元月，定边将军兆惠派员解送叛酋等进京，"押俘由长安右门入，进天安右门，至太庙街门外，北向跪"[1]，霍集占的首级也同时送到，在午门举行盛大的献俘礼。为久远计，乾隆帝钦命侍郎阿桂总理新疆屯田事宜，命郎世宁等几位西洋画家绘制《平定伊犁回部战图册》，五年前所写《平定准噶尔勒铭格登山碑》御制碑文，

---

[1] 《清高宗实录》卷六〇四，乾隆二十五年正月丙辰。

也在此时以四种文字刻成,立于格登山之战遗址上的碑亭中。乾隆皇帝素喜标榜"文治武功",大战役得胜后接着就是大宣传,诗文图册,以存长久。至于贵族文人圈正有一部《石头记》在争相传抄,恐怕还未被圣上闻知。

就在当年秋,曹雪芹将前八十回基本改定,由于多处附有"庚辰秋月定本"题记,通称"庚辰本"。其庸先生撰有《〈红楼梦〉六十三回与中国西部的平定》一文,剖析宝玉为芳官改名耶律雄奴一段戏言,隐含乾隆二十年荡平准部割据势力之事,由文入史,以史证文,堪称洞见精微。正是仰赖清廷戡平准噶尔,大小和卓才得以从流放地回归故乡,而仅仅过了一年多,欲壑无边,竟尔辜恩反叛。南疆八城战火复起,兆惠所部被困黑水营,朝廷只得火速增派大军,艰难平叛。由是可知边疆的安定,来之殊为不易;亦可知宝玉所说"不用一干一戈""千载百载不用武备",只能算是小孩子的话。《红楼梦》文义之繁复层叠多如是,欲"呼吸领会",欲解"其中味",诚非易事。

曹雪芹一代文星,万世文章,而推想其当年生活境况,亦略如今日一些民间写手,腹中锦绣,饥肠辘辘,每成一章,先在几个知己手中传阅,是以抄本流传,丢失阙漏均属难免。盛世的阳光不可能洒在每个人身上,后此年余,适当壬午除夕,芹翁在穷饿中凄然辞世。"肠回故垅孤儿泣,泪迸荒天寡妇声",是友人的悼诗,满纸凄凉与悲怆。此后再过三十余年,才有程伟元的辑集整理,高鹗续成后四十回,《红楼梦》刻本方得以刊行。其间多种手抄本辗转流传,多位收藏家蒐求珍爱,对于这部伟大小说的保存和传播，厥功至伟！抄本，曾是我国典籍传承的重要路径，青灯如豆，逐字逐句录写，凝集着一代代学人的心血与赤诚。这也是学术界重视庚辰本的原因，作为芹翁生前定本，即便后世有了足本和刻本，也无法替代其版本学价值。

其庸先生抄成此书，是在一个夏日的黎明，又是一夜不眠。细雨迷濛，情随境转，先生感伤惨切，援笔赋诗一首：

红楼抄罢雨丝丝，正是春归花落时。

千古文章多血泪，伤心最此断肠词。

在许多人眼中花团锦簇、莺莺燕燕的《红楼梦》，是"血泪书""断肠词"么？不经一番变乱苦厄，怕也很难悟到此一境界。纳博科夫说"重读才是真正的阅读"，先生"读红"固不能计数，此诗则告知我们：只有那倾集血诚的抄录，或才是更深层的阅读。断肠人对断肠词，抄毕全书的其庸先生，未见出有一丝轻松愉悦。

抄成之后，接下来便是如何保存。放在家里肯定不安全，说不定哪天造反派杀个回马枪，抄本便成了罪证。而当时风声正紧，"打砸抢"甚嚣尘上，亲友多生活在惊恐之中，交给谁也都有一份危险。可人类的历史也一再证明，无论多么险恶的环境，都不可能泯灭所有人的良知。勇于承担的人选还真的出现了！其庸先生横遭批斗、情绪低落的日子里，两个在京读书的小同乡常来看望。一个叫邹传伦，在北京钢铁学院读书，是冯先生夫人夏渌娟老师的外甥；一个是阴家润，在北京地质学院读书。二人都属于"逍遥派"，不参加造反派组织，平日很敬重冯先生的治学和为人，离乱之际见真情，三天两头来陪他聊天，或外出走走。得知"庚辰别本"已经抄完，而先生苦无妥存之计，二人便郑重提出由他们负责保护。先生回忆说："我也觉得这是个最安全的办法，就将抄本交给了他们，直到'文革'完全结束，他们又把抄本给我送了回来。"是最安全的办法么？怕未必。学生宿舍人多眼杂，学生中造反派是多数，放在那里，更多的应是无奈吧。

其庸先生所说的"'文革'完全结束"，应是指1977年。实则"文革"后期，由于毛主席多次发布有关《红楼梦》的谈话，一股读红和评红的热潮即随之兴起。1973年12月，毛主席在接见军委会议成员时，曾问许世友将军是否读了《红楼梦》，得到回答后（许将军应是回答读过），又说"要看五遍才有发言权"，情景如画。据《许世友读〈红楼梦〉》一文介绍，业师吴新雷先生曾接受南京大学革委会指令，花费三个多月时间，专为时任南京军区司令员的许世友编了一部压缩版《红楼梦》，约五万字，许将军所读应即此。（我向新雷师电话求证，确有此事。）《红楼梦》再称名著，"红学热"一时无两，其庸先生很快又成为香饽饽，被北京市委宣传部调至《红楼梦》写作组，住在香山宏光寺，集中撰写相关文章。次年9月，先生所撰《曹雪芹的时代、家世和创作——读故宫所藏曹雪芹家世档案资料》发表，迅即被香港《大公报》全文转载。1975年5月，文化部批准成立《红楼梦》校订组，其庸先生任副组长，主持学术工作……处境改观而心有余悸，自己手抄《红楼梦》的事不敢声张，庚辰别本也不敢收回。

别本与抄录者的人书分离，一晃就是十年，其辗转保存的过程自有许多曲折。两位年轻学子各持一函，先是藏在学生宿舍，假日或长期外出，都要先安排妥帖，方才放心。其后学军学农，毕业分配，别本如影随身，不敢掉以轻心……总之是最后终于完璧归赵。邹传伦英年早逝，阴家润后来成为优秀的古生物学家，在青藏高原中生代地质研究中成果卓著。积善者必有余庆，信然。

三 "书种"与道统

如果说文化是一个民族继往开来的精神纽带，经典则堪称文化的灵魂。中华民族能够生生不息、历劫火而复兴，文化传统和儒家道统的作用自不可忽视。历史上曾发生过多次人文之厄，每一次都有冒死私藏私抄禁书的人，如"鲁壁出书"的典故，如明代方孝孺弟子章朴因辑集老师遗著被处死，如清朝查继佐在文祸后仍秘藏《罪惟录》……老聃曰"上善若水"，家正老部长倡论"文化如水"，其间当也蕴含对传扬文化之仁人志士的肯定，赞其如水之润泽万物，也如水之渊默潜流，永不停息。

宋周密《齐东野语·书种文种》，引黄庭坚语：

> 士大夫子弟，不可令读书种子断绝，有才气者出，便当名世矣。

书种和文种，这里都是指读书种子，兼亦指儒家典籍，指《红楼梦》之类优秀作品。其庸先生就是一个读书种子，他对经典的敬重熟稔，他过人的禀赋才情与刻苦用功，都是冒死抄录禁书的注脚，出乎自然，接续前贤。

　　在冯先生府上，我们亲眼看到这部抄本，全两函，蝇头细楷，朱、墨二色，评语较多的页面密密匝匝，又整饬雅致，真称满纸灿烂。单是从书法上论列，也是罕见的艺术杰构。常见时下一些人喜欢作擘窠书，巨笔匹纸，笔走龙蛇，俗不可耐。其庸先生为当世文人书法一大家，雅擅行草，笔墨间自具一种醇正明洁，秘抄《红楼梦》，或也是先生书风的一大进阶。

　　感谢青岛出版社别具慧眼，征得先生同意，决定将庚辰别本影印出版，实学术界、书法界一件幸事！其庸先生于病榻上专为此写了序和跋语，叙及自己的书风之变，曰：

> 　　我从小就学小楷……开始抄这部庚辰本《石头记》时，是想用晋唐小楷风格来写的，但毕竟因为多时不练，笔已生疏笨拙，后来写了一段时间，就慢慢接近以往的书风了。特别是抄到十回以后，我自觉前进了不少，也改变了以往的书风。本可以一直以此书风写到底的，但忽然传来要下干校了，我怕抄不完，就改用行书小楷，一直到抄完。

　　下干校的传闻，自是无风不起浪。而实际上又经过一年多的监督劳动，迟至1970年春才乘车往江西，落户余江县李下基村。

先生曾在1949年参加中国人民解放军，未下连队，经过几个月的集中学习，便被分配工作；这次则被编入三连二排五班，当起了大头兵。与所有的干校相同，这里也是"劳动+运动"，开荒整地，加上政治学习。先生心情郁结，几次患病，靠着小时候吃苦打下的底子，倒也挺了过来。1972年11月，其庸先生回到北京，始得以到图书馆查阅资料，尤其留意于《琵琶记》和《红楼梦》，再过半年，人民大学被解散。

庚辰别本，也可视为一所大学的校史别录。风雨飘摇的时期，能有这样的书种文种，当然是学校的骄傲，是今人所谓"大学精神"的真实范例。中国人民大学是我国著名学府，早期几任校长如吴玉章、郭影秋均是大学者，对其庸先生青眼有加。而"文革"期间的人民大学成为重灾区，别本附记中所谓"大风""大风雨"，皆隐指该校的武斗，年轻学子抛却课本书卷，由口沫飞溅的辩论到红着眼厮杀，真刀真枪，直杀得天昏地暗。先生的跋文题为"十年浩劫劫余身"，记录了几件当年旧事，可见受伤害之深。先生所记，转瞬便历半个世纪，今天读来，依然令人扼腕叹息。

2016年5月26日

写成于海淀西山在望阁

雨叶风枝自萧飒
——孙家正《艺术的真谛》谈片

2013年岁杪，人民文学出版社的朋友送来家正先生新著《艺术的真谛》。趁着春节长假，细细阅读了全书，有些篇什一读再读，触动良多，情不能自已，遂将感动与感慨聚拢一起，写下这篇评论。

与家正先生以往专论文化的著作不同，这是一部文学作品，收录有诗歌、散文、随笔、序跋，还有短篇小说，诸品兼陈，皆臻妙境；而贯穿书中全部文字的，仍是作者历来所推崇的人文情怀，是他对世情物象的深沉思索，是一种正气充盈的文化精神。有鉴于此，本文的品题谨就心得所及，不求整饬，因称谈片。

一　但写真情

抒写真性情，在我国文学史上亦是沉沉一脉。所有的优秀文学作品，不管是什么文学样式，不管产生于哪个时代，必然都会出于真情实感。家正先生写作既不追求数量，所作亦不追求长篇巨制，皆是有感而发，言尽即止。在《文化价值及文人风骨》一文中，他提出应冷静看待持续升温的"文化热"，指出情感淡薄、道德沦丧是最值得忧患的事。他拈用了明朝都穆的诗句，"但写真情与实境，任它埋没与流传"，认为：这才是文化人的气节与风骨。

作为我国改革开放的参与者和见证人，家正先生深心敬重邓小平。本书收入一首写邓小平的诗，共八句四十字，却写了整整十年。前四句写于1997年7月1日，香港回归祖国，中央电视台向全国人民转播那场历史性的交接仪式，时任广电部部长的孙家正现场值班，是夜北京大雨滂沱，仿佛要把中华民族的百年耻辱洗涤净尽，他抚今忆昔，感慨万千，挥笔写下：

常恨金瓯缺，终见香港归。
欲向九霄祭，我自泪纷飞。

写毕心潮难平，亦不能继。岁月匆匆，转眼到了2007年，香港各界拟隆重纪念回归祖国十周年，晚会策划者索歌，家正先生不由得想起改革开放的领路人邓小平，想起邓小平在谈判收回香港时的坚毅决绝，于是找出当年旧作，赓续四句：

伟人已远去，大地沐春晖。
香江明月夜，思念如潮水。

这首《春的思念》，成为那场晚会上最动人的作品之一。作者附记："董建华先生后来告诉我，当时，听到'伟人已远去'一节时，全场掌声骤起，他本人更是热泪盈眶。"

有大爱，才有真情。汶川大地震，家正先生为不幸死难的同胞哀伤，亦为全国人民的无私救援和震区百姓的奋起自救振奋。他以自己的方式向震区表达心意，每天都在关注汶川的消息。读了一位母亲以死抵住坍塌的墙壁，让婴儿在身躯下存活的报道，家正先生极为感动，写下长诗《请不要叫我孤儿》，拟一个地震遗孤的口吻，描绘舍身护子的伟大母爱。地震中有许多这样感人的事例，那些平日里柴米油盐的普通女子，大难降临之际，生死关头，便彰显出人格的魅力。该诗饱蘸深情，长歌当哭，悲怆而不低沉，副题为"谨献给汶川地震中所有为救护孩子而死难的母亲、父亲、老师和亲人们"，传递的正是作者之衷曲。

情分七色，色色动人。短篇小说《春雪》的主旨，便是言情：笼罩城市的雾霾，驱散雾霾的春雪，雪中走来祖孙二人，一老一少，就雪地上的乞讨男孩，进行了一番欲断还续的对话，以及一场内心较量。故事虽然简单，写的却是童心和良知。明思想家李贽曾作《童心说》，曰："夫童心者，绝假纯真，最初一念之本心也。若失却童心，便失却真心，失却真心，便失却真人。"读家正先生作品，你会发现，他始终是个不失童心的人。

一个老军人读后来信，说是从中见到老首长许世友的形象，非常感动。小说中有这样一段：

"文革"时……一年春天,他们那个地区出现了大批的乞讨农民。首长要求各地立即查明情况。老人永远都不会忘记,当他把汇总的简报交给首长时的情景。各地的汇报不约而同,几乎一致说,当前,本地形势一片大好,人民安居乐业,乞讨乃是邻省某地流入的农民。还说,春季外出乞讨是那个地区的传统,许多农民已习惯以乞讨为职业。首长看了汇报,脸色铁青,"刷"地一声,将简报甩在地上,骂道:"胡说八道!乞讨为业?还传统!老子让这帮饱汉不知饿汉饥的兔崽子统统转业,改行讨饭去!"

一个耿介老将军的形象,跃然纸上。我曾就此问过家正先生,他说在江苏工作时敬重许世友的品格,也听说了许多关于他的故事,所写正是这位少年寒苦的国家勋将。而许世友的临终请求,"俺当兵打仗,东奔西跑一辈子,死了告个假,回家看看穷乡亲,陪陪俺那苦命的娘",也深深打动了无数人。

亲情,当是文艺作品的永恒主题,而作者写亲情,却有着较多独特的记忆和感受。他的父亲是一个解放军野战医院院长,牺牲在中华人民共和国成立前夕。家正先生有一首诗写到父亲:

我出生的时候
你正在烽火的前沿
背负着多难的民族

艰难地前行
　　那时候　你很年轻

　　早春的午夜
　　你仆倒在冰凉的路上
　　双手捧给我的
　　却是一个温暖的黎明
　　那时候　你很年轻

　　时光如流水不舍昼夜
　　二十六岁成了你生命的永恒
　　我一直不敢擅自地老去
　　因为你哟　父亲
　　永远是那么年轻

　　没有嘶声哭祭，没有渲染和矫情，但觉平静理性的字行间，对父亲的挚爱在流淌奔涌。也曾听作者讲母亲的故事，讲母亲闻听丈夫死讯，立即变卖家中所有可卖之物，从泗阳赶往山东枣庄，苦苦寻觅。当时所过之地多处于战火中，兼有散兵游匪，极不安全，亲族无不劝阻，然二十多岁的母亲坚执不变，终于将父亲遗骸运回老家落葬。家正先生有一首献给慈母的诗，《背后，那深情注视的目光》，追述童年蒙受的母爱和自己的懵懂无知，一唱三叹，一往情深。

二　真诗只在民间

古往今来，身居高位而富于文才诗情者，代不乏其人。其高低雅俗之别，在于是否忘却了根本，在于能不能关注民间疾苦，在于有没有一个慈和悲悯的纯净情怀。明代文人李开先称"真诗只在民间"，说的就是这个道理。

家正先生的作品中，常常流露对故乡的思念，即今所谓"乡愁"。如《故乡的小河》：

> 故乡的村旁有一条小河
> 粼粼的波光在河面闪烁
> 稀疏的芦苇随风摇曳
> 沙沙的响声伴着我的儿歌

这是苏北地区常见的小河，是普通得不能再普通的河，也是满含着美好温馨记忆的河。当年告别家乡，作者正是沿着河岸远去，"悠长的堤岸依依惜别，缓缓的流水一程又一程地送我"。以至于在走遍世界、遍历名山大川之后，"深深的思念在梦中荡漾，依然是故乡那条无名的小河"。乡愁之迷人，正在于笔触的细腻和挚切。

在《纪念杜甫》一文中，家正先生记述了诗人在安史之乱中的颠沛流离，赞美他心忧天下穷且益坚的家国情怀，以及为民间疾苦呼号呐喊的诗歌取向，写道："文化艺术是时代的产物，其思想内涵、价值取向及情感表达千差万别，而关注大众，同情人民，是历史上一切进步文化的重要标志。""一部杜诗，既是艺术宝库，又是思想宝库。它对中国人格精神的陶冶和中国各门类艺术的影响，已经远远超越了诗歌的范畴，无数仁人志士深受杜甫精神的激励，杜诗始终是他们为国家民族不懈奋斗的重要精神源泉。"他提出学习杜甫，就是要摒弃"脱离生活的苍白虚脱，缺乏真诚的欺情弄巧，味同嚼蜡的套话空言"，指出党中央关于文艺创作要坚持以人民为中心，贴近群众、贴近生活、贴近实际的号召，极为重要和中肯。

称扬杜甫杰作，家正先生如数家珍："三吏"、"三别"、《兵车行》、《丽人行》、《春夜喜雨》，写的是黎民百姓，抒发着社会底层的笑骂歌哭。《艺术的真谛》也不无关注民生的优秀作品，如《贵宾楼记》，记在某宾馆的庭院中散步，与一位做杂工的农妇的聊天，得知这儿曾是她的祖宅，听她讲迁入楼房的感受：

城镇的楼房舒适敞亮
可心里　总不踏实
仍去务农家里又已无地可耕
特别是丈夫原本心窄气短
竟为此事而郁郁丧身

现在的生活还算不错
只是　每经过这座大楼

心里便有点儿落空
　　感谢宾馆为我留下这个念想
　　我的丈夫　名字就叫王贵宾

　　多么善良淳朴的农妇！话语中已完全听不出拆迁时的激烈对抗，听不出一丝怨恨，有的只是对死去丈夫的怀想，以及对老宅故土的眷恋。记得第一次读这首诗，是在家正先生办公室，刚刚回京的他以初稿相示。我读后十分震惊，连问：是真的吗？她的丈夫真的叫王贵宾？告曰：真的，她以为"贵宾楼"三字，就是为纪念丈夫命名的。说完一声叹息，久久无语。

　　基于这种乡土感情，基于对更多乡村和欠发达地区的了解，家正先生极为珍惜改革开放带来的沧桑巨变，却也从不讳言现实中存在的困难和压力，不讳言社会腐败和积弊对进步的阻碍，不讳言当代中国还是个发展中国家。即使是在国外，在对外交流场合，他也大大方方讲明这一点。2005年10月，在美国肯尼迪中心举办的中国文化节开幕式上，孙家正在美国国家记者俱乐部发表了《当代中国文化的追求与梦想》的主题演讲，一开始便谈到中国的现实状况：

　　　　中国虽然取得了历史性的进步，但中国领导人的头脑十分清醒。中国是一个发展中国家，有13亿人口，原有底子相当薄弱。以国内生产总值为例，中国经济总量不到美国的1/7，人均仅占美国的1/30。在世界200多个国家中排在100名之后。在座的尚慕杰大使和李洁明大使都知道，中国地区差异很大，很多人生活在农村。中国现在还有1亿多人每天的生活费不到1个美元，其中3000万人不到半个美元。现在，人们刚刚感觉到秋天的凉意，但是中国政府的领导人已经在考虑那些贫困地区的农民能否过上一个温饱的冬天……

如拉家常、话桑麻，真诚坦率，一下子就拉近了在场美国人士的心理距离。是啊，中国存在着许多发展中的难题，又哪个国家没有贫富和地区差别呢？哪个国家不存在各种各样的社会问题呢？直面现实困难，化解社会矛盾，是政治家的责任，也是文化人的责任。

三 寻找与守望

这是作者一首诗的题目，也是文物考古界许多人熟悉的一首歌。在赶赴敦煌莫高窟的迢迢风尘中，作为文化部部长的孙家正有感于一代代学者的艰苦自持，吟成诗篇，以推崇这种无怨无悔的奉献。寻找与守望，是许许多多文化人的生命轨迹和精神归宿，其程途也艰辛漫长，内蕴着太多的挚爱与忠贞，凝集着太多的坚毅与持守。在近现代中国的战火硝烟中，在中华人民共和国成立初期的艰苦岁月里，有许多这样生死以之、无怨无悔的仁人志士。《一位真诚的学者》写的是罗哲文先生，由他引申开来，缅怀所有能这样做的文化人：

他们以自己的博学和远见，洞察于前、忧患于前、行动于前、慷慨于前，不惜汗、不惜命、不居功、不气馁地奋斗着。时下也是如此，当全球化的飓风向我们袭来时，他们保持着清醒，坚定地守护着民族文化的根脉，并以开放的态度面向世界，承担起取其精华、去其糟粕，为我所用、不囿于我的责任。

中国的文化遗产保护能有今天的成就和局面，除国家昌盛、政通人和外，还有一个很重要的原因是得益于一批仁人志士、专家学者的鼓呼奔走。罗哲文先生便是其中一员。

生活中，家正先生有很多文化界的朋友，平日间探讨一点学术，交流一些看法，是他的一大快乐，也乐意为之做些事情。仅本书所及，《魂牵梦绕是此书》，写老校长匡亚明为南京大学"中国思想家评传丛书"呕心沥血的故事；《琴韵悠扬》，是为首都京胡艺术研究会鼓与呼，赞扬他们搜集整理资料文献和演奏经验；《关于昆曲及其他》，对一个基层作者的昆曲研究给以肯定；《意象雕塑》，则是多年前对青年雕塑家吴为山的点评，称赞其作品中有一种民族文化的自信。一次在中国艺术研究院研究生院开学典礼上，家正先生的讲话让新生们铭记终生，兹录一段：

> 其实，当代社会最应该重视的，人们恰恰淡漠了，那就是人的情感。艺术是情感的载体，同学们选择了艺术研究，实际上就是选择了对人们情感的关注。……一种慈悲的情怀，

一种忧患的意识，一种精研穷究的学术精神，我认为对于学术研究来说是最为重要的。

慈悲情怀，当然不可能专属于艺术研究和文化传承，不可能专属于文学创作，也不可能仅在中国，而是一种人类美德。其与民间疾苦息息相关，佛家所谓"循声觅苦大慈大悲观世音菩萨"，我们曾经的口号"愿天下受苦大众得解放"，表达的都有一种大慈悲在焉。

《花莲访证严法师》一文，记述他在台期间专程拜望证严法师的感受，对她"发誓要为穷人建一所医院，发誓筹钱救助更多的苦难"的毕生追求，家正先生虔诚敬仰，写道：

> 如今，这个被称为台湾最美丽的女人，已是一位年逾古稀的老人了。晚风吹拂中，她那瘦削的身影愈益显得单薄和柔弱。我的眼眶不禁湿润起来。她那清瘦柔弱的体内，包裹着怎样一颗深邃博大的慈悲仁爱之心，蕴藏着多么强大的感召、亲和的力量呵！"人的心要练得如水一样，看起来绵软柔弱，却是坚韧的任何东西无法切断。"这是她教导弟子的话，她真正地做到了。

证严法师是一个伟大女性，也是一个文化人。仁者爱人，她的终生事业中，正闪耀着中华文化仁与善的光辉。

四　文化之树

在先秦典籍中，在《山海经》和《诗经》中，常可见对"社木""社树"的描绘，节日的族人聚集在巨大的树下，祭拜如仪，载歌载舞，许多爱情故事也因之发生。由是不光是社木，城市村庄的不少老树，也渐染了文化的意蕴；而一个部落乃至族群的文化，或也像那有灵性的树，根系深密，枝叶繁茂，传衍无尽。

该书第一篇《老人与树》，写了一个乡村的孤独老人，还有一棵老树：

> 这棵老榆树有多老，老人也不清楚，反正在自己光着腚的时候，就在树下玩耍了。那时候，树干就粗得三个小孩都抱不过来，树干上长满了疙疙瘩瘩的树瘤儿，树冠似柄擎天巨伞，覆盖了好大一片地面，乡亲们坐在树下乘凉聊天，日头晒不着，小雨淋不着。春天里，满树悬挂着一串串的榆树花，那淡淡幽幽的清香，满村都能闻得着。榆树的花、叶子、树皮都可以充饥，村里上了点年纪的人都记得，那几年灾荒，这棵老榆树可救了村上不少人的命。
>
> 孙子走后，老人去老榆树的次数明显地多了。他常常扶着树干，望着远处的山路，一呆便是大半天。有时，人们问他："老爷子，望儿子，还是望孙子呀？"老人总是回道："谁都不望，看树呢！"

老树成了老人的生活陪伴,成了他的精神寄托。没成想不久后老树竟被人移走,说是要移往城里的公园,代价是给村里打一口井。老人又怎能阻挠,只有眼睁睁看着树被挖走。过了一段日子,实在放心不下这棵树,便进城去找寻:

> 没多远,老人在众木林立之中,一眼就认出那疙瘩累累的老榆树了。老人似见了多年不见的老伙计,迫不及待地加快步伐,赶了过去。待到跟前时,老人不禁愣住了,远望是它,近看又几乎认不出来了。主要是那庞大的树冠没了,树干上面那繁密而舒展的枝杈被剪截得七零八落,参差不齐。最让他诧异的是,老榆树的树干上,竟然吊着两个水袋子,好像在给树挂水。

是啊,老树不同于苗圃,是不宜离开故土熟壤的;且一旦被剪裁去根系与枝叶,活得也就无比艰难。这篇小说虽短,含义则有多重:风靡一时的城市景观热对农村的掠夺,农村文化聚落的保护,农村孤独老人的精神生活……而同时,老树也可以被视为传统文化的象征,在经济高速发展的今天,我国的许多文化艺术品类,其境遇,不正如这棵老树么?

家正先生的文章,跳脱空灵,词采富赡,譬喻每多精准之笔。即便是参加一些会议,他也多不用成稿,而是先搜罗阅读,再深入思考,审慎动笔。如参加在扬州举办的世界运河名城博览会暨运河名城市长论坛,便以《不是生母,便是乳娘》为题,创造性地论列运河沿岸城市的生成和繁兴,指出:

运河毫无例外地促进了沿河城市的发展和繁荣，同时，运河还催生和哺育了一批新兴的城市。运河沿岸的城市及其居民，与运河世代相伴，朝夕相处，密不可分。……运河之水融入了市民的日常生活，也荡漾在他们的梦境之中。因此，可以说，运河对于她身边的这些城市，不是生母，便是乳娘。

不管是生母，还是乳娘，都是母亲，是慷慨赐予乳汁、无私奉献一切的母亲。作者进而把河流与人类文明和历史文化联系起来，"自然的河流是人类文明的摇篮，人工的运河则是人类文明的杰作"，认为：开凿运河常是出于经济和军事上的目的，但随着时间的推移，运河的文化意义便逐渐彰显。是啊，从这种意义上着眼，运河，不也是一棵负载丰饶的文化之树么？

明清两朝，天下读书人所向往的翰林院，位于皇城南，北御河桥以西，后堂之后有双柏，乃成化间掌院学士柯潜手植。三十年后，树已长成，当年的柯潜门生李东阳亦在此传道授业，命二十二名弟子各以柏为诗，且自题七言排律一首，"我行树阴日千匝，雨叶风枝自萧飒"，摹写和礼赞那见证学术传承的树。传承是文化的命脉，雨叶风枝，盛衰枯荣，摧挫与抗争同在。家正先生这部书，以及他的所有著作，都在呼吁推助文明的进步、文化的传承。著述若此，不云大乎！

2014年4月
于京师慧心斋

饕餮季节的爱情书写
——读王蒙先生新作《笑的风》随想

饕餮，在古代汉语中义项颇多，今天一般用指饮馔之嗜。这个并非常见的词在《笑的风》中反复出现，至卷末才揭出来历，曰：

> 多么有趣啊，一个网络的"小编"居然混淆了耄耋与饕餮，将一位知名人士的进入耄耋之年写成进入饕餮之年，多么快乐呀，八十岁时候痛痛快快地进入了大吃大喝的饕餮之年喽。

被称为"进入饕餮之年"的知名人士，并非王蒙先生，却是一个编辑对他亲口所讲，觉得好玩儿，常也藉以自谑。其底色仍是那容易读错的"耄耋"，而意外与"饕餮"的置换混搭，也别有一番韵致：几年前就已耄耋的王蒙先生，依然在痛快淋漓地阅读和写作，书写一代人的爱情，为之沉迷陶醉、感叹唏嘘，也对之烛照幽微……

如果说《笑的风》是对作家群体的爱情取样，是一道丰盈的生命和精神大餐，那么王蒙的饕餮，并不限于本书。

一　风行水上之文

该书以作家傅大成的婚姻爱恋为主线，情节上并无奇诡繁复的设计，如唠家常，如话桑麻，起承转合一气而下，如风行水上，自然成文。

起　写出身寒素的傅大成爱好创作，高一时听从父母安排，与年长五岁的白甜美结婚，很快有了一子一女，后来读大学，到外地工作，长期分居后一家团聚，妻子贤惠勤勉，儿女读书上进，小日子过得有滋有味，文学创作上也名声渐起。

对于这桩包办婚姻，傅大成难免耿耿于怀，而妻子的心底也始终潜存着忧虑戒惕。作者写傅大成很少归家，写白甜美眉头常锁和沉默寡言，写了儿子小龙的读书癖，以及他为爸爸回家写诗和朗诵《卖火柴的小女孩》，也写到女儿小凤在倾听时的哭泣嘶喊：

> 小凤只比哥哥小一岁半，她听了小龙背诵《卖火柴的小女孩》的一段话：小女孩儿只好赤着脚走，一双小脚冻得红一块青一块的。她的旧围裙里兜着许多火柴，手里还拿着一

把，这一整天，谁也没有买过她一根火柴，谁也没有给过她一个钱。这时小凤受不了了，她突然喊了几声："让她暖和一下！""暖和一下！""暖和暖和她！"在家乡，人们说暖和时候的发音是"攮活"，最后一个活字读轻声的话，更像是说成"攮嚯"或者"攮花"……

这是一家人难得团聚的时光（本想说"幸福时光"，斟量之下，复将"幸福"删去），写得十分自然与动情。八岁的小龙聪颖好学也有些敏感早熟，他在诗中为何添加"爸爸为我穿棉袄"的乌有之事？为什么选择朗诵《卖火柴的小女孩》？作者不言，为读者留出想象空间。

看到大成对儿女的疼爱，甜美似乎找回了信心，这个家庭在Z城也真的度过了一段幸福时光。那是特殊时期的个例，是整体匮乏时代的生存技能和智慧。朋友拎着一瓶伊犁大曲来访，作者用了"居然"二字，一下子让我辈忆起其在地瓜烧流行的当日该多么隆重，而家中毫无准备，"在傅大成狼狈不堪之际，甜美找出一根剩油条，一根大葱，半个萝卜，一块姜，还有一节酱腌乳黄瓜，居然还有一个鸡蛋松花，白氏土造，三切两拌，撒盐滴油，十分钟后，二人小坐小饮，其乐融融，其味幽幽"。大约就是今天所说的"小确幸"吧？改革开放后，两个孩子考上大学，甜美的生意风风火火开了张，大成的创作也声名鹊起。

承 是大成的婚外恋，在京沪与女作家杜小鹃相遇相知，鱼雁往复，并由此引发白甜美的警觉与试图阻止，小龙小凤的恳求诘问。大成确曾想切断这段感情，但未能做到。

这是两个作家的爱情，是惺惺相惜，应也是傅大成久远缺憾的突兀补偿，可书中浓墨皴染的却是他的犹豫、躲闪、排拒和负罪感，是相会时的热烈忘情和分别后的复归冷静。王蒙写不擅女红的小鹃手织手套相赠，写甜美的洞察秋毫和采取熔断措施（告知子女），写大成对小龙小凤的否认遮掩……小龙说的"您如果做出不合适的举动，您会毁了这一家，您一定会先毁了妈妈，毁了您自己，毁了阿凤与我"，小凤说的"如果你对不起妈妈，就别想着我们还能对得起你"，都是那样痛切，让他猛醒，"决绝地停止了与小鹃的通信，而且寄去了一封信，信纸上只写了一个'不'字，加一个惊叹号'！'"。婚外情的主导者是京城作家杜小鹃，紧追不舍和一往情深，而文学又为此插上翅膀，兹引其《只不过是想念你》第一段：

只不过是想了想你，

没能忘记，

没希望、没要求、没什么戏，

想着你到底是

想我了还是真的没想，

听着你没声儿没语。

傅大成的确是"没声儿没语"，可命运操弄，之后他应邀参加中国作协组织的柏林行，本已打听过名单中没有杜小鹃，结果竟意外相逢，你侬我侬，七天下来已是难解难分。

转　是傅大成与白甜美的离婚过程，一场持续数年的司法拉锯战，大成遭到舆论谴责，被逐出家门，在家乡被甜美的娘家人痛殴，不得已离开Z城到京师。而法院最后还是判离，大成与小鹃终成眷属。

作者给了白甜美极大同情，特特细记她在法庭上的着装，"英国原装苏格兰式蓝方格乳白底色外套，细薄山羊绒内衣，肥肥大大的亚麻褐色休闲裤子，而且她穿了一双北京市内联升手工千层底坤千缘鞋，纯黑色板绒鞋帮鞋面，耸起的两道埂子，襻口上是一小块朱红线花锁住，纯朴优雅高尚古典"，更主要的则在于她的气势如虹：

"你请的律师说咱们俩互相没有说过好听的话，你说说，做完摘除胆囊手术，你说过好听话没有？你说过人话没有？你说过实话没有？你说过要对我一辈子好的话没有？你只要说是从来没有说过，我现在就签字，同意接受你的离婚心愿，嘛条件也没有！"傅大成五迷三道地点头不止。

此乃本书最沉郁的章节，家庭破碎，亲人反目，使得一场轰轰烈烈的爱情黯然失色，使傅大成再无回旋的余地，也成为他心中的不解之痛。

合，或曰尾声　是白甜美在商业上取得很大成功，但无法消解离异带来的伤痛，后因病而逝；而大成与小鹃情感渐趋平淡，和平分手，在孤寂中思念甜美和痛悔过往。

最后一章《不哭》，八十岁的傅大成在重阳节去给白甜美扫墓，"这一天是甜美的八十五岁冥寿，他准备献白菊花，在甜美墓前长跪，能跪多久就多久，就这样跪死也随缘"。其是一种从年初就开始期盼，"甜美的在天之灵当然会感觉到，会像天使一样地敲打他也疼爱她，也许终于救赎了他。他还隐秘地盼望着，在梦里能见到甜美，他相信甜美一定会来到他的梦里"。而大成到了墓地，在挨挨排排的墓碑之林好不容易找到前妻的名字，又被一侧闹嚷嚷的工人干扰，"没好好哭成，也没有跪踏实"，一场酝酿已久的痛悼潦草收束，准备好了眼泪竟无由滴沥。

造化无工，是为化工。作者在从容平淡的记述中，让主人公傅大成完成了灵魂的自我救赎。

二　永远的意识流

二十世纪八十年代初，文学批评界曾经热议"意识流"的写作方法，王蒙的《夜的眼》《春之声》等小说，被称为"意识流小说"的代表作。而在这部新作中，尤其是在傅大成形象的塑造上，王记"意识流"仍像是如影随形，不择地而生。

小说一开篇，春夜的风中裹挟着女孩子的笑声，恍兮惚兮，令一个高中生的青春幻想（也包括幻听）喷发升腾，乃至于"两眼发黑，大汗淋漓，天旋地转"。类似的晕眩在傅大成一生中多次出现，究其原因，大约都由于意识的涌流量过大。定下神来，大成写了一首关于春风和女孩笑声的诗，想象挥洒，任凭青春的迷思在夜风中漫流，漫过一个中学生的"作家梦"。

在北京中青年作家会议上，傅大成满目新奇，满怀欣悦，"百感交集，往事翻飞。就在这个时候，傅大成两眼发黑，周围的一切开始越来越快地旋转，周围一切像是浸在深深的暮色里，渐渐变成黑影剪影，笑声吵闹声突然远去，渐渐变成呻吟与蚊子的扇动翅膀，不好，傅大成晕眩过去了"。优秀作家大都是思绪翻飞，而意识流过强导致的眩晕或曰无意识，似乎是大成的个人特色。

第六章，被京师万象整晕，被诸般美馈整出胆囊炎的傅大成，感动于甜美的倾心照料与吐露隐衷，钻到妻子怀里，哭得鼻涕眼泪直流，意识又止不住奔流：

让自由恋爱的人自自由由地去爱去抱去离去骂去乱去下药去动刀闹它个天翻地覆出窍涅槃吧；让没有得到自由的爱的人也爱他或她的能爱，搂他或她的能搂，舒服他或她的能舒服，抱怨他或她的想抱怨，哭着骂着也还要抱在一块儿，得了便宜也还要卖乖，窝囊着也还要尽兴吧。

或也只有这般密集拥塞的文字，才最能呈显大成此刻的纷乱意绪。他爱上妻子了，即使在睡梦中，也陶醉在迟到的深爱中，呓语着"我爱白甜美"，让妻子哭得个稀里哗啦。

第十章，上海之行归来，大成与小鹃的私情被甜美觉察，小龙小凤一起找爸爸谈话，大成先是给孩子大讲文学，接下来感伤流泪，想到自己的不得体，然后，居然是——

想起了与小鹃在一起的大上海快乐时光、欢笑时光，对话机锋，诗歌小说，旁征博引，尤其是翩翩起舞。与小鹃共舞的快乐如同进入了神仙世界，音乐响起，节奏清晰，美女在怀，美情在心，美步在足，美意在搂抱的手，文质彬彬，文明优雅，文思如酒，文学与音乐，朋友与社交感每分每秒都令人骄傲陶然，也不无飘飘然。

怎么办呢？不管是意识的顺流、溯流、横流，又怎么控制呢？大成的思绪再陡然一转，流向妻子白甜美——

是一个无知却又聪明，无教而又忠诚，无恋爱而又温暖如夏天的风，无尊贵意识却自有道理、自有主意、精明如商、技能武装、顶天立地、绝非等闲的角色。是一个时时让他敬、让他畏、让他依靠、让他馋嘴的大媳妇儿，又是一个永远无法与他对话与他交流与他互触灵魂的纯洁得贫乏、天真的愚蠢、忠诚的简单、廉价的好使好用少情欠趣的媳妇。

第十七章，被法庭驳回起诉的傅大成回到故乡，心中已做好离不成婚的准备，"认真打一次离婚，是他对小鹃的道义责任，是他必须的担当，败诉驳回，头破血流，也好，他们当然必须听法律的听国家的听权威的,他只能服从。干脆败诉,听命于败诉,哈哈,其实不见得不是",而就在这种"摇摇摆摆"欲走还留之际,白家的大队人马来了,将他一通痛殴。作者写道:

> 挨完揍,他一下子怔住了。突然,他重新意识到了什么是现代化,为什么需要现代化,还有什么是前现代与半现代化。调解、调解,既然是调解,为什么上来了殴打?承认情,其实是为了融解与泛化爱情,讲恩爱是为了把爱情变成施恩与报恩的社会义务,最终是为了压抑与解构爱情……

一场群殴堵塞了大成的退路,使他变得决绝。走笔至此,王蒙先生不免感慨叹息:"可怜的白甜美啊,她在这个关键的时期,恰恰犯了一个许多自觉冤屈的女性多半会犯的大错误。"

与小鹃结合后,大成并不全是快乐的,常会想起前妻,想到原来的家,偶尔会发出一种奇特的怪叫惨叫,并伴随着大小规模的颤抖,应也是意识流作祟。第二十四章,小鹃的私生子前来认母,仪表堂堂,学业有成,唤醒了小鹃的母爱,令她激动迷醉,找来大厨为儿子做饭,而大成却突然闪过了一个念头:

> 再什么大厨什么四十一年未见的亲儿子什么哭哭笑笑什么花了一万八千,做出来的菜也赶不上白甜美随手一拨拉的白菜粉条与肉片烧茄子,一边待着去吧,菜肴里的灵性天机,与学历与职业教育证件与工钱无关,与出手大方更不相

干，甜美的手艺你们谁能摊上十分之一呢？他的想法使自己打了一个寒战。

这是端坐时的灵魂出窍、应酬间的思飞天外，魂灵之爱与魂灵之痛，已然在意识的溪流中混为一体。

三 假如……

还是在2003年的秋天，中国海洋大学举办王蒙的国际研讨会，有很多作家、文学评论家聚集青岛。张贤亮的发言中有句话至今犹记，道是："王蒙是没有绯闻的。"据说这位已故大作家本是要批判"作家无绯闻论"的，登台后心念一转，改为赞美王蒙对婚姻家庭的忠诚。他未能看到《笑的风》，一本写爱情不专一的书，一个以家庭破碎、亲情撕裂为代价追逐爱情，得到了，结合了，又复分手的故事。小说主人公当然不会以作者为原型，却也分明可见些许影子，不经意间流显出王蒙的唇吻口角，尤其是那股子不时流露的执拗、二杆子劲头——这话出诸他的一位老秘书之口：有些鸟人竟然说王蒙圆滑，他们哪里知道王蒙的简单、真率、轻信、易冲动，有时还有点二杆子劲儿。

至于我，却觉得王蒙与普希金有几分相像，觉得《笑的风》与《叶甫盖尼·奥涅金》隔代相通，所拟《只不过是想念你》等诗句，也显得色泽仿佛。在本书导言中，王蒙说"甚至于我想到本书可以题为《假如生活欺骗了你》"，而封面上那个一半中文一半俄文构成的心形图案，也密匝匝写着：

> 假如文学欺骗了你，
>
> 假如爱情欺骗了你，
>
> 假如小鹊欺骗了你，
>
> 假如你欺骗了甜美
>
> 阿龙还有阿凤
>
> 你不但伤心
>
> 尤其乱心
>
> 闹心慌心
>
> 刺心扎心
>
> 撕心……

这些文字纷乱地写在略呈破碎的"心"上，见诸书中第二十六章，大成在家中苦盼妻子自广州归来，而小鹊则由于孙子碰伤未上飞机。一向敢爱敢恨、有些前卫和浑不论（吝）的她，已变成一个慈祥老祖母，到儿子家一住经年，留下大成独守空房，每日价浮想联翩："他想着甜美的去世，这么早就与他天人相隔了，他想着现在的妻子小鹊一别十个月，说好了，说是到机场了，仍然不见回，不回来也不说一声，他为了小鹊毁坏了自己的四口之家，然后小鹊出来了一个天晓得的儿子，然后她变了一个人。"蓦地里烧天蓦地里空，二人之间那曾经的热烈，的确是在"一点点耗散与衰减"了。

作家的爱情和婚姻，与普罗大众会有什么不同吗？

改革开放四十余年来，中国的发展成就有目共睹，而对爱情婚姻家庭的观念，并未见根本性改变。为什么？因为无须改变，追求真爱和有爱的婚姻家庭，一直是中华文化的主旋律。其关键或也不在于是自主还是包办，而在于能否爱得长久，过得幸福。譬如唐代元稹的《莺莺传》写了一段自由、热烈的爱情，其结局则是"始乱终弃"。元代王实甫将之改编为一代名剧《西厢记》，提出"愿普天下有情的都成了眷属"，让二人经历曲折，终得结合，却没写这个婚姻将走向何方。这也正是王蒙新作的着力之处，精深警策之笔：大成与小鹃的爱情修成了正果，也走向了终结，没有争吵，没有背叛，甚至也说不清谁是谁非，爱就那么一点点在日常生活中流失了。这是我看过的最冷静透彻的爱情书写，也是对于爱情和亲情孰深孰浅的省察凝思。他没有给出结论，却提供了一个例子。大成在迟迟疑疑、徘徊反顾中离开了原来的家，割舍了儿女亲情，假如让他重新选择，应是不会再这样做了。而小鹃并无机心，有的只是思念和等待，是为了爱对一切的不管不顾，又哪里会想到对方的子女？而今自己的儿子来了，始知母子、祖孙之情的力量如此强大。她对大成的爱似乎仍然存在，却也只能说是残存了。

生活中的王蒙极重爱情，也极重亲情。曾听他说起，疫情期间每周与散布各地的子孙们在网上开主题音乐会，练习和演唱不同时期、国别的歌曲，听着都觉得温馨。王蒙显然对白甜美寄予了更多的同情，而笔下的杜小鹃也绝非坏人。她从来没想去欺骗傅大成，就像普希金的诗和王蒙的演绎阐发，是生活欺骗了他，是爱情欺骗了他，当然也包括她。

是啊，生活实在是太繁复丰饶了！《笑的风》提示我们，别太相信那些口号化、标签化言辞，即如婚姻，父母包办的可能一生幸福，个人自主的也会半途而废。如果权且把这些称为欺骗，生活中的"欺骗"常又化身亿万，包括被欺与自欺，也包括不知珍惜，身在福中不知福。傅大成的小日子本是安定、富足、舒适和有利于文学写作的，是幸福的，由于不知珍惜，便尔出离家庭，再走向孤寂凄清。这是本书带给人们的另一种启示，对普希金的诗，也可以反其意而歌之，曰：

假如生活善待了你，
请不要……

傅大成与白甜美、杜小鹃的故事令人感慨唏嘘，三个人都曾一往情深，曾经承受折磨而竭力试图挽回，而命运之神却做了另外的安排。王蒙先生在跋文中写道："生死离别，爱怨情仇，否极泰来，乐极生悲，逢凶化吉，遇难呈祥，冷锅里冒热气，躺着岂止中枪。一帆风顺带来的是更大苦恼，走投无路说不定造就了一往情深，如鱼得水。相濡以沫还是相忘于江湖，忘大发了会不会抑郁症……"这就是世相世情，这就是人生，不仅现在，过去未来应也不会有大的差异。

像是要回应坊间议论责难的不绝如缕，王蒙的阅读写作从未稍息，他引以为豪壮的是至今仍身处劳动的第一线，黎明即起，读书写作，锻炼身体，日复一日，不断推出新作品。他岂能感觉不到衰老的逼近？对耄耋与饕餮的调侃中岂无几缕感伤？却是殷殷自励：

  那就发力吧，再发力吧，用你的魂灵肉体生命耄耋加饕餮之力，给我写下去！

  这就是王蒙先生，是处在其创作的饕餮季节的王蒙，是他的精神峰巅也是他的日常功课，是一曲历久弥新的青春和奋斗的歌。
  珍惜王蒙。

2020年春月
于燕山脚下两棠轩

明朗高亮，执心弘毅
——寻绎王蒙的人生境界和文学精神

当今的许多作品中常可以发见作者的身影，却又很少有人像王蒙先生这样，在他几乎所有的作品里，都孜孜于追忆过去、倾诉衷肠或阐述思想。其全部创作（小说、诗歌、散文、随笔、报告文学、学术专著……）无不润泽着王蒙所独具的博大而谨细、通脱又执着、理性且富于激情的智慧之光，亦可视作一部王蒙回忆录与哲思录。"做一次明朗的航行"，这是王蒙先生为新作《王蒙自述·我的人生哲学》所题代序，当也是我们寻绎其人生理念和文学旨趣的一条路径。

一　明朗——以宽宏坚毅为底蕴

王蒙的人生经历也如一部文学作品，充满着跌宕起伏、险厄曲折，在相当长的时间里和相当多的事体上，都会显得"身不由己"。然具体说来,王蒙所遭受的人生磨难(包括长达十六年的"放逐新疆")应是与一代知识分子中的许多人命运共通的;而其所持守的人格和信念底线,其所内聚的坚忍不拔和积极向上精神,其对文学所投注的特殊关爱和创作热情,其所取得的举世瞩目且必将传远历久的文学成就,又具有掩遮不住的个性光彩。

直到今天,王蒙的生命境遇或仍有些风风雨雨;然即便在最困难之时,他的精神世界也通常是明朗澄澈的。这就是"执心弘毅"。《论语·泰伯》:"士不可以不弘毅,任重而道远。"朱熹集注:"弘,宽广也;毅,强忍也。非弘不能胜其重,非毅无以致其远。"我们注意到,王蒙在1963年携家人"放逐新疆"实际上是一次自我放逐,是主动而非被迫的,是与盛唐边塞诗人血性相激、血脉相通的西域行。伴随着西行夜车那"不管不顾的铿锵声响",青年王蒙心中或也有岑参、高适当年铁甲冰河之豪情,"到大漠去,到高原去,到野地去,到草屋泥屋土屋里去,到泥巴、荆棘、碎石、季节河、积雪和龙卷风里去……"(《踌躇的季节》)有几分困惑、惶恐、委屈、无奈,然更多的则是"再求一搏",是积极的入世的有所期待其至是满怀热望的。王蒙尝写道:

> 故国八千里(指从北京到新疆的距离),风云三十年(指个人和国家命运的变化),我如今的起点在这里。……我无时不在想着、忆着、哭着、笑着这八千里和三十年,我的小说的支点正是在这里。

几乎王蒙的所有作品，都可见到这"八千里"和"三十年"的刻痕；而在这些作品里，也都可见出作者的明朗性格。王蒙曾经将明朗解释为坦然、清爽、光明、健康和快乐，又说：

> 我所说的快乐、健康、坦然、清爽与光明，不是简单地做到如老子所说的"复归于婴儿"，而是另一种超越，另一种飞跃，另一种人生境界：是承担一切忧患与痛苦之后的清明；是历尽至少是遭受一切坎坷和艰险的踏实；是不仅仅能够咀嚼而且能够消化的对于一切人生苦难的承受与面对一切人生困厄的自信；是把一切责任一切使命一切批评和奋斗视为日常生活的平常平淡平凡；是九死而未悔、百折而不挠的视险如归，赴难如归，水里火里如履平地；是背得起十字架也放得下自怨自艾自恋自怜的怪圈的大气；是不单单拥有智慧的煎熬和困惑的痛苦，而且拥有智慧的澄澈与分明的欢喜，从而是更包容更深了一层的智慧；是大雅若俗大洋若土大不凡如常人，从而与一切浮躁，与一切大言哄哄乃至欺世盗名，与一切神经兮兮的自私、小气的装腔作势远离开来。

也正是在这里，我们可体悟思辨王蒙先生所说的"明朗"：其是一种百折不改的进取精神，是一种平和中正的健康心态，是一种以德报怨的行为准则，也是胸襟宽广、性格强忍者所自然流显的生命光泽。只有执心弘毅，才可到达明朗的人生境界。

二　明朗——王蒙作品的人文精神

回溯三千年的中国文学史，什么样的作品是明朗的？什么样的作品具有明朗高亮、历久弥新、感动与鼓舞一代代读者的人文精神？

或可以说：摹写了先民生活实景，汇聚了其歌哭笑骂的《诗经》是明朗的；发抒了屈原爱国情怀及其对人民对生活深挚眷恋的《九歌》和《离骚》是明朗的；司马迁的《史记》是明朗的；李杜诗章、苏辛词调是明朗的；关汉卿《窦娥冤》、汤显祖《牡丹亭》、曹雪芹《红楼梦》是明朗的……

"一代有一代之文学。"然每一个时代的标志性文体和代表作，其总体风貌都不会晦涩阴郁，而是澄澈明朗的。生存的艰难，前景的微茫，哲人的忧惧，志士的愤懑，"香草美人"之幽怨，"良辰美景"之慨叹，"血溅白练"之千古奇冤……都为这些传世之作所涵容，而其所传递的写作主旨则是明朗的。

明朗，是王蒙的创作主旨，也是其作品之基调。"故国八千里"，该有多少离乡背井之苦？"风云三十年"，又会是怎样的漫长与困厄？王蒙笔下也从不回避和虚饰其间曾有过的惶惧郁闷，但他的主要作品，其作品的主要色调是明朗的。我们看——

曾给王蒙带来无妄之灾的《组织部来了个年轻人》，虽主要写工作中的问题和青年人的困惑，但基调是明朗的，主人公形象也是明朗的；

其在十九岁时创作、二十六年后才得以出版的第一部长篇小

说《青春万岁》,声言"在生活中我快乐地向前",更是明朗的;

其于七十年代末八十年代初写作的《布礼》《夜的眼》《春之声》《海的梦》《风筝飘带》《蝴蝶》是明朗的;

其"季节"系列长篇小说尽写政治风暴中知识分子的俯仰趔趄之态,然通部接读,小说的主题和基调,主人公的信念和行为,仍是明朗的……

有了王蒙的明朗个性,才会有主旨明朗的王蒙作品。

三 明朗——王蒙笔下的主人公形象

《狂欢的季节》写钱文主动请求离京赴疆,"出关万里,猛志常在",竟买了一个小鱼缸和四条小金鱼:

> 他的小金鱼引起了整个车厢的注意,他们的举动似乎出人意料。在拥塞的与匆匆的令人不耐烦的一块干燥的小天地里,出现了一泓清水,一点绿意,一些灵动,一派鲜活,一片生机……

这是在"文革"欲来、风声渐紧的时代,是在"一出嘉峪关,两眼泪不干"的茫茫戈壁上,是在举家播迁、前程未卜的"流放"途中,或只有钱文能如此。

就是在这里,就在这一般作家要大肆染写凄苦、发抒悲情的地方,王蒙的笔转而去写满蕴生趣的小小鱼缸,出人意表,又是那样妥帖自然。这就是李贽所说的"化工"——师法天地造化之工,这就是"明朗"。

明朗是一种色彩,一种持续燃烧、积极奉献、自尊自励的生命色彩;明朗是一种意境,一种能够咀嚼消化一切人生苦难的从容意境;明朗是一种旋律,一种"拥有智慧的澄澈与分明的欢喜"的优美旋律。明朗,更是王蒙笔下主要人物一个通常的审美特征,其例甚多:

《组织部来了个年轻人》中散放着青春气息,积极求索光明和进步的林震和赵惠文;

《悠悠寸草心》中在人遭难时不闪避,在其贵显时不趋奉的理发员吕师傅;

《蝴蝶》中重回高位,亦不忘山乡的张思远;

《哦,穆罕默德·阿麦德》中心地善良的阿麦德;

《活动变人形》中被指称为"二十世纪中国知识分子心灵历程的缩影"的、"一生追求光荣,但只给自己和别人带来过耻辱。一生追求幸福,但只给自己和别人带来过痛苦"的倪吾诚……

或是天赋隽才和生活历练给了王蒙特别的深刻与敏锐,同时也使之襟抱夷旷、气度豁如。他笔下的文学形象常是复杂的,是亦好亦坏、时善时恶的;而王蒙致力于发掘和摹写的则是善良纯真,是美。在王蒙的笔下,青春是美的,理想与激情是美的,"阳光沐浴的如茵的牧场"是美的,"一下子全亮了"的路灯是美的,"夕阳照在他的脸上,清风吹拂着他的头发"的登山小照更是美的。这就是明朗!"他必须偷偷摸摸地去做一个光明正大的人。"读来令人唏嘘,令人震撼。这是其作品的魅力所在,当也是王蒙在"黄杨厄闰"时的行为底线。

明朗是美。

明朗是挫折与苦难淘洗出的一种健康心态,明朗是博爱仁厚与同情悲悯团凝成的一种心绪,明朗是一种品格,一种坦荡个性,一种贯注作者理性与智慧的写作意旨,又是一种上接千载下延来世的充满建设意义的文学精神。

大哉王蒙!

2004年春月
于方庄小舍

彼岸的守望
——曾永义《戏曲剧种演进史考述》读后

还是在去年夏天，赴台参加台湾戏曲学院院庆暨学术会议，曾永义先生与张瑞滨院长邀参会大陆学者游览阳明山，再至基隆山脚下一个海滨小馆用餐，叙话间谈及正致力于梳理戏曲剧种的历史进程。我略有些吃惊。中国戏曲发端悠远，勃兴于宋元间，即便以声腔剧种见诸记载的明朝中叶算起，其衍演变幻常也显得纷乱庞杂，治曲者皆知繁难。而永义先生年已七十有六，甫经一场大病，加以新任院士，学术研究、指导研究生与社会活动交缠，能有那么多精力和时间么？

由于那一段特殊岁月，我们这一代人的知识结构多是残缺的。自退休后，个人在昌平租了一个小小庭院，读书写作，聊补早岁失学之憾，白天通常不开手机。岁杪的一个傍晚，赫然见手机上有永义先生的两个未接电话，急回电致歉。他告以该书已大致完成，钦佩之余，亟思先读为快。先生让助手发来文档，细细拜读一过，受益良多，触发与感慨亦多，写下这篇文字，算是一篇初步的读后杂感。

一　以戏曲为终身志业

以1998年赴台湾大学参加"海峡两岸小戏研讨会"算起，认识永义先生已然二十年了。其间本人学术兴趣随工作调整转移，与曲学渐行游离，先生相待之情谊则并无改变，不管是来大陆讲学还是参会，多会预先告知。记得多年前，我和几个朋友曾把他拉到箭扣长城的一个农家乐，酣饮至夜深，先生与我离席走上山根小径，繁星满天，山巅远近高低的敌楼如同剪影，他醉醉地向在台北的夫人致电："我和卜键正在长城脚下呢。"和，台湾发音作"害"，我连连说怕，二人相视大笑，声音在黑黝黝山林中回荡。永义先生的明爽率真，很多学者应能举出不同的例子。

我国数千年的历史进程，又分为道统与治统。道统者，华夏之道德精神、儒家之学术思想所系焉，其也是文学艺术的精魄。王朝纷纭更替，道统虽不免与时沉浮，而始终未曾断绝。这里有一代代读书种子的秉持守望，有无数的心血贯注，也有像方孝孺那样凛然的牺牲。我敬重永义先生，正在于他对中华文化传统的自觉担荷与护持，在于他有颗感恩和重情义的心。他是一位公认的学术大家，却又在几乎每一本书中都写到受业老师，兹从本书自序中略引一段：

> 我走上戏曲研究的路途，是一次偶然的情况。1964年7月我从马祖服完预备军官役退伍，回到学校上研究所，在中文系走廊碰到张清徽（敬）老师，她一向关爱学生，对我也问长问短，我就说："请老师指导我论文。"于是老师要我以《长生殿》为论题，说那是集戏曲文学艺术大成的名著，学习过程中入手正确，将来治学就有门径可循。我念大学时中文系连戏曲的课程都没有，老师为了替我打基础，便在她的第九研究室一句一句为我讲解《长生殿》，这对我的受益和影响，迄今依然存在。而从此我也"鹊巢鸠占"地在第九研究室读书，将这戏曲研究室的藏书逐一阅读。老师非常纵容我爱护我，每看到我在研究室里，她就离开让我安心读书。老师还常带我去参加曲会，聆赏老师和前辈蒋复璁、夏焕新等清唱昆曲之美。这和我后来大力提倡昆曲，与洪惟助主持录制《昆剧选粹》一百三十五出有密切的关系。老师喜欢看戏，我也长年陪老师到剧院。那时出租车不好找，曾有一次剧院散场后，师徒二人冒雨走到南昌街，才解决了问题。

文字中满含感情，满含缅怀感戴的思绪，令我不禁忆起三十多年前读研时与业师祝肇年先生一次近同的经历：那是在观看苏昆的《朱买臣休妻》后，师徒二人都有一种痛饮艺术佳酿的兴奋，不愿意搭乘就在身边的公交，边走边谈（当然主要是听先生讲论），走走停停，竟一直从西长安街走到地安门。据永义先生讲，他与肇年师也是好友。

永义先生是台湾大学第一位以戏曲为研究方向的硕士，博士毕业后留校任教五十余年，带出了一批又一批戏曲学研究生。他早期的弟子大多沿此路径，渐成为资深学者，遍布各家大学，早也各自指导和培养学生，绵绵瓜瓞，蔚为大观。说起台湾的戏曲研究，当推永义先生为祭酒，谁也无法否认其先导地位和持续引领作用。但他从不放松阅读和研究，从不摆出学阀的架势，从不排拒批评的声音，具体且细微地关爱年轻学子，一直到今天。他很早就带领学生走出书斋，深入农村考察发掘，推动台湾歌仔戏等民间小戏的发展；改革开放后也多次来大陆，考察地方戏及社火傩戏的现状。永义先生与两岸许多戏曲院团有着亲切交往，真诚向老艺人请教，也尽力提供一些帮助。近年来，他还编写了五六部戏曲剧本，分别由台湾与大陆院团呈演，大受好评。或许是受其影响，他的弟子王安祈（台湾清华大学教授）、陈芳（台湾师范大学教授）也都由案头扩展至场上，各有多部曲作。就在去年秋，陈芳教授与彭镜禧先生改编的《李尔王》由台湾豫剧团在长安大戏院演出，观众反响热烈，艺术界也给以积极评论。

作为一个以传统戏曲为终身志业的杰出学者，永义先生常常访问大陆，几乎每年都有好几次，参加学术会议，举办讲座，出席两岸文化交流活动，率台湾剧团来演出；也不断策划一些交流项目，邀请大陆学者去台湾参会和演讲，合作一些专题研究。我曾说国家应给永义先生颁发一个特殊贡献奖，半开玩笑半是当真，出于一份知解与钦敬：要知道他从未担任过校长、院长之类职务，没有可堪调动的行政资源；而彼岸这些年政权轮替，此类研究中国传统文化的课题，包括与大陆的学术交流不免受到挤压。先生靠的是一己之热忱，多方筹措化缘，朋友、学生甚至家人齐上阵，既要克服种种意想不到的困难，也会承受一些不明事理者的议论指责，真可称义无反顾。

义，义气，仗义，作为世人所崇尚的美德，从来都不仅仅属于那些两肋插刀的绿林好汉，而首先体现在读书士子身上。永义先生是一个醇正儒者，却也爱做东，爱与旧雨新知聚会，杯酒素馔，面酣耳热之际击节长啸，"酒是黄河浪，酒是钱塘潮，酒是洞庭水，酒是长江啸……"这是他自撰的《酒党党歌》（曾戏称國民黨、民進黨的"黨"都有个"黑"，不如大家一起喝酒谈学问的"酒党"），我在台湾时多次听过，竟会联想起关汉卿《单刀会》中名曲《大江东去浪千叠》，有着近似的铿锵韵节，内蕴着文人心中的豪侠之气。

说到治学，人们多会想起那些不离书斋、青灯黄卷的恂恂儒者，固亦令人钦敬，然学术的研讨交流，项目的策划统筹，对晚辈的提携鼓励，也需要有人为之付出。能将二者有机结合，将两岸学者相挽结，进而形成研究群落与学术梯队，推动戏曲艺术的发展繁荣，永义先生为当今第一人。他人品贵重，治学严谨，一生不离学问之道，所作文字，从散文随笔到学术专著、戏剧创作，都显得"童心"（即李贽所谓"真心"）未泯，充满着感情的投注。

二　由繁难处入手

因史料文献匮乏，又涉及音韵曲牌与声腔剧种，自来治演剧史较难,打通其发脉传衍、繁兴流变则更难。王国维《宋元戏曲考》之后,通史之作有先师祖周贻白《中国戏剧史长编》,张庚、郭汉城《中国戏曲通史》等,皆有开创之功,也不无时代的局限。曾永义《戏曲剧种演进史考述》是一部集大成之作,既能借鉴前贤研究的成果,如本书绪论中所说"站在前辈肩上",也是其五十年专注耕耘的学术结晶。与前人论曲多从文学上着墨不同,本书以三千年间的剧种演进为纲,可谓由极繁难处入手,抓住了筋节肯綮。戏曲的文学成就当然不容忽视,但毕竟属于表演艺术,且随地滋蔓,化为韵致有别的声腔剧种,也成为研究戏曲绕不过去的衔接古今的课题。永义先生在台湾和大陆都曾做过大量田野调查,出版过多部专题研究著作,为这部新著奠定了基础。

对声腔剧种的定义,一般以明中叶出现的海盐、余姚、弋阳等为始,然后是昆曲、梆子、皮黄的流变与京剧的形成……时代甚晚,前此一片混沌。永义先生将通常所谓的剧种概念大为扩拓:

> 《戏曲剧种演进史考述》顾名思义是在考述戏曲剧种的源生、形成、成熟、鼎盛、蜕变、衰落的过程和情况。而所谓"剧种",若以艺术分野为基准,则有小戏、大戏、偶戏三系统。大戏以歌乐分又有诗赞系板腔体、词曲系曲牌体两体式;以体制分又有宋元南曲戏文、金元北曲杂剧、明清南杂剧、明清传奇、清代诗赞系剧种五系列;以腔调分又有海

盐、弋阳、余姚、昆山、梆子等单腔调剧种，昆弋、昆梆、京梆、皮黄等双腔调剧种，更有多腔调剧种如川剧、赣剧、湘剧、婺剧、金华剧三类型；偶戏亦有傀儡（含悬丝、杖头、药发、水、肉五种）、影戏（含手、纸、皮三种）、掌中三类别。由此可见其复杂性，而分类基准不同，所得体类自然有别。本书考述方式，兼顾艺术、体制、腔调三基准，以见其间互动之关系。

先生之区分与定义或仍有讨论的空间，本书各章节或不免稍觉繁复枝蔓，但其所呈现的宏阔视野和通变史脉，所形成的剧学体系与独特的叙述角度，必将对学术研究有着新的推动。

毋庸置疑，戏曲剧种的演进久已融入中国的文化史，创造了许多令人沉醉的杰作和名曲；又属于当下，活泼泼地生存在百姓日常生活中，是实现中华文化伟大复兴的重要组成部分。"泱泱中华，历史悠久，文明博大。中华民族在几千年历史中创造和延续的中华优秀传统文化，是中华民族的根和魂。"习近平主席的话语诚可涵盖所有艺术门类，而尤觉契合戏曲。多年来国家为振兴戏曲所采取的举措，是一种守护和传承，也是立足当下的回望与寻觅，寻觅华夏文化的根脉和魂魄。永义先生的著述和行旅，让我们欣喜地感知到彼岸的守望，那里也有一代代血脉相连、心绪相通的文化人。

出于让该书能产生更好的社会效应，永义先生希望能首先在大陆出版，其情可感。我认真做了推荐，中国出版集团潘凯雄副总裁和人民文学出版社臧永清社长等高度关注，国家出版基金审核评议后予以资助，看到这样一部有价值的著作即将问世，能不浮一大白！

以新时期培养硕士博士的速度，结识永义先生的二十载，已不止涌现出一代学术新人，自也有不少前辈甚至同辈先后离去。知交半零落，是每个年辈都必然会遭遇的痛，现在轮到了我们；而目睹师友之容颜渐老，也令人感慨唱叹。近年来晤面时，觉得永义先生有些消瘦，不再如往昔之虎背熊腰、精神饱满。酒还是要喝的，通常也不再饮用白酒。先生老矣？可就在这之后，就在今年春月，他捧出了这部一百三十余万字的新著。

古往今来又谁能不老呢？以在下所敬重的忘年交中，大陆有王蒙先生，台湾有曾永义先生，皆可称老而弥笃，意兴不减，新著不断。对道统的坚守，对道义的担当，对文学永不衰竭的激情，赋予他们汩汩自出的生命之源。王蒙先生在几年前就曾说"明年我将老去，现在我依然年轻"，而明年复明年，数日前他仍率一众好友雨中健步颐和园。永义先生不也是这样吗？从他的著作中，能见到一个学者的赤诚，见到一颗恒久年轻的心。

2018年9月

于京北杏花谷寓所

灵眼觑见，灵手捉住
——陆林的金圣叹扶乩降神研究三议

在我国古典小说戏曲中，常常会写到求神问卜、星命扶乩，摹绘那急难之际的亲情与期待，也带写出一个幽远神秘的江湖，如《金瓶梅》中吴相士、《红楼梦》中马道婆，其人在邪正之间，法术也是真真假假。而通常的文艺批评，一说到此等手段，便生鄙夷讥讽，视为骗人钱财伎俩，对于其在历史中的长久存在，对于不同社会阶层的追崇痴迷，对于一些杰出人士的浸润其间，关注甚少，研判更属稀缺。

陆林新著《金圣叹史实研究》，以整整一章的篇幅，叙写金氏扶乩活动的全过程，不仅考证精审，论列详悉，更将之与他的文学批评相衔接，凸显其形象塑造、文思才情，真可谓"灵眼觑见，灵手捉住"。读后启悟良多，亦觉有益于今日之学界甚多，略陈三议，就教于著者和方家。

一 扶乩，金圣叹的一生污点？

在金圣叹的生前身后，都颇有人加以恶毒和轻蔑的言辞："世人恶之忌之，欲痛绝之"，"不但欲杀之，而必使之入十八地之下而后已"；哭庙被戮后，也有人拍手称快，作《诛邪鬼》文以贺。苏州向为文人荟萃之地，金圣叹一介书生，无职无权，家境寒素，何以竟至如此令人痛恨？逆向梳理，大约还与他扶乩降神的经历相关。

据陆林考证：金圣叹大约在二十岁时，自称天台宗祖师智颢的弟子，号泐公、泐师、泐庵大师，儒服道冠，开始在吴中游走于缙绅名宦之门，扶乩降神，先后历十余年。扶乩，又作"扶箕""降乩""扶鸾""降笔"等，大致为在倒扣的簸箕之下装一丁字木架，悬锥下垂，架设沙盘之上，术士祝祷降神，悬锥将神旨书于沙上。此术颇有难度，既难以灵活操作，尤难以词义高旷典雅，又与事主所请相合。唐代已盛行扶乩之术，演至晚明，苏州一带此风甚盛，代不乏高手，而金圣叹当称高手中的高手。

二十几岁的金圣叹，即被人奉为泐大师。泐，石头的纹理，"减除天半石初泐，欠却几株松未枯"，取意玄而又玄，也有些苍古与浩渺。他所主持的法事，见于记载的有叶绍袁、钱谦益、姚希孟府上，多为当地显宦富室或大文人。谦益以当时的文坛领袖，撰《天台泐法师灵异记》，为之荐扬鼓吹："天台泐法师者何？慈月宫陈夫人也；夫人而泐师者何？夫人陈氏之女，殁堕鬼神道，不昧宿因，以台事示现，而凭于乩以告也。"这些神神鬼鬼的话，皆出自金圣叹自己。曾有人向钱谦益揭露此言荒唐，却未动摇其深信不疑。金圣叹法术之妙，众人之厌憎嫉妒，由此皆可想见。陆林说："扶乩降神对圣叹一生的影响是巨大的：不仅为其人生评价带来了洗之不去的沉重的负面影响，而且给其随后从事的文学批评活动烙下了鲜明的个人印记"，"信者奉之为神，恨者詈之为魔"。欲全面研究金圣叹，必须了解他的这一段特殊人生经历。

金圣叹为什么要去设坛降神、扶乩作法？是出于笃信之诚，还是游戏人生？想来一则享受"大师"的虚荣，更多的当是赚些钱财，弥补生计。金圣叹扶乩，与江湖术士之扶乩自会有不同，陆林兄在书中揭示了其间的差异性，而相同处则在于赚钱养家。此类装神弄鬼、唇天齿地的事体，大约金圣叹也是偶一为之，史料中未见其以此为业，倒是有一些记载，将此作为他的人生污点，亦求之过苛。金氏家境素不丰饶，读"不亦快哉三十三则"，多以贫穷困顿为底色，快哉与苦哉互相映衬，传递出一个乡间老书生的苦中作乐。读书著文之余，圣叹以丰厚（也包括奇诡驳杂）的学识为根株，以浩瀚文思和言情笔墨为花叶，以平日知交三五人为表演团队，绰影斡空，追摹才女，编捏前世，如词社诗会之唱和、新曲之登场，又得大师高人之供奉，不亦快哉！

二　莺莺身后，黛玉生前

中年的钱谦益对金圣叹如此倾倒，将他请到家里设坛作法，特为撰文奖赞,无他,被其奇诡才思与丰沛文情所打动折服。金圣叹是一个不世而出的文学天才,如果说他在评点方面的成就蔚为大观,则其创作未及展开,便遽尔罹难,殊为可惜。所幸他还有过一段作法颂赞的经历,所幸陆林揭示出其间的文学价值,还有他所摹画的澄澈空灵的叶小鸾形象。

吴江叶氏为当地大姓,至晚明文人辈出,其中叶绍袁家族亦引人注目。绍袁举天启五年(1625)进士,历工部主事,不数年即辞归故里,妻子沈宜修出于同邑文学世家,二人所生八男五女,皆才貌双全。退隐林下,一家子吟咏唱和,"咸有滕王之序……早拟小山之文",其乐也融融。孰料次年秋,三女小鸾偶然小恙,竟至不起,年仅十七岁。长女纨纨因哀伤过度,也随之辞世。崇祯八年(1635),这个家庭再次遭受一连串不幸,次子因科举失利于二月抑郁而死,八子在四月患惊风夭折。这期间,金圣叹应多次到其府上设坛扶乩,可确知的一次在该年六月,绍袁夫妇"恭设香花幡幢,敦延銮驭",迎请圣叹来家做法事。泐大师岂有回天之力,所能做的只是一点精神抚慰,他对着悲伤的一家人解说往昔因缘:绍袁前世为宋词大家秦观,夫人宜修为秦观之妻;夫妇二人在轮回路上都曾与女儿小鸾有过一番遇合。他还故为谦虚,说叶家人的前生都有奇迹,查不能清。叶家一门文士,泐大师便往前代大文人上扯,至于降神祛灾,则纯属忽悠。九月间,沈宜修也呕血病逝,一岁三伤,泪痕相续,倒也没有去责怪泐师。

叶绍袁家境一般，小鸾待嫁，连像样的嫁妆都置办不起，其突然辞世似也与此相关。如此拮据，当也不会有太多谢仪，是知"泐大师"（金圣叹）所重，当还在于斯文之交，在于对才女子叶小鸾的欣赏。小鸾亭亭玉立，容貌娇媚，琴棋书画无所不精，胸襟识见亦与通常女子不同："每日临王子敬《洛神赋》，或怀素草书，不分寒暑，静坐北窗下，一炉香相对终日……否则默默与琴书为伴而已"，"又最不喜拘检，能饮酒，善言笑，潇洒多致，高情旷达"。这是叶绍袁忆写的女儿形象，称为小友。

在叶家两代人中，圣叹着意突出了叶小鸾，扶乩时说她是月宫女侍书，仙名寒簧，住在缑山仙府。这不是随口杜撰，而应是研读了小鸾诗词作品后的文学描述，以下的"审戒"一节，泐师设问，小鸾应答，正语反接，更有一番出奇料理：

> 师因为审戒，问：曾犯杀否？答：曾犯。师问如何，答：曾呼小玉除花虱，也遣轻纨坏蝶衣。
>
> 问：曾犯盗否？
>
> 答：曾犯。不知新绿谁家树，怪底清箫何处声。
>
> 问：曾犯淫否？
>
> 答：曾犯。晚镜偷窥眉曲曲，春裙亲绣鸟双双。
>
> 问：曾犯妄言否？
>
> 答：曾犯。自谓前生欢喜地，诡云今坐辩才天。
>
> 问：曾犯绮语否？
>
> 答：曾犯。团香制就夫人字，镂雪装成幼妇词。

问：曾犯两舌否？

答：曾犯。对月意添愁喜句，拈花评出短长谣。

问：曾犯恶口否？

答：曾犯。生怕帘开讥燕子，为怜花谢骂东风。

问：曾犯贪否？

答：曾犯。经营湘帙成千轴，辛苦莺花满一庭。

问：曾犯嗔否？

答：曾犯。怪他道韫敲枯砚，薄彼崔徽扑玉钗。

问：曾犯痴否？

答：曾犯。抛弃珠环收汉玉，戏捐粉盒葬花魂。

句句出人意表，句句发乎至情。答语中的诗句，虽出自金圣叹手笔，却与叶小鸾在精神气质上极为契合。陆林认为：这段对白"既通俗浅近，颇有元曲豁达尖新的风味；又俊雅清丽，于玉茗诸剧中似曾相识"，不独引出乃父无限爱怜感伤，亦深深打动了钱谦益、周亮工等人，甚至被视为叶小鸾的作品。

由是，叶小鸾成为中国文学史上的新典范，既作诗，又入诗，她的清丽俊雅，她的超尘脱俗，她广博的兴趣爱好与坚守的人生原则，她那匆遽的悲情淋漓的辞世……在在令人感慨唏嘘。自古红颜多薄命！前有莺莺，原书未写其薄命，圣叹偏为节节点出；后有黛玉，还要百余年始得问世的黛玉，圣叹先邀设一线，"对月意添愁喜句，拈花评出短长谣"，不分明就是曹雪芹笔下的颦儿吗？

三　别具一副手眼

金圣叹化名扶乩、改姓应举,在不同时期编造不同的故事,亦一生遭际坎坷之写照。而天赋奇才,"神气霞举,襟想高上",凡所从事,皆能别具一副手眼。他也特别推崇"手眼"一词,评点"六才子书"(《离骚》、《庄子》、《史记》、杜诗、《水浒传》、《西厢记》),即以别具手眼相标称:"然其实六部书,圣叹只是用一副手眼读得。如读《西厢记》,实是用读《庄子》《史记》手眼读得;便读《庄子》《史记》,亦只用读《西厢记》手眼读得。"这里所说的"手眼",便是洞察力和鉴赏力,是阅读时的灵性贯通。在写作时也是一样,圣叹多次强调,"文章最妙,是此一刻被灵眼觑见,便于此一刻放灵手捉住","觑见是天付,捉住须人工也"。通过陆著的引领,我们发现,在看似类同的设坛扶乩活动中,金圣叹也是别具一副手眼:家人浓重强烈的怀念追思,往往粘连着许多生活细节;而逝者遽然辞去的无限悲情,又无不真切具体。以优美典雅的文字抒写性灵,牵连天堂与尘世,正是金圣叹与一般术士迥异之处,是其感动和震撼叶绍袁、钱谦益等人的原因。

正因为同样别具一副手眼,陆林能在寻常法事中见出金圣叹的创造精神,见出其传神笔墨的早期呈现,论为是其"文学批评的演练",极是精当。崇祯九年(1636)夏月,金圣叹再至吴江叶家扶乩,为主人招致妻女亡灵(此时他在周庄戴宜甫家坐馆,此为其主业乎),莅临时"羽葆葩轩,顿辔蒿室",显得排场不小，而一番对话，即将主人带入浓重的亲情离恨之中：

> 余问："君有何言？有所需用，当焚寄之。"云："一无所欲，只是放君不下。宦海风波，早止为佳。偕隐是不能矣（一语千泪，伤哉悲哉！），孤隐须自计。"余言："思君甚苦，奈何？"云："生时同苦（伤哉悲哉！），苦在一地；死后同苦，苦在相望。"

主人叶绍袁追记此情此景，同时也写下了痛切的感受，连用"伤哉悲哉"，痛泪飞迸。本已是天人相隔，竟又能夫妻相会，这样的场景，此时的伤心话语，放置于一流剧本中亦不逊色。陆林认为体现了圣叹长于心理分析，主张作文要"见景生情"的批评特色，信然！

与陆林初识于1987年的临汾戏曲研讨会上，忽忽近三十年，他一直以常人难以想象的坚毅教书治学，每出一新成果，辄为学界瞩目。这是他的"宿业"，持续承受着病痛的折磨，一息尚存，考据探索不止；也是其生命价值和学术原则，一生秉持求真务实，节操凛然，不稍假借。陆林从不取巧，著作力求坚实厚重，又以情驭笔，每不离人情世相，曾说："史实研究重视的是文献与史实的结合，实证与解析的结合，生态与心态的结合；在综合各种史料的基础上，既需考究生卒交游与活动轨迹，也要关注人情冷暖、世态炎凉，以求最大程度地考察古人的生存状态、体悟彼时的世道人心。"这是其治史心得,更是一种学术境界。他对金圣叹扶乩经历的梳理品评,对金氏文学构思和戏剧布局的探寻,正是这种境界与情怀的一项实证。

2015年8月

于慧心斋

那一年的田青

人生如不系之舟，记忆则似水面上的落叶，往往瞥见得真切，而抓住甚难。"那一年"是哪一年？还发生了哪些事？虽过去未久，在我已难理端绪。但清晰记得在一个午后，我与悦苓急急赶往一家军队医院，去看望田青兄。刚听说他得了一种很麻烦的病——重症肌无力。

与田青兄是在1996年结识的。当时我到文化艺术出版社未久，田青兄和音乐所几位来谈《中国音乐年鉴》事宜，带来所里一些出版物，其中就有他的文章，快读之际，颇倾慕之。以前虽说同在中国艺术研究院，但专业不同，音乐所又单独在院外办公，没有过接触，唯知田兄在风波中横遭不公，而劲节飒然，早已隐怀爱敬之心。自那次晤面，一来二去，渐渐成为好友，把他当作文章友与可以说点知心话的老哥哥。再后来，田青兄组建宗教艺术研究中心，数年间履及二百多僧寺道观，多有僻处穷荒者，访谈记谱，掘发挽救，全不计及个中艰辛。很多学者都有过考察调研的经历，在现场很感动，回来后也会说起，再后来便是淡忘，而田兄却是为他们奔走呼吁。如对左权的盲人宣传队，他不光写文章推介评说，还以一己之力，不顾一挫再挫，终于将他们请来北京演出，一时震动首都乐坛。也曾听冯其庸先生谈田兄率队到欧洲展演之事，那是另一个本不为外界所知的乐队，另一个故事。其庸先生盛赞佛曲之美，赞叹田青对佛道艺术领悟之深，说每段演奏前都有他的导语，将曲目之内涵、乐器之特征、寺观小史、乐队逸事从容道来，宗教精义也包蕴其间，生动亲切，带引西方观众进入一个全新的艺术佳境。在一般人看来，组织此类活动只有付出，只有烦累，没有回报，常还会遭遇误解流言，而田青兄乐此不疲。他多次讲过恩师杨荫浏先生发现"瞎子阿炳"的故事，讲述《二泉映月》的录制流传经过，真让人觉得侥幸，让人感慨万千。中外艺术史上有很多这样的侥幸，却也都离不开一双慧眼与一片至诚。真学者与真学术是有着强大基因的，正是在这些地方，田青继承也纪念了荫浏先生。

田青兄投入更多的是对"非遗"的保护传承。前些年"非遗"保护作为艺研院的重点项目，也成为全国文化工作的亮点，这里不能不说到王文章兄（时任中国艺术研究院院长，后任文化部副部长，仍兼院长）的组织推进之力，而重要的一点就是凝聚了一批优秀学者。很多濒临散灭的剧种曲种被挽救，很多传统品牌的祖传工艺被发掘，接连操办了多场全国性展演，真可谓轰轰烈烈。田青兄担任中国非物质文化遗产保护中心副主任，投入到浩繁的工作中,"不舍昼夜"。而他的一个无可替代的角色,即主持与讲解。大幕拉开,主持人不再是通常所见的俊男靓女,字正腔圆,套话俗词泼剌剌而出;而是一位仪态娴雅的学者,但见他施施然登台,但见他妙语连珠,对一些大众陌生的艺术种类,简简几句即捋清史脉,凸显出其独特价值与韵致。就这样,田青兄从亚洲讲到欧洲,从北京讲到东京,所至风头极盛,成为"非遗"的一张名片。而我知道,在那看似轻松的如数家珍的背后,是大量的实地考察与文献捞滤,是无数的苦功夫笨功夫。

平实说来,由数千年儒、释、道精神浸润生发的中国文化艺术,经历了近现代西方文化的冲击,经过"文革"的浩劫,再加上商业大潮的搜剔荡涤,已与今天的观众甚为遥远隔膜了。不独外国人观摩时会有生疏感,多数国人亦如此。但其正是中华文化的道统所在,是祖辈先民歌哭喜忧之魂魄所寄,亦是我们赖以立足立世的精神家园。这就需要学术研究与通释,需要搭建一道认知感悟的桥,更需要有一批虔诚的"布道者"。

田青就是一位中国文化的守护与布道者。

我当然不是在写一篇文化战线的英模事迹,但生活中的确不光有苟且,有"精致的利己主义",也有这样投注血诚的奉献者。本人也不懂得过多的劳累是否会造成"肌无力",无意于将田青兄的辛苦操劳与患病相牵结,而在心里却觉得应有一些联系。总是精力充沛的田青突然查出胸腺瘤,一下子就是"重症",让亲友闻之揪心。

记得那是一间单独的病室,推开门的时候,见田青兄手执一卷于窗下，暖暖的冬阳洒落一身。哈，没有呼吸机和吊瓶，没有想象的那么凄惨，也没看出肌无力的样子。我们顿觉心中稍宽，打趣说："高干待遇啊，跑到这里躲清闲来啦？"田兄讲这是研究院努力的结果，还特地拿出文章兄手书条幅，写的是早日康复，说着说着，话题又扯到工作和学术上。对于自己的病，他似乎已下了一番科研功夫，也知道可能导致的最糟后果，不无隐忧，但也显得平静和坦然。我说了什么已不记得，大体觉得通常看视病人的套话没啥意思，主要是听他说了，这就是田青，竟将一个重症肌无力描述得引人入胜。

此后田青兄专程赴丹东找一位民间高手，要进行三个月的"梅花针疗法"。所谓"梅花针"，即一个木柄小锤子，一端是排列成梅花状的钢针，执以敲击身上相关穴道，一击一梅花是也。田兄在电话中描述了那种切肤之痛，如锥复如电，而每次治疗要击打几百下，每日数次，日复一日……在那个美丽的边城，虽有嫂夫人陪侍身畔，有当地好友多方照顾，但梅花之吻却是无人能代受，田兄咬牙坚持了下来。同时存在的当还有寂寞，以及远离京城、脱离学术研究的焦灼与空虚感。我曾说过要去丹东看他，冗务牵缠，尚未来得及前往，老兄已提前回来了，想来也是惭愧。而经过梅花针法一番锤炼，田兄的病症真的就基本消失了。

冬尽春来，那一年很快过去了。如果说那是田兄学术与艺术生涯中一次被迫的停歇，一次无奈的短暂游离，则这之后其生命活力竟似愈燃愈旺。他涉及的领域更为宽广，出版了多卷厚重的学术专著，应邀讲学和出席各种活动，也频频在中央台的节目中解说讲评，大受欢迎，引来"青丝"（田青的粉丝团）无数，并在恭王府举办了书画展，曾经的肌无力已无影踪。而就在今春两会期间，因其所住北京会议中心距我家甚近，晚间接他出来聊天，问及身体状况，田青兄掀起衣襟，仍可见胸口处刀痕红肿，告以手术后一直尚未彻底愈合。问痛吗，答以阴天或劳累时会痛，但更多的是痒，有时奇痒难搔……

佛家将喧嚣拥挤、充满众苦的尘世喻为火宅，"欲知火宅焚烧苦，方寸如今化作灰"。作为一个深谙佛理的学者，老哥哥安处火宅，一次次承接焚烧之痛，那一年的肌无力仅是一个例子，还有更严重的精神之痛，同事变脸、友情变幻之痛，但一念之至诚，从未化烟化灰。有谁在一生中不遇到些磨难呢？所不同的是应对的态度，是精神境界。古人常说三教合一，说出与处、独善其身与兼济天下，田青兄就是一个典范，他身上有浓重的"士"气，故能淡视苦痛，将磨难作为"火宅中清凉饮子"。

写到最后，还是忍不住致电询问，得知那是在2008年，那一年的田青兄整整六十岁。

2017年冬
于京师欣欣家园

献之意韵，真卿精神
——吕章申和他的书法

最早得见吕章申书法作品，是在老领导张华林先生府上，字体清畅流丽，姿态横生，真如明人张弼所谓"天真烂漫"。我有些讶异，那时与章申兄相识未久，知他职事繁忙，知他精强练达，知他在系统内乃至整个文化界口碑极好，却不知他竟还有如此雅趣和修为，不知他的生活和生命中还有如此娴静纯良的一块艺术乐土。

后来渐渐相熟和相知，后来我也有了章申专为书写的条幅，前不久又收到了章申的书法集，每每感觉到愉悦欣喜。我与章申同岁，我们这个年龄的人经历虽千差万别，却也有着许多共通的东西，譬如在青少年时期，都不可能有足够的营养，也不可能受到"良好的教育"；再如大都有过一番人生拼搏，内蕴着一种积极进取的精神。章申兄是我们这代人的一个成功范例，而他的温厚宽和与持法严谨，他对华夏文化艺术精义的求索与感悟，都给人以深刻印象。人多谓章申面带几分佛相,我则常能感知到他对事业和工作的执着。佛典告诉人们要打破执着,我常觉得解亦未解,犹疑于歧义之间,不是吗?对于经历过十年"文革"的我们,若无一份执着,应该说连书也读不成的。

与章申叙谈,常能感受到其内心充盈的浓浓亲情。一次小酌,章申讲到父亲母亲的先后病逝,一向坚强的他突然泪流满面,"子欲养而亲不待",谁能理解体味起于寒素者这种特别的衷肠之痛!章申出生于冀中平原的一个小村庄,河南、河北、山东、山西,当有无数个类似的村庄,质朴和贫穷在未远的过去是这些北方村庄的共同特征。章申讲到十五岁参军离家时母亲和姐姐们的难分难舍,讲到在工程兵部队的四年历练,讲到退伍还乡时经过北京,匆匆一游后生发的无限感慨……那时的他以为很难再有游览京城的机会了,对眼前的一切都觉得歆羡。未成想峰回路转,两年后他重回北京,到清华大学建筑系读书。一个无所依傍的地地道道的农民子弟,能被推荐到清华大学,应是一种异数,而实际上,是章申在返乡后的辛勤劳作与默默奉献,为自己赢得了乡亲们的赞誉,也赢得了学习的机会。那时的他,还不到二十岁,已经担任了家乡生产大队的队长,以明快和实干在乡亲中深得人心。

在清华的日子,是章申生命中一段苦读的记忆:薄弱的基础,繁重的学业,唯有刻苦与发奋。而那时改革开放已渐渐风生水起,大学也重新成为知识的殿堂,老师和同学都有一种使命感，要把失去的时间赶回来。作为清华大学的优秀毕业生，章申被分配到文化部工作，先后在计财司、艺术司、人事司任职，其间也到过直属单位工作。他所走过的每一步都是坚实的，其追求和成功也应看作一代人的梦。然书法，似乎注定是贯穿章申生命过程的一道亮色。在《吕章申书法集》后记中，他忆写了儿时对"写字"的喜欢，"家里穷，没有钱买纸，常在地上学写字"；忆写了在部队当文书的"抄抄写写"，他说自己——

> 真正开始练毛笔字，是上个世纪九十年代中期在中国美术馆工作的时候，那时在美术馆一年可以观看一二百个书画展，受到这种氛围的感染和熏陶，不知不觉对书画越加"上瘾"。

好一个上瘾！我们知道章申是一个干一行、爱一行、做好一行的人，其对工作的投入常达到痴迷程度，这就是上瘾，就是执着。他在中国美术馆任副馆长兼党委书记八年，工作与爱好合一，才情与苦练相推长，此时的他当然不会再缺少纸笔，而少年时最不缺少的时间则成了紧缺，于是"在公务繁忙之余，趁夜静晨曦之隙，临池自娱遣性"（朱乃正先生语）。这是一段迟到的苦练，苦在其中，乐亦随之。当他在2000年转任文化部计财司司长的时候，书法便成了他生命中的一部分。

文怀沙先生与章申有忘年之谊，以九十五岁高龄为《吕章申书法集》题签，并撰序文《芳菲菲兮弥章》，曰：

> 余识吕君章申逾二十载。其人神采散朗，不浓不滞，如水之淡，亦若水之流，与时下俗吏异趣。不尚逢迎，最好读书，盖情系翰墨者……

的是确评！只此"情系翰墨"四字，便与一般跟跄奔趋于宦程者意趣不同。

一部中国书法史，是中华优秀文化的重要组成部分，是一座令人目不暇给的艺术长廊、一个博大渊深的精神宝库。自我们中国这块土地上有文字始，一代代读书人以纸笔倾诉心曲、砥砺情性、挥洒才智，既染写盛世繁华、山川景物，也绝不遗落衰世与末世，笔底行间每不离民间疾苦。古代书法在形式上堪称多样，如瘦劲简约之甲骨文、浑厚古朴之钟鼎文，如篆如隶，如行如草，皆能造于极致且传之久远；而历代以书法擅长者更难以计数，鸱视虎顾，银钩虿尾，亦致力于求新求变中展示个性特征。那时似乎是不太流行"书法家"这一尊号的，"二王"、颜柳也都各有秩司，书法虽可称为他们的最爱，也只能是一种业余爱好。窃以为今天的专业书法家有些太多了，不少作品从内容到形式都游离了艺术的本真。专业化和职业化究竟能给书法带来什么？薪系翰墨者能否"情系翰墨"？章申说自己"只是个书法业余爱好者"，我意不仅仅是一种自谦，还应看作是对书法精神的回归和接续。

展读章申的书法，扑面而来的是一股通脱晓畅、明丽流便的书风，带给人散淡轻逸的审美愉悦。书无成法，精妙存乎通变之间。章申博览精思，谋篇结字都如从心底流出，一幅写成而呼吸吐纳，神韵满纸。古人称王献之《中秋帖》为"一笔书之祖"。章申的书法真纯自然，未刻意去追摹前人和故作牵连，但写来气脉通连，隔行不断，沉着飞翥，圆转流美，大得献之之意韵。记得曾读吴昌硕临本《石鼓文》，虽字字独立，而古气盘旋，笔势奔腾，真所谓"岭断云连"之意也。所谓一笔书不正重在这种气脉的流转么？章申书意，亦庶几近之。

对于艺术的境界，晚明李贽提出了著名的"化工说"。所谓化工即"天地造化之工"，而"造化无工"；至于那些模仿生造之作无论多么工巧，皆属"画工"，"画工虽巧，已落二义"。李贽的理论内核在于崇尚自然，一派真纯。诗歌散文应如是，戏曲小说应如是，书法亦然。吴冠中先生曾说过"笔墨等于零"，虽是极而言之，却能上接于李贽之论，而切中今日书法界匠作化之弊。章申临案作书，毫无功利之念，心中一片纯净，满是愉悦，故能写得自然舒展，精致匀停，与一般炫技逞能者异趋。

章申是一个重情义、讲原则的人。他的书法作品，既带灵性，复有节度。追寻"书法"之语义，其首先指秉笔直书的治史原则。"古之良史，书法不隐。"推许不事伪饰、虽斧钺加之而不改的铮铮骨节。然则古今史著汗牛充栋，能称良史者又几人？他的书法集中有两帧写宋代大文人朱熹的诗，透露出对这位古代哲人和智者的崇敬。《三国演义》第八十五回："堪叹黄权惜一死，紫阳书法不轻饶。"紫阳为朱熹别号，诗句说的是朱氏所凛遵的人格和价值评判原则。朱熹的"书法"已然不是专指书法，却是历代优秀书家所企求的一种境界，章申的书法便是以此为目标。

古往今来，世上唯人情物理是极其复杂的，文品与人品、书品与人品亦常常不相一致，让人聊付一慨叹。正因为如此，人们才更推尊那些道德高尚的大家，今天所说的"德艺双馨"亦在于此。对古代书法家，章申既喜欢二王、董其昌，亦尊崇颜真卿。苏轼曾说过"书至于颜鲁公……而古今之变，天下之能事毕矣"，说的是颜真卿兼擅众体和纵笔浩放，当然也包含对其崇高人格和气节精神的景仰。工作和生活中的章申是温厚谦谨的，但其也时时捍卫着一条道德和精神的底线，深心处以古今哲人为楷模。我知道，章申兄之崇尚真卿，正在于其书品与人格的完美结合，在于其气节精神。

2004年8月

于京师方庄小舍

刻镂文心
——看纪峰为几位国学大师塑像

在通州之东、运河南岸的一个农家院落，有一间静谧雅洁的雕塑艺术工作室，陈列着季羡林、启功、徐邦达、冯其庸、饶宗颐、周巍峙等数十位文化名人的塑像。这些灿若星辰的当代儒者和艺术名流，有的离世未久，有的年过九秩，彬彬济济，德容煦润，俨存大师风范，望之令人肃然起敬。

此间主人是刚过四十岁的纪峰，一个诚笃勤勉、成果斐然的青年雕塑家。二十世纪九十年代，笔者与之初会于冯其庸先生宅上，一个不到二十岁的大男孩，一身阳光，几缕羞涩，更多的是农村孩子的纯净质朴，以及对知识的渴求。其庸先生对他甚是喜爱，说他天分极高，说他像年轻时的自己，还拿出其创作的《李白与杜甫》，手法虽见稚拙，却也有几分神韵。纪峰原本是来京报考美院的，冯先生将他郑重推荐给著名雕塑家韩美林。性情明爽的美林先生也是见才心喜，直接将之收为门人，进入韩美林工作室学习。冯先生则指点他阅读文史，视为自己的私淑弟子。纪峰是幸运的，虽没有读过大学，却有了最好的专业和国学老师。

那些年应是韩美林艺术创作的高峰期，杰作迭出，巨制继见。纪峰追随其遍走名山大川，观摩陶冶，认真做好老师交代的每一件事，复于静夜中回思体悟，孜孜以求。如是又过了三四年，一个秋天的下午，纪峰带着一团黄泥来到冯宅，当场为其庸先生塑了一尊头像。这是一种速塑，即面对本人，全不用起稿，从轮廓到细部，约半个时辰便告完竣，形神兼具。此为他手塑当代学者的第一件作品，今已不知流传何处，但冯先生当时之欣喜与鼓励，纪峰仍有清晰记忆。

雕塑艺术在我国历史上亦可谓源远流长，瑰奇的三星堆铜雕，雄浑的秦兵马俑军阵，汉墓前的石翁仲和神兽，佛寺道观的各色神灵……绵延而下，常能呈现构思命意之精妙，亦常见类型化与雷同。如何在众生之像中凸显个体与个性？如何抓住人情物理那灵光一现？是历代雕塑家的永恒课题。然与诗词歌赋的创作亦相去不远，即要去寻找真精神和真性情。刘勰《文心雕龙》有《神思》篇，曰：

> 夫神思方运，万涂竞萌，规矩虚位，刻镂无形。

所谓神思，意即形象思维，立论虽在于文学写作，扩展到艺术仍觉贴切。人物雕像之难，正在于刻镂无形，将口角风神，甚至性情品格、思想境界凝结于生命之一刻，以见神髓与韵致。其庸先生对艺术作品素来评鉴苛严，略无假贷，他对纪峰的肯定，正是看中了其所追觅的人物禀赋气质。具体到人文大师，自然流显的便是文心文品。纪峰以黄泥雕刀、白玉青铜来刻镂文心，呈现那历经岁月、历经困厄挫磨、以中华文化传统熏陶浸染的风骨气韵。

1999年春，纪峰建立了自己的工作室，也渐渐形成了以国学泰斗和文艺名流为对象的创作主线，其庸先生则是主要牵线人。比起随物赋形，刻镂文心甚难，难在风骨气度最不易把握，尤难在每一位当代大儒和文艺大家各个不同。这也激发了纪峰的求知求真欲望，鞭策他对历史文化不懈索求。每一位大师都是一部大书，而纪峰的创作也成了阅读领悟的过程。就在当年夏月，冯先生领他专程拜望启功先生，两位老先生都是红学大家，又都精擅书法，感情深笃，一见面便有无数话要说，不经意间，那边静静倾听的纪峰，手中的速塑小稿已然捏成模样，活脱一个笑逐颜开的启老。启先生旧日天潢贵胄，一生多经离乱，赏鉴高古，一望即知这个年轻人非比俗手。速塑者，犹如画家之素描，草状其场景，与真正的创作仍隔一尘。后纪峰深入阅读启功著作及书法，几番登门，数易其稿，最终完成《学者、书法家——启功教授》铜像，渊静慈和，满脸笑意中有大悲悯在焉。老人家极为喜爱，竟然向这位青年雕塑家郑重三鞠躬，认为非此不能表达谢忱。

接下来，纪峰创作完成《著名诗人、国学大师——钱仲联教授》铜像。仲联先生为古典文学研究大家，平生多坎坷，却能在困厄中坚忍苦撑，专心解注古籍，著述宏富。其庸先生与他的交谊在师友之间，详细向纪峰讲述钱先生的经历，同时以钱注《人境庐诗草笺注》为教材，指导纪峰品读领悟。这尊塑像也被称为纪峰的代表作，只见清癯一长者，颔首而无一丝笑意，舒眉亦不见神情放松，双唇紧抿而上唇微扬，精确再现了内心的坚守，此亦文心之一端也。

纪峰是一个认真的人，真心敬重每一位前辈，认真对待每一次创作。由是，不仅在当代文学艺术界名声渐远，广受邀约，陆续为古代的范仲淹、曹雪芹、蒋鹿潭等造像，为今人杨宪益、周绍良、周巍峙、王昆、张晗、叶嘉莹等塑像；而且不少大学者都多次邀请他，创作不同的雕像。2002年冬，纪峰第一次为季羡林先生造像，也是其庸先生引领介绍，也是初相见即塑出较为满意的小稿，最后完成却用了几乎一年。十年后，纪峰又为季先生雕塑了整身铜像。先生学贯中西，渊然大家，既有《大唐西域记校注》这样的学术巨著，又写得如明人小品般的抒情散文；而其终生追求人间真情，终生为情所伤，病重和离世后仍不得清净。纪峰为他雕的坐像，身着那件旧旧的中山装，双手抱膝，两目凝视，双唇紧抿，沉思中略显孤寂，背后则是插架图书，洋装线装交错杂陈。了解季羡林先生的人，皆称之为神品。

2011年春，纪峰应邀为香港中文大学教授饶宗颐先生塑像。饶先生为国学泰斗，琴棋书画亦无所不精，享有很高声望，待人则平易可亲。他对纪峰说："希望大家看到我在笑，走近我。"这可是个极大的难题。怎样在谦和平易之像中内蕴高雅博学？怎样让伟大的学者情怀令人觉得亲切，可依可偎，可与对答？纪峰想了三年，尝试无数，先后拿出五个版本，有头像、半身像、弹琴坐像，最后才确定为1.8米的青铜立像。塑像着中式上衣、西式长裤，气定神闲，轻松地背着双手，长围巾交错胸前，一端被海风微微吹起。大家皆曰传神，而饶公的评价是：你抓住了我的魂。

近年来伴随着国学热，一些空疏虚嚣之辈乘势而起，自命自名，使"国学大师"一词颇具讽刺意味。启功先生自嘲为"中学生""副教授"，季、冯两先生皆坚辞"大师"封号。然他们的是当代学界泰斗，堪称中国学术的引领者。为他们造像，藉以雕镂文心，称扬贤达，留下一段长久的学术记忆，建造中华民族的文化名人堂，纪峰的选择，无疑是卓有识见的。

2012年5月

于慧心斋

读书人的江湖
——冯保善《明清山人研究》读后

今年暑月,与潘振平兄一起去了向往已久的黑龙江,自漠河到黑河,漂江登岛,踏访追索清代遗迹,虽只是上游的一段,也算初识华夏极北之地的这条著名大江。临行前夕,保善教授发来新著《明清山人研究》书稿,即携于途中断续阅读,书中所论者江南,本人所经行者塞北,竟一无违和之感。在撰写本文时,蓦地跳出这样一个题目。

保善是前辈大学者陈美林先生的高足,相识二十年来,知他一直潜心研治古典小说,成果甚丰。他将明清山人论为一个特殊的知识群落,所谓特殊,也由时人(包括后人和今人)的鄙夷嘲讽呈现出来。"江湖"二字,如同本书主题之"山人",历来贬损亦多,其实相比较于庙堂之伪和市井之陋,尽管不免斑驳陆离,仍显得开阔邈远许多。"欹枕江湖客,提携日月长",是老杜的诗,也可为一代代不得仕进的读书人摹形绘像,画出其放诞通脱，以及那磨洗难尽的无聊无奈。

晚明乃至清前期的山人，虽然种种色色，大体也就是杜甫笔下的江湖客了。保善将之概括为"一个由时代造就，又不被时代所重的群体；一个曾经在文化史上存在，也做出了特殊贡献，却鲜被后世子孙提及的群体"，并进一步做出分析："他们多终生为布衣，能诗善文，自标山人，却不愿如山林樵子老死山中，更不愿意放弃他们在俗世间的恣意享乐与人生快意，而是穿梭在都市与山林草野之间，既纵游天下山水名胜，享受青山绿水的赏心怡情；又进出达官显贵门下，靠打秋风获取钱财馈赠，隐人迹于山市，食人间之烟火。他们中不乏不学无术之辈，也多才情洋溢、经纶满腹之人。他们歌唱自然，吐露心中之声；谄媚权贵，唱言不由衷之音。身为布衣，偏喜结交权势；于仕途之外，偏好相与仕途中人；不事治业营生，一样地吃喝玩乐。"这是在大量实证的基础上做出的归纳，精彩且精核，只是略多了些诗性表述，如能勾画几笔那如影随形的艰窘清寂，或更为完整。

透过本书，可知"山人"与"高士""布衣"等名色，在中国历史上是一个久远的生生不息的存在，清代的博学鸿词科，当下的各类智囊智库、大师大咖，亦差似之。可为什么偏偏是在晚明、在江南蓬然而起，成为文坛中一股风潮，成为读书人的一种时尚，引发世人关注和追捧，也带引来一片疵议？明人邹迪光说"今之为山人者林林矣，然皆三吴两越，而他方殊少，粤东西绝无一二"，李维桢称"大江以南，山人诗人如云"，皆强调了其地域性。作者挖掘其深层原因，引文徵明《三学上陆冢宰书》：

开国百有五十年，承平日久，人材日多，生徒日盛，学校廪增正额之外，所谓附学者不啻数倍。此皆选自有司，非通经能文者不与。虽有一二幸进，然亦鲜矣。略以吾苏一郡八州县言之，大约千有五百人。合三年所贡不及二十，乡试所举不及三十。以千五百人之众，历三年之久，合科贡两途，而所拔才五十人。

旧的科举体制曾在很长时间内被一笔抹杀，而今对其传承儒家经典、引领读书风尚、打破社会阶层固化等积极意义给以重新评价，但那无疑是一条狭路。文徵明的信写于正德年间，陈情的对象是新任吏部尚书陆完，痛说苏州生员的出路问题。作者说："出路意味着生路，而生路发生了堵塞，'不通则痛'，在痛苦中，必然要有变数产生。"将生路问题作为山人群落出现的重要原因，发前人所未发，亦契合历史的与地域的真实。

痛则求变。既然科场无望，一些才识之士就毅然弃却"头巾"，寄情山水，专注于读书写作。还记得《金瓶梅》中那篇自谑谑人的《哀头巾文》么？而随着王稚登、陈继儒等布衣名士的崛起，随着山人群落的渐成气候，尤其是朝中显宦慕名延揽的广告效应，自然也引发一些不学无术或不学有术之辈打起名号，招摇撞骗。薛冈《辞友人称山人书》罗列山人者流"交好阳密，阴伺隐微，满腔机械，不可端倪，持人短长，快我齿颊"等恶行，不齿与之同列。沈德符《万历野获编》卷二三设"山人"一目，对王稚登、陆应阳诸人颇为鄙夷，为朝廷下诏驱逐山人拍手称快。也有人力辩真山人与伪山人之分。徐应雷《读弇州山人集》："所谓山人者，必有名山不朽之业，若弇州山人，是真山人；先朝孙一元，自号太白山人，其标韵高绝，是真山人，其有位、无位勿论也。"在他的观念里，山人即高士，不在于是否有功名官位，而在于有无"名山不朽之业"。实则放眼尘世间，又哪一个群落、哪一个领域不是龙蛇混杂、不被指责挞伐呢？两百年后，大名士洪亮吉在奏折中顺带抨击翰詹同僚："太学三馆，风气所由出也，今则有昏夜乞怜，以求署祭酒者矣；有人前长跪，以求讲官者矣。翰林大考，国家所据以升黜词臣者也，今则有先走军机章京之门，求认师生，以探取御制诗韵者矣；行贿于门阑侍卫，以求传递代倩，藏卷而去，制就而入者矣。"翰林院向称储相之地，与散落江湖的山人自有云泥之别，以老洪所列举，也是一样的丑陋不堪。

晚明又是一个社团丛起、党派林立的时代，顾宪成等在无锡东林书院讲学议政，催生了一个影响巨大的东林党，也引得浙党、齐党、楚党等一时并起，彼此攻讦倾陷，山人群落未见有过多牵涉。本书第二章重点论述几位明朝著名山人，如孙一元、陈继儒能自觉远离政治，隐迹山林；而谢榛、徐渭、王稺登虽各有依附，写过一些唱酬应景之作，却无意于参与党争派斗。学术的重要意义，当在于抉发人性之微。书中对此数人各设专节，皆全须全尾，自成一传。保善文笔甚佳，每拈取诗文，从容解析而灼照幽深，渐及于其癖好性情与心路历程。他以"丘也东西南北人"写孙一元，写其身世遭逢之奇，写其格调高旷与文字之美，也写其对军国大事和民生凋敝的关切忧愤；以"百年一流寓"述谢榛，述其觅食王府的丰足与憋闷，述其重义气、慨然替友人排难解纷，述其擅作乐府小曲，尤擅凄艳哀怨的商调，更妙的是讲述了"后七子"中李攀龙、王世贞等人对他的"始乱终弃"；以"茅屋老畸人"记徐渭，记其文章与书画天才，记其入幕、逃幕的生计艰维与傲骨仍存，也记其因心疾自戕杀妻和受牢狱之灾；以"在清浊之间"论王稚登，论其攀附与骄矜，也论说他的重恩义，对辅相袁炜如是，对名妓马湘兰亦如是。至于大名鼎鼎的陈继儒（眉公），则以"闲人不是等闲人"来概括提醒，他的弃绝科试之途，他的坚拒权贵之招，他的诗文书画成就，以及他对筹边和救灾的建言，皆不可等闲视之。国事已大不堪，所幸眉公于崇祯十二年（1639）辞世，否则真不知他会怎样面对那场浩劫。

本书第三章专论李渔。明朝沦亡时，李渔三十三岁，似乎没有参加抗击清兵的义军，也没有抗拒薙发令，与家人避居故乡兰溪的山中，偶尔也将郁愤发诸诗草，"髡尽狂奴发，来耕墓上田。屋留兵燹后，身活战场边。几处烽烟熄，谁家骨肉全？借人聊慰己，且过太平年"。满腹经纶的他选择走陈继儒的路，大隐隐于市，卖赋以糊其口，不赴新朝的科举考试。不管是在杭州还是金陵，李渔都是一个自食其力的文人，写诗撰对，编捏小说戏曲，也开书铺，设家乐，留下了一宗极可珍贵的文学财富，而他的《芥子园画谱》与《笠翁对韵》，至今被视为不可替代的专业教材。毛先舒称自司马相如之后，靠卖文为生者很少有人比得上李渔。时人讥为打秋风，他本人也曾自嘲"终日抽风"，实则从来打秋风绝非易事，显宦豪绅中没有几个白掏腰包的傻子。"我以这才换那财，两厢情愿无不该"，笠翁的小诗略带调侃，表达的却是心里那份笃定和坦然。

保善详细解析了李渔的小说集《无声戏》《十二楼》和戏曲《笠翁传奇十种》，引领读者领略构思之巧与文字之美。清初吴伟业说他"江湖笑傲夸齐赘，云雨荒唐忆楚娥"，调笑戏谑，褒贬皆在其间。后来金庸有武侠名篇《笑傲江湖》，不知是否有所借鉴，意思则一变为全然称扬。李渔的确堪称山人中的杰才，堪称笑傲江湖的文士，不管背负着怎样沉重的心理和生存压力，不管面对或背对多少冷嘲热讽，不管晚年怎样地困顿寥落，都不能遮蔽他那份"一笠沧浪自放歌"的潇洒。那是读书人的江湖，是山人才子的江湖，也是较多存在于精神和艺术世界中的江湖，做过显宦的吴伟业虽已退居林下，与之仍隔一尘，只有叹羡的份儿。

是为序。

2019年秋月
于京北杏花谷

双福小集

离开报社转眼已经四个多月了，相距虽不算远，却也一次没有回去过。所谓"近乡情怯"，我把那儿视为自己生命中的重要时段，差可与故乡相比拟，便有几分情怯，更愿意将她珍藏在忆念里。日前，红孩约为报社二十五周年写几句话，往事纷纭，都来眼前，就说说那次"双福小集"吧。

那是在去年岁杪，开完编辑例会已近中午12点。在会上，我对前一周见报的各版做了详细点评，有点儿直率尖刻，也有一些调侃，总之还是往常的风格。整个氛围却显出特别的暖意融融，似乎流动着一种说不清的复杂情愫——因为本人和在座各位都知道，这大约是我在《中国文化报》的最后一次值周和讲评了。

会后几位编委相随到我办公室，似乎是接续会上的话题，似乎又不是。斌彬提出一起吃个饭，在场和接到通知者皆积极响应。商量就去双福,大家沿护城河一路步行,到达地坛东门的这家东北餐馆,那里的肉夹馍和苞米粥都是我们的甚爱。围着一张简易的原木餐桌落座,记得有合意、赵忱、胜生、徐涟、荷民、卢毅然等,成泉与斌彬争着要做东,结果斌彬以倡议之功,坐到下首买单的位子上,面带得意之色。

几杯双福自酿小烧下肚,辣辣的,呛呛的,话题便扯开来,散漫无羁,温情络绎……我心底突然泛起一股强烈的依恋之情,各位同仁都是这样可亲可爱,而自己曾对大家有过太多批评,常也会逞一己之快意,无视别人的感受。我站起团团敬酒(该店是那种传统土烧小酒盅,小而且浅,可供酒量不济者豪迈一把,连喝个十杯八杯没关系),逐个致意,嘟嘟囔囔,现在早忘记都说了些什么。坐下后又进行了一番反省自嘲,大意是我本善良(自诩吧),只是说话太直接、不留情面,为此伤害和得罪人很多,自家吃亏无数,终是积习难改,真算是一张坏嘴也。

大概是看这一番检讨还深刻,便有几位出言抚慰,说是报纸的讲评就应该直截了当,说我尽管批评了许多人,都是针对文章,说我也常常表扬,对好的稿件和版面多有夸赞鼓励,也可以称为"一张好嘴"。一句话竟引发我的童年记忆:三四岁时我跟祖母在老家苏北农村,饭后喜欢到左邻右舍串门,炫耀吃了什么什么好东西,结果得了个外号叫"好嘴"……1985年我们一家扶祖母灵柩归葬故乡,村中故旧叙及当年情景,令我感慨唏嘘。

接着前面的话头,我们称赵忱是"两条美腿",理由是她说某一个夏日穿短裙到我办公室,合意还有谁的正坐在沙发上说事,开门的那一霎,三人目光一起瞄向她修长的腿;然后是"三进山城",以一个电影故事调侃斌彬的调出调入;再后来的"四"好像编排合意,现在记不清了。就这样一路联下去,互开玩笑,嘲人亦自嘲,多少有那么点文人雅集的味道。土酿小烧的力道很快就发挥出来,怎么结束的,大家何时分的手,全都记不得了。

第二天上午,志今副部长和部人事司来报社,宣布承煊同志的来任和我的调离。当晚繁灼兄大摆宴席,迎新兼辞旧,同事数十人,我也喝得稀里哗啦。接近0时,我收到毅然发来的短信《赠卜总叹留别》:

一张好嘴,两袖清风。匆匆三载,四方运筹。学富五车,气吞六合。七星北斗,八面威风。九思长忆,十分想念。

这个出身北大地球科学系的家伙,显然习惯于卖弄自家的专业知识,除了第一句接续了双福小集的雅谑,其他大都与时空相关。数字诀吟过,卢生尚不尽意,又来了一首《张打油》,版权所有,俺这里就不便引录了。

第二天,小雪飘零,我要到国家清史办上任,甫一下楼,就见繁灼兄在院中等着,一路陪送我到新单位。再一天,我遍觅而不见《中国文化报》,若有所失,叫来服务处处长,请他马上订阅五份。所以,亲爱的同事们啊,请记住,在并不遥远的中关村,有一个人仍在固执着自己的阅读和讲评。

2011年春月
于慧心斋

老杜家的那场小酒

记得那是在1985年秋,而老杜,即当时的人民文学出版社古典编辑室主任杜维沫。维沫先生儒雅温煦,五十年代初从南开大学中文系毕业,从哪方面说都是前辈,可大家习惯于这么称呼,室内青年编辑也这么喊,也就跟着没大没小起来,而老杜不以为忤。

其时我刚刚硕士毕业,在中国戏曲学院文学系教书,初出茅庐,与维沫先生并不认识,得以参加聚会,乃因吴敢兄的介绍;或也不一定事先提到,相随着就上了门。已忘了他们住的是三居室还是两居室,当日堪称高档,厅甚小,放了一张圆桌,主客兴致都很高,密匝匝围了一圈,想起立走动就不太容易了。记得在座有刘辉、吴敢、张国星、张远芬及巨涛等人,三杯下肚,气氛更为热烈。女主人王丽娜老师是北京图书馆咨询部的研究人员(后为研究馆员),先是为大家不断上菜,后来才解下围裙,挤坐在老杜一侧。

我与吴敢兄正是在北图认识的。由于常去善本室读书，与管理人员渐渐熟悉，一位郑培珍大姐是连云港人，留意到我的研究生证上籍贯徐州，便说起她的母亲是徐州人，后来对我关照有加：北图当时没有读者餐厅，周边饭馆距离相当远，她便给我些内部饭票，可到食堂打饭；而午间休息，也让我留在阅览室，困了还可以把凳子拼起来躺一躺。1983年的一天，她告诉我来了个徐州师院的研究生，就这样与吴兄相识了，得知他住处僻远，便诚邀住到中戏研究生宿舍，室友郭涤乃北京人氏，平日在家居住，正好有空床位。中戏位于宽街附近的东棉花胡同，距在北海的北图、国子监的首图、王府井大街的科图都很近。白天我们俩各看各书，晚上在宿舍用电炉煮一锅白菜豆腐，喝点二锅头，相处结下深厚情谊。吴兄"文革"前考入浙江大学建筑系读书，治学极具条理性，对我产生过很好的影响。

在老杜家第一次见到刘辉先生，也见识了他的豪爽，大嗓门，略带几分港台流行歌星的沙哑，时也带几星飞沫，反客为主，讲得那叫一个神采飞扬，维沫先生和其他人偶尔插上几句，主要是倾听。那年5月，人文社推出了戴鸿森整理校点的《金瓶梅词话》，乃老杜与编辑室同仁集数年之力的结果，虽属删节本，仍带给学界很大的便利；6月，在徐州召开首届《金瓶梅》学术研讨会，策划人就是吴敢兄——他毕业后至徐州文化局工作，不到两年即升任副局长，策划了一系列学术活动。我的硕士论文题目为《李开先及其〈宝剑记〉的再认识》，搜辑史料时曾留意李氏与《金瓶梅》的关联，冯其庸先生主持答辩时提示应深入挖掘，吴晓铃、吴组缃等先生也曾予以鼓励，毕业后教书之余，一直在继续这方面的研究。吴敢一行与刘辉先是往东北参加一个学术会议，其间说到我的论文，刘辉在返京后便急吼吼要找我，一见面就是一连串问题——我们总会怀念二十世纪八十年代的学术氛围，原也就在那份急切专注，不立门户，不矜崖岸；而今的学术界早被分成一个个圈子，大门小户，团团伙伙，花花轿子人抬人，想找几个知己，争论个面红耳赤，已不太可能了。

《金瓶梅》是那次聚会的主话题，推杯换盏之间，竟也大致商定了几件事情：一是明年在徐州举办第二届金学研讨会，邀请海外学者参加；二是与会议同时，面向高校青年教师搞一期《金瓶梅》讲习班，席间纷纷提名授课者，记得有徐朔方、宁宗一、王汝梅等先生；三是由徐朔方、刘辉主编一本论文集，尽量收录近年来的研究成果，我也被指定要写一篇，由人民文学出版社推出。那是一场文人雅集，也算是一顿工作餐，三件事在后来都得到落实：徐州的学术会议大获成功，人文社的《金瓶梅论集》在学界颇有影响，附带的讲习班也为很多人津津乐道。若说老杜家的这场酒起到了重要的催生作用，应是并不过分。

至于说它是一场小酒，在于其家宴性质和亲切氛围，实际是一场大酒、醉酒，在我还清醒时已发现刘辉有些语无伦次，不一会儿自己也醉了。不记得是啥时结束的，不记得怎样与主人告别，怎样回到在陶然亭附近的家……后来又见过老杜多次，在北图请丽娜老师帮忙查过资料，还有一次在台湾一个会上的意外相逢；后来与古编室的刘文忠、林东海、弥松颐等前辈渐渐相熟，与同辈的管士光、刘国辉、周绚隆等成为文友，也与聂振宁、潘凯雄及现任社长臧永清各有交谊；后来与白维国兄合作的《金瓶梅词话》校注本在人文社刊行，国辉、绚隆与古编室各位付出很多，又在朝内大街一带有过多次欢聚，皆不似在老杜家那样酣畅忘情。

"最是人间留不住，朱颜辞镜花辞树。"王国维《蝶恋花·阅尽天涯离别苦》中的诗句，我曾不止一次引用过，以慨叹人生匆迫、知交零落。维沫先生已羽化而登仙，与宴诸友如刘辉、巨涛先后病逝，其庸先生、维国兄也在三年前故去，一次次令人悲痛哀伤。而学术事业仍在继续，他们曾倡导推挽的金学研究仍在前行，那个把酒论学的暮秋之夜，似已沉淀至记忆深处，一经触发，竟也活泼泼地来在眼前，温情络绎。

致敬人民文学出版社！成立七十年来，该社作为新中国的出版重镇，或也可称为作家和学者的摇篮，编发印行了许多好书，自产也培育提携了不少学者，业绩斐然。而我记下这个小小场景，是想做一点补白，是对编与著之间纯素交往的怀念，那也是人文社的一个传统！不久前小葛主任打电话来，说去通州看望了维国兄的遗孀赵大姐，我很欣慰，在一些出版人满脑子经济账的今天，不管单位抑或个人，有情有义，都显得尤为可贵。

2020年11月

为人民文学出版社成立七十周年作

附记

经吴敢兄拣阅日记,杜维沫先生的那次家宴在1985年10月20日,杜宅在工体路东中街42号,一栋灰色小楼的四层。

秽恶中有一束良知的光
——在台北看新编昆曲《二子乘舟》随感

早年曾读过《诗经·二子乘舟》，未遑细究，但觉河水晃漾、兄弟同船对酌的意境很美。待看了曾永义先生与王琼玲教授的同名剧作，始知其人伦错舛、骨肉相残的可怕背景。很久没有过如此复杂的观剧感受了：震惊，恐惧，纠结，痛惜，交互或同时涌来心头；而男女主人公的魂灵之爱与魂灵之痛，莘野的旖旎风光与汩汩血沫，也令人由期待、悬疑、惋叹到深心哀恻。没见到惯常的编剧套路，大约也没有几人能猜中结局，当演出接近尾声，当异母兄弟公子寿与太子伋先后赴死，当宣姜孤零零对着三个灵牌嘶声哭诉，剧场中一派静穆，像是所有观众都屏住了呼吸……

那是在台北参加"戏曲表演艺术之理论与实践"研讨会的次日晚上，应主办方台湾戏曲学院安排，观看该校京昆剧团新排演的昆曲《二子乘舟》。这是一个于史有据的事件，发生在春秋早期，卫宣公上烝庶母，下夺儿媳，见载于史册。但也只有这么多，至于两位女子的个人情感，以及宣姜与太子伋是否先已相识相恋，全付阙如。剧作者敏锐地抓住其悲剧之核，于烟云模糊处结撰故事，刻镂形象。大幕拉开，一对青年男女携手登场，是齐国公主送卫太子伋归国，是难以割舍的依偎爱恋与山盟海誓，唱词中特意点明此地为莘野，齐卫两国交界处，而狂风骤起，也预示着险恶与不祥。接下来"新台之变"，宣公以儿媳貌美夺为己有，禁锢于新台，太子之母夷姜悲愤自尽，昔日的恋人成为卫夫人宣姜，太子伋只能忍气吞声。忽忽十余年过去，宣公与宣姜所生的两个儿子长大成人——公子寿谦逊仁厚，公子朔强横狠戾。三兄弟校场比武，公子朔以自伤诬告大哥，引得母亲前来。这是二人莘野分别后的第一次相见：宣姜挚爱不变，真情淋漓，决意抛弃一切，与公子伋远走天涯；公子伋初见时旧情复燃，熊熊升腾，却又很快被理性克制，坚定拒绝，声声以"母亲"相称。于是剧情陡变，宣姜由爱生恨，竟至于参与小儿子的夺嫡阴谋，宣公听信谗言，假令太子伋出使齐国，而在交界之地埋伏杀手。未想公子寿得知后急忙追赶哥哥，终于在河畔赶上，告知他这一阴谋，但太子伋孝心深重，宁死也不愿背叛父亲，拒绝躲避求生。公子寿上了哥哥的船，借饮酒絮话将之灌醉，持其旄节径赴前路。太子伋醒来后不见了弟弟与旄节，情知不好，匆匆赶往莘野，见公子寿已倒在血泊中，悲愤痛殇，大喊"我才是太子，你们来杀吧"，也被乱箭射死。结尾也有一番出奇料理：卫宣公也死去，公子朔继位，舞台上只剩得宣姜孤寂一人，哀哀哭诉。

与史料所能提供的筋络相比，该剧血肉丰满，情节跌宕，不离本事之主旨，复于故事推演中赋予批判的视角。请看永义先生

在开篇的引首诗:

> 二子乘舟泛远行,愿言书愤泪纵横。
> 有兄有弟坚仁义,无父无君任死生。
> 灭绝大伦沉欲海,机关巧设铸污名。
> 新台伐恶春秋笔,谱入水磨千古情。

"有兄有弟",说的就是"二子",太子伋与公子寿,本剧一路迤逦写来,大关目则在二子的仁孝友于,是为宫廷秽恶中一束人性之光。那个时代周室积弱,诸侯竞胜,大小邦国的储嗣皆称太子,公子更是多如牛毛。这类称号意味着贵宠,更意味着凶险,伴随君主淫昏、佞臣弄权的常常是太子出逃,公子群奔。各国之间攻伐无定,也多喜欢收留避难的太子和公子,以作为政治棋子,后来成为晋文公的重耳就是一例。但太子伋不逃,弟弟苦劝也不逃,由是才有了替死的举动和同死的悲怆。而"无父无君",指的是既为父又为君的卫宣公,最后一出写了这个人渣的死,却又不注明因何丧命,一个昏君暴君,看似予与予取、威焰万丈,转瞬间便成了匆匆过客,成为千夫所指的丑类,的确是"任死生"了。

观看一部优秀历史剧,等于上一门精彩的文史课。此剧激发了我追索史迹的兴趣,《诗经》中的相关篇什,《左传》的记述,尤其是重读《史记》,从《卫康叔世家》开始,扩大至所有的"世家"。康叔一支享祚九百零七年,传四十一君,太史公独独对二子之情抒发感慨，曰："余读世家言，至于宣公之太子以妇见诛，弟寿争死以相让，此与晋太子申生不敢明骊姬之过同，俱恶伤父之志。然卒死亡，何其悲也！"那是一个礼崩乐坏的时代，道德大厦轰然坍塌，各种人情物欲恣肆横流，湮灭和浸染了人类最珍贵的感情，漫溢过一切界线。卫宣公堪称典型，但霸占儿子未婚妻的绝非他一个：鲁惠公见宋女姣好"夺而自妻之"，后以宋女为夫人、所生之子为太子，伏下祸机；楚平王为太子择秦女，也是迷恋其美自娶为妻，疏远太子，酿成悲剧。他们并非不知人伦之大防，但被色欲和任性充塞头脑，也就顾它不得了。至于那些嫁与公爹的女子，怕也不一定全是或持续幽怨，偷着乐的也不少。尤其在得子和上位之后，很容易参与夺嫡易储的密谋。比较起来，剧中的宣姜已算痴情难得，只是脆弱至极，略不如所愿，立马翻脸。"伦常乖舛，立见消亡；德不配位，必有灾殃"，见于清代朱柏庐所作《朱子治家格言》，指的是普通家庭，在皇室和诸侯王公才不会如此立竿见影。《二子乘舟》的最后一出，小恶人公子朔如愿继位，是为卫惠公，做了一个志得意骄的亮相，预示着恶政的延续。据永义先生告知，对于本剧的结局，曾有大陆昆曲艺术家表示过强烈异议，也曾接受其建议，改为宣姜飞马赶往莘野，拥着尚未咽气的太子伋痛哭，以一大段唱切切自责，但终觉不顺，又改了回来。"悲剧——可以荡涤人类的灵魂"，琼玲教授在献辞中拈出这句西谚，并认为："一出悲剧，可以把闭塞的世界打开，培育出希望的种子；又可以澌除身心的污垢，回归到赤子的灵明澄澈。"很同意这样的编剧理念，一出检讨人性的大悲剧，不需要一个勉强的老套的尾巴。

本剧的全称是《情与欲——二子乘舟》，后四字含蓄蕴藉，而前三字似不太必要。尽管人们一直礼赞情、否弃欲，但二者实在是难解难分，交缠杂糅。具体到卫宣公，他即位后与庶母夷姜的结合，或有深潜心底的爱慕；而横夺太子之妻，或也有一见钟情的因素。后来的唐明皇与杨贵妃不也是公爹抢了儿媳吗？简笔必然带来脸谱化，细写则能掘发更深层的意义，莎剧的精髓或在这里。窃以为卫宣公之秽恶，恰恰是无视礼制的约束，践踏了伦理的藩篱，是纵欲，也是任情和失范。在台时恰值岛上"九合一"选举，一次偶观电视，见辩论正酣，秃头老韩忽然来了句"问世坚（世间）情为何物"，令气焰正旺的名嘴王世坚一时懵圈，尴尬嗫嚅，不禁哈哈大笑。元好问留下的这道永恒命题，还真的不太好回应。

情分七色，爱情、友情、侠情、真情是情；欲情、色情、风情、矫情也是情，是其常态与活跃的棱面。在一些时候，纵情也就是纵欲，且不分男女。新台之恶，是卫国小朝廷的整体罪孽，参与者有宣公、宣姜、公子朔，以及身边近臣与军中将士。对于太子伋的隐忍，司马迁似乎有点儿不解，言下之意即便杀了这个兽父，亦无不可。每一个社会，每一个时代，乃至每一个生命个体，都会存在隐忍、屈从和苟且，所谓的"苟且偷生"，细思令人心痛。司马迁受到宫刑后不也是忍辱偷生么？而留下一部《史记》，在广阔历史场域写世家，也写世相，通过一个个公侯豪门的兴起灭绝，记录上古先民所经历的污浊错乱，也捕捉到并致力于张扬暗黑中道德与良知的光辉。与其说这是太史公独具法眼，以邪恶衬映仁善，莫如说是生活中本来就不乏正人君子和高德义行。其时孔子虽未出世，但崩解的礼教大厦仍有断壁残垣，人性与仁爱在浊世中仍熠熠闪亮。我们看春秋间人物动辄引经据典，看其一番说辞往往奏效，也能感觉到道德伦理的凛然存在。回到本剧，太子伋看似软弱，公子寿看似呆板，却以青春生命维护着孝义的原则，坚守作为儿子和弟弟的本分，而不计及其他。

那样的暗黑浑浊的时代，那样的污秽狠戾的父母，这样的明洁纯良的二子，这样的兄弟友爱与从容赴死，恶与善，争与让，交互呈现，自具一种洗涤心灵的力量。

台湾本来是没有昆剧院团的，是台湾大学曾永义教授亲自撰作剧本，又得苏州大学周秦教授拍板度曲，这才将昆曲引入祖国的宝岛。两位先生的合作也由"蓬瀛初弄"，而三而五，至《二子乘舟》已称"六弄"，堪称一段两岸文化交流与合作的佳话。本剧的另一位编剧王琼玲为台湾中正大学教授、知名作家，也是曾先生及门弟子，于是便有了这样的组合：琼玲结撰故事，永义先生编剧填词，周秦先生编腔拍曲。从来有"佳人"（优秀的创作者）才会有佳作。在国家对振兴戏曲高度重视、不断加大支持力度的今天，好的剧本创作，好本子从案头到场上的转化，仍是短板之一。《二子乘舟》的主创班底，当然还要加上台湾戏曲学院演职员的倾情投入，或也提供了一个成功的"旁州例"。

2018年冬月

于杏花谷

一个风雨交加的寒夜
——豫剧《天问》对戏曲改编的几点启示

风雨交加乃大自然常有的现象,也是剧作家借景抒情的常见选择,最具撞击力的范例当推莎士比亚的《李尔王》:被两个女儿逐出的老国王流落旷野,凄风冷雨,痛绝怨愤,曾经强大高傲的他显得那样茫惚无助,跌跌撞撞,向苍天发出一连串撕心裂肺的呼喊。改编者将剧名易为"天问",不独抓住了莎翁原创之精髓,也深深契合中国人的审美原则,令观众想起汨罗江畔跣足披发的屈子,想起他曾发出的亘古之问。

孝,是中华文化的核心内容,也是人类共通的美德之一。李尔王的故事定位于大不列颠王室,而在我国亦多有类似传说:一个富庶之家有三四个女儿,大些的个个甜言蜜语,最小的善良而不会奉承,然后……就是一番近似的周折,报应不爽,但故事的主人公一般是不会死去的。其实英国的观众也有同样吁求,《李尔王》长期流行的改编本,即以小女儿不死,侍奉父王安享晚年收束。《天问》保留且强化了原著的悲剧精神，对孝的阐释则换为中国话语模式，渗入儒家对道德准则与社会价值的思考。在提倡繁荣戏曲创作的今天，对中外名剧的改编是一个大课题，而这部来自海峡彼岸的成功之作，应有以下几点有益启示。

一　领悟和再现原作的精髓

大幕揭开，轩辕王邠赫拉（原著中的李尔王）登场时显然心情极佳，她要在此日宣布退位，将全部国土和资产分给三个女儿。在这个隆重的仪式上，她提出一个极简的要求，想当众听女儿说几句赞美的话。这有什么难的？我们看大女儿从容向前，颂扬圣德的同时，也大段表白感激敬爱之心，于是乎得到了母亲的慷慨赏赐。二女儿也显得聪明剔透，只需要说心情与姐姐一样，再加一些躬身捶腿的小动作，便同样得到奖赏。一切都顺理成章，哪个古代君王周边不是赞歌嘹亮、谀辞如潮呢？况且又是对即将退位的母亲。但纯洁的三女儿却觉得难于出口，不习惯当面的肉麻吹捧和虚情假意。她不想说，被逼表态时，也老老实实告诉母王，无法做到像姐姐所说只爱母亲一个。于是，喜庆场面一变而气氛紧张，本来备受宠爱的小公主被剥夺继承权，同时被宣布断绝母女关系，遭到母王邠赫拉诅咒。大臣司徒德挺身劝谏，竟被当庭驱逐。接下来的程序本来是为小公主招亲，也跟着情形急转，鲜于侯听说没有嫁妆即离去，所幸赫连王爱其善良纯正，小公主才免于流落民间。

"一天卖出三担假，三天卖不出一个真"，这句古代民谚说的是讲真话甚难，后果也很严重。戏剧需要写冲突，却不宜于过多依赖误会与巧合，似此由人情世态入笔，最称自然妥帖，也最足动人。莎翁擅长平实地抒写人性，拆解人与人的品格差异，寻觅人物的心理轨迹。此剧的改编正是立足于这一基点，由表述差异写善恶之别，发展到人伦与权力的冲突，演绎一个君主的极度偏执偏激，以及随之而至的愤懑和悲伤。《天问》中的国君虽已变为女王，而不容违拗的雷霆之怒并未减弱，这是权位生成的尊威，也是全剧伏脉结穴之处，一直到那场飙风冻雨，方才使她清醒。

大多数的帝王不都是如此吗？高高在上的宝座遮蔽了他们的耳目。乾隆帝即位之初，左都御史孙嘉淦上了一道著名的《三习一弊疏》，指出皇位必然会带来的弊端：听久了称颂之词，就会厌烦直言（耳习于所闻，则喜谀而恶直）；看多了谄媚之态，就会疏远正人君子（目习于所见，则喜柔而恶刚）；习惯了乾纲独断，就会反感不同意见（心习于所是，则喜从而恶违）。这是古来中外帝王的通病，邠赫拉也算病得不轻，连亲生女儿都不能表露心声。人性的弱点莫大于情伪，而美德的根基则在于真诚。在一个扭曲的环境里，真话与诚实似乎毫无价值。邠赫拉不否认小女儿的诚实，却将之扫地出门，要她以诚实为嫁妆了。

二 将"孝"置于权位的调色盘上

《李尔王》与同类故事的关键词都有一个"孝"字，而其内涵又远非孝所能概括。一个国王对子女的要求，从来都与权位相牵连，也难以分辨那些恭顺中有多少来自亲情、多少是畏惧威权；至于儿女的反目，亲情的突变，使之瞠目结舌或发狂发疯，归根结底也在于失去了权力。《孟子》曰："孝之至，莫大于尊亲。"正是出于"尊亲"，小公主吐露肺腑之言，可证宫中也有真切自然的孝道，也真实写出行孝的艰难。在权力的调色盘上，亲情往往扭曲变形，孝道常也变得暗淡无光。

几乎所有的宫廷都是复杂的，充满着密谋与反叛，黑暗处潜伏着爪牙，而君主多表现得自信专横，邬赫拉正是如此。长期在位养成了她的言出律随和性格暴戾，而她的禅让与分割国土，也显然缺少深思熟虑。待她将王位和土地拱手让出，很快便见出两个女儿的真面目，开始体味什么叫世态炎凉，才发现那些孝心表白早已飘逝，扑面而来的是羞辱与忤逆。

父母要求子女孝顺有什么错呢？但像该剧这样，命女儿挨个表态，一言不合即行决裂，则大错特错，事涉荒唐。《天问》的悲剧，是主人公的性格悲剧，也是权位的悲剧。我们看长女、次女由忤逆走上险恶，自会反感憎恨，这恶果是女王邬赫拉种下的，而品尝的不仅仅其本人，还有那无辜的小公主。其长女、次女固死有余辜，不也是饮用了母亲所酿的鸩毒么？悲剧的光焰在于激发悲悯之心，不独惨死在姐姐手中的小公主，看那作恶多端的两个不孝女最后陈尸台上，也令人感慨万千——她们的命运也是可悲的。

三　莎剧改编的范本

《李尔王》被称为莎士比亚最伟大的悲剧，以中国戏曲的形式对其改编上演，让东西方观众接受和喜爱，殊非易易。这里不能不说到两位改编者：彭镜禧先生是当今杰出的莎士比亚专家，译笔雅驯，绎解精审，对莎剧有着透彻领悟；陈芳教授治戏曲史和戏剧理论逾三十年，著述宏富，文采斐然，授课之余兼事编剧，近年来已有多部剧作成功上演。对于将《李尔王》搬上戏曲舞台，这样的组合堪称完美。由是也想到当前的戏曲创作，吸引或邀约高素质人才加入编剧队伍，提供优秀剧本，应是一条可行的路。

《天问》的改编，并不过甚强调"忠于原著"，而是致力于呈现原作的"王者气度与生命厚度，在大喜大悲中演绎人生况味"。剧中的两条情节线虽未变，而人物皆被"中国化"：不列颠王成了轩辕王，法兰西王成了赫连王，王室大员都有了很中国的名字，如端木、南宫、夏侯等，举手投足间有意点染华夏远古色彩。邠赫拉的扮演者王海鸰为台湾的豫剧皇后，将李尔王改为女王，即属为她量身定制。从主演和剧种剧团的角度考量如何改编，也是成功上演的保障。曲白间处处照顾到性别之变，一丝不紊。

第九场《国殇》，小女儿被害后，原作中李尔王悲痛已极，话语并不多，改编本则浓墨重彩，请看这段唱词：

问苍天骨肉相残何时已？
煮豆怎忍燃豆萁？
问苍天五伦莫非风雅体？
治国容废万世基？
问苍天人间公义何处觅？
善恶报应岂无稽？
问苍天因缘了断生与死？
黄粱一梦惟存疑……

王海鸰不愧为大艺术家，演唱中倾注感情，催人泪下。这已经不是改编，而是创作与升华，是人性的叩问、心灵与道德的叩问、善与恶的叩问，也是对生命价值与生存意义的思索。古代中国朕即天子，奉天承运，邠赫拉既以问天，也以自问，远超越一己之悲苦，把目光投向尘世间的芸芸众生。

再回到那个暴风骤雨的夜晚，邠赫拉经历一阵子狂暴迷乱后渐渐清醒，想起衣不遮体的穷人，回思在位时对百姓疾苦的忽视，唱腔由高亢一转而低回舒缓，如泣如诉，充满愧悔与自责。那之后的邠赫拉性情渐变，由偏激而豁达，从责人到责己，由刚愎自用到充满疑问……或许，这才是复杂人性的完整呈现，才是伟大悲剧的魅力所在。

2017年夏月
于京北辛峰小院

课堂上自有无限烟波
——从老友奎生的"校戏"写作谈起

去年岁杪,与戏曲学院的几位挚交相约去看望奎生兄,发现记忆中那个精、气、神饱满的老奎,真的是老了:刚刚遭遇一场大病,清癯羸弱,连起坐走动都要女儿搀扶。可席间聊天,一说到当今的戏曲舞台,一说到《对花枪》,他原本有些暗淡的眼神顿觉精光熠熠,语调也由低哑变得清亮……我望向这位曾经相处亲切的老哥哥,顿觉心底涌上一股浓重的愧疚,觉得很应该写写他和他的戏曲创作。

改革开放以来,国家对传统戏曲的重视逐渐加强,近些年更是作为复兴中华优秀文化的重要一翼,创设"非遗"保护机制,设立国家艺术基金,在制度层面和经费上提供保障。但如何才能"出人出戏",不断推出无愧于时代和人民的精品,仍有很长的路要走。在多数情况下,这不是一个理论问题,而在于要有一批踏实任事之人。老奎就是这样的一个践行者,其在被忽视下的坚忍与守望，其持续四十年为学生编剧的硕果与涩果，其提出的"校戏说"，都值得我们珍惜和敬重。

一 戏曲需要有情有义的人

奎生出身贫寒，少年时入班学戏，后参加晋冀鲁豫革命根据地的民主剧团。中华人民共和国成立前夕，李和曾先生率团到西柏坡演出《逍遥津》，奎生饰演剧中的小皇帝。那年的他还不到十三岁，开演前在席间跑来跑去戏耍，被毛主席与朱总司令等叫住亲切问话，是为一段美好回忆。1950年1月，文化部戏曲改进局设立戏曲实验学校，田汉兼任校长，礼聘名师传授，奎生成为第一届学生。该校不久后划归中国戏曲研究院，名称中突出"实验"二字，都能传递出国家对戏曲继承与创新的并重。五年后改名中国戏曲学校，又在改革开放之初升格为学院，奎生在毕业后即留校任教，一直没有离开。

1985年夏，我硕士毕业到戏曲学院文学系工作，老奎担任总支书记兼副主任。感谢学校，在教学楼一层硬挤给一间宿舍，隔壁是作曲系的琴房，丝竹之声盈耳，而妻女的户口都在外地，油票肉票皆无，做饭就在楼道里支一个煤球炉。我们这一辈学者都是这么过来的，记住的多不是日常艰辛，而是别人给予的援手，老奎提供过很多帮助，具体而微，对一个年轻教师来说颇觉温暖。两年后我调到中国艺术研究院，但与老奎的友谊保持了下来。

老奎是一个有情有义的人，一个敢于坚持己见和仗义执言的人。十年动乱之初,老校长史若虚被揪斗凌辱,奎生挺身相救,被打成黑帮。"文革"结束后史校长恢复职务,有意提拔他到关键岗位,又因他的不够听话未能实施。一位哲人说"性格就是命运",老奎即如此:他的才情与性情赢得了广泛敬重,也在明里暗里得罪了一些人,包括了解他也想帮他的领导;而正因为经常地被冷落,他得以专心阅读和写作,极大弥补了幼年失学的缺憾,编写出一部又一部戏曲佳作。

二 《对花枪》是一个范式

组建之初,中国戏曲学院表导演专业仍沿承传统的教学模式,而作为一个老戏校人,奎生深知京剧的表演教学应有所革新,亟须新的教材。求人不如求己,就在1978年秋,他写成京剧《对花枪》。那时的青年教师创作热情很高,各系之间紧密协作,奎生将剧本写好后,音乐系关雅浓作曲,导演系杨韵清执导,次年由附属实验京剧团演出。《人民戏剧》做了详细报道,《戏曲艺术》刊登了剧本,不少地方戏校跟进移植,一时好评如潮。

《对花枪》本是豫剧传统剧目,演绎隋朝末年瓦岗寨英雄故事,二十世纪六十年代由安阳豫剧团整理复排,豫剧艺术名家崔兰田饰演姜桂芝。奎生在改编时删去原剧中靠山王部将威逼胁迫、姜氏亲侄从中挑拨的繁复情节,以浓墨重彩染写女主角的侠骨柔肠:襄阳书生罗艺赴试途中病倒,被姜父亲搭救并收为弟子。桂芝自幼随父苦练祖传花枪,对罗艺悉心指授,两情相悦,遂结连理,未久罗艺赴京参加科举,而妻子已有孕在身。后经历战乱，音信断绝，罗艺在瓦岗寨再娶妻生子，桂芝则携儿带孙流落他乡。四十年后，姜桂芝一家到瓦岗寨寻亲，罗艺拒绝相认，幼子罗成与长孙厮杀不敌，他本人也败在桂芝的花枪之下。寨主程咬金有心撮合，罗艺惭愧赔礼，最终是一家团圆。京剧的《对花枪》后来居上，红遍全国，应与奎生改编时秉持的创新原则相关。老奎自幼浸润梨园，最知道一些传统剧目的散漫拖沓，知道哪些地方能出彩，什么样的唱词能感染观众，是以一出手即削减枝蔓，而强化姜桂芝、罗艺等人的情感活动。李笠翁所主张的"立主脑，减头绪"，不正是这样的吗？

正因为是要为学生写戏，奎生在写作中始终伴随着教学的考量，伴随着因材施教。《对花枪》对学生的基本功和综合素质要求甚高，主要演员必须具备"唱念做打"的全套功夫，具备较高的唱功与武功。这是一个挑战，缘此也催生了一个新的京剧行当——文武老旦。学者称赞它是第一出京剧老旦的情感大戏，"当之无愧的里程碑式的经典剧目"，盛赞那段连绵百余句的唱词情理俱佳，实非谬言。它是一出好戏，而历经数十年常演不衰，已成为一个范式：为戏曲艺术的课堂教学而写，为学生中的好苗子量身定做，聚集编剧、作曲、导演、舞美的专业高手，教学与创作融为一体，精心打磨后呈现于舞台，也长存于舞台。

三 《夜莺》的启示

《对花枪》的演出轰动，极大激发了老奎的创作热情，陆续编创了《东郭先生》《岳云》《血泪清宫》《阴阳河》《乳娘传枪》《秦琼表功》《节妇吟》《夜莺》《界碑亭》等数十部京剧剧目。奎生成为一个高产剧作家，所作无不用心，但有成功也有失利，响炮少而闷炮哑炮多，受到鼓励的同时也不免冷嘲热讽，但他坚持了下来。据其学生温如华回忆：《血泪清宫》于1980年完成，描写戊戌变法之际帝后两党斗争，由学校实验剧团排演，在河北、山东演出时很受欢迎，"后因实验团解散，演员各奔东西，此剧因而销声匿迹"；三年后奎生为之改编《春秋配》，仅保留《捡柴》《砸涧》，其他剧情剪裁重编，在长安大戏院试演时反响强烈，"正欲投入全剧排练，不巧也是赶上剧院改制，演员乐队重新安排调配，演出计划灰飞烟灭"。艺术生产是一个系统工程，一部戏从案头到场上的环节很多，常会发生意外之事，需要一颗强大的心脏，而老奎乐此不疲。

离休后，奎兄曾应邀访问加拿大的温哥华等地，教授华人社团京剧表演艺术，长达两年，学生渐众，举办专场演出，也吸引了一些欧美裔学员。国家倡导"文化走出去"，奎生不事声张，以一人之力，也曾在北美播撒下京剧的种子。

更精彩的一笔，是他与贡德曼合作编导的《夜莺》。贡德曼是一名热爱京剧艺术的德国留学生，交谈中吐露把安徒生的同名小说搬上京剧舞台的念头，老奎不仅给以鼓励，且直接参与到创作之中，帮助梳理剧情，斟酌唱词，挑选演员，并亲自执导。无场次京剧《夜莺》由戏曲学院表演系学生演出，曾四次应邀到德国巡演，取得了较大成功。这也是一部从课堂走上舞台的剧作，是师生合作、中外戏剧家合作的成功范例。这样的走出去才更接地气,更能起到沟通交流的作用。

进入新世纪,奎生与贡德曼又联手创作了《界碑亭》。此事缘于贡德曼在德累斯顿图书馆发现了一部巴洛克时期的歌剧《中国女人》,来中国时对老师说起,希望能改编重排,奎生建议设置一个中西方艺术家相会的地方——界碑亭,对情节也做了巨大调整:登场六人各有擅场,载歌载舞,《林冲夜奔》《天女散花》与西方歌剧交相呈演,看似跨界和混搭,实则情景混一,情感交融。这也是一次"推陈出新",其间有京剧名折《御碑亭》的影子,述说的则是完全不同的故事。该剧先后在德国和中国演出,参加了中德建交纪念活动,被誉为实现了梅兰芳与布莱希特未竟的艺术交流。

为学生写戏,为学校编撰简便实用的教学剧目,是奎生戏曲创作的出发点。在中国戏曲学院为之举办的研讨会上,他很动情,表示自己创作的所有剧目皆可称"校戏"。校戏,有些像曾经风靡台湾的"校园歌曲",是老奎自拟的一个语词,强调的是编写于校园,讲授排练于课堂,师生合作,教学相长,精雕细刻后奉献给社会。这是他对一生教学和创作实践的总结,也是艺术院校教书育人的一条路径。

仍以《对花枪》为例,表演系学生郑子茹于1980年首演,自此创造了一个扎大靠、穿厚底、使得一手好枪法的老旦形象。1987年,郑子茹在第一届全国青年京剧演员电视大选赛获最佳表演奖；2008年，该剧拍成戏曲片，荣获电影百合奖；表演系1987级学生袁慧琴再演《对花枪》，拍摄了我国第一部戏曲数字电影，以一百零八句的抒情唱段令观众迷醉；而表演系2002级学生侯宇在郑子茹指导下排演《对花枪》，该剧又一次红透京沪舞台。

一招一式、一板一眼地教习传统戏曲，当然是学院的责任，而更重要的责任当在于艺术的创新和拓展。无创新，则难以守成，更不利于传扬。奎生对京剧艺术浸润很深，又善于思考，勇于变革。继《对花枪》之后，他的《岳云》《界碑亭》都搬上银屏。这是老奎的荣誉，也是学院教师和学生的荣誉，是"校戏"的荣誉。中国戏曲学院前院长杜长胜曾将老奎归结为"三热"：热爱京剧艺术，热爱学校，热心提携有才华的青年人。这也是他不竭的创作动力。

第二届中国戏曲微电影大赛制作了一个短片，年逾八十的老奎在练功房指导学生排练《夜奔》，手、眼、身、法、步，真是一丝不苟。他与贡德曼合作的《界碑亭》，就是在这里出发的，很快被国家京剧院选中，成为出国巡演的精品剧作。课堂上自有艺术理想，课堂上自有严苛法度，课堂上自有无限烟波，不是吗？

2019年5月
于杏花谷

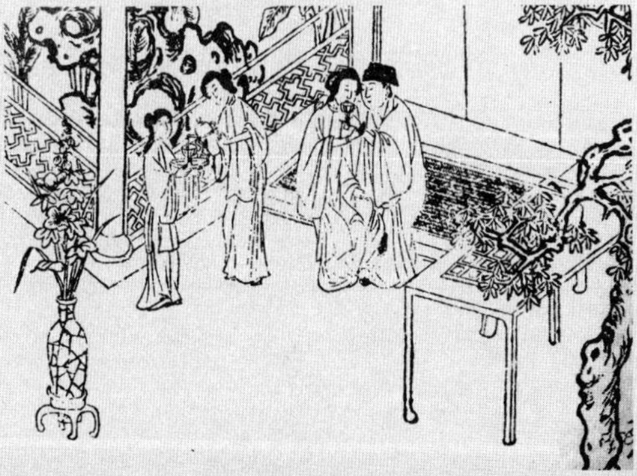

三十载相随李太常
——《李开先全集》修订版后记

对于治学者来说,其所选择的第一个课题,常会影响到一生的学术道路。李开先研究,于本人正是如此:三十年前,还在中央戏剧学院攻读硕士学位的我,选定《李开先及其〈宝剑记〉的再认识》为论文题目;五年后,敝作《金瓶梅作者李开先考》刊行;又两年,出版《李开先传略》,是硕士论文的扩充版;这期间,亦发表了一系列有关李开先家世生平的文章,均收入我的戏曲论集《传奇意绪》中。

研究李开先的过程中,我曾到许多图书馆访书:在京的国家图书馆、首都图书馆、科学院图书馆、社科院文学所图书馆、北大图书馆,外地如山东省图书馆、南京图书馆、上海图书馆,甚至台北的"中央图书馆",都曾给以很大帮助。《闲居集》与李氏其他著作多被列为善本,访书的经历充实而欣悦,也颇有辗转等待之艰辛。大约从那时候起,我就有了一个愿望,要为李开先搜辑整理一个较全的文集。

1995年9月至2001年10月，整整六年的时间，我受命主持文化艺术出版社的工作，忙于出书，忙于发展，被"两个效益"牵着鼻子走，也曾被整顿，虽不敢完全丢弃专业，此事则放在一边。倒是离开之后，由主政的丁亚平总编辑拍板，此书进入出版程序。责编董瑞丽（现在的副总编辑）为此花费了许多心血，至今仍记得文弱纤细的她，手提沉甸甸校样前来的情景。唯当时难以复印底本，大多为手抄，核校殊不易。出版后发现了一些错讹，加上整理者的粗疏，留下不少遗憾。但对于瑞丽，还有洪宇、宝华、张莉等旧日同事，我始终心存感激。

忽忽又是十年，李开先依然陪伴着我的研究与写作，不离不弃：评点《金瓶梅词话》，解析那些小县市井的活跃人物，会联想到他的《老黄浑张二恶传》；撰写《明世宗传》，会忆起他在"九庙灾"之后的黯然离京，读到顾炎武游历山东，在章丘垦田艺蔬，也不由得眼睛一亮，想知道其距鹅庄有多远，想知道其是否去搜罗李氏藏书……

借《李开先全集》修订再版之机，我改写了全集前言，补写了《闲居集》提要，调整了原版误置的《改定元贤传奇》各剧顺序，也调整了全书附录。我要感谢上海古籍出版社两任社领导的关心关切，感谢编辑室同仁的辛勤付出，尤其是责编曹光甫先生，他良好的专业水准和认真负责的精神，留给我很深印象。

隆庆二年（1568）二月十五日，李开先以脾病复作，逝于章丘城南的老宅。今年是这位重要作家辞世四百四十五周年。全集修订本的出版,应是我们对他最好的纪念。

2013年11月29日
于北京西山在望阁

"戏曲"有一道概念屏障吗
——《从祭赛到戏曲》自序

2004年秋月,永义先生从台北来,照例是好友聚集,照例是欢宴畅饮,席间他谈及正主编一套有关古典戏曲研究的书,希望我也能参与,于是便有了这个选本。前一部分是我在南京大学读博时做的论文,后面则选录了自己发表过的一些文章,雪泥鸿爪,也算是一点纪念。

戏曲是中华民族的骄傲,是历代杰出作家和无数传世佳作共构的一座艺术殿堂。然则治中国戏曲史的学者都会遇到一个沉重且尴尬的命题:中国戏剧为何晚出?为何经历了一个约两千年的漫长的形成之旅?即便我们以宋室南迁的公元1127年大致推定为戏曲形成的年份,也不过八百余年。而比较同为世界上古老剧种的古希腊戏剧(繁兴于公元前五世纪初叶),相去又何其辽远!这里不是硬要去计较争竞,但中国戏剧果真就如此晚出吗?

从更广阔的艺术空间上来考量观照,对社与社祭、社火与社戏的传承流变做比较分析，以近年来屡屡震惊世界的考古发现为线索，我们对古老中国的文明与文化，尤其是中国戏剧的发生衍演或能有一种新的认识。

戏曲，会成为一道概念屏障吗？

越来越多的资料表明，戏曲只是中国戏剧发展史上一定阶段（或曰繁盛时期）的存在；越来越多的学者试图穿越"戏曲"这一概念，向更古远的史籍中求索捞滤，向更鲜活的现世中踏访寻觅。人们开始关注对中国社戏和傩戏的研究，梳理中国本土的艺术生态史，探讨戏剧与宗教祭祀、朝会大典、节日狂欢及土风民俗的关联。在艺术本原的意义上讨论，应说没有社火就没有戏曲。离开社火，戏曲就不能最大值地扩展影响，就难以繁衍生息。社火或曰社戏以其弘博的舞台空间，包孕了中华民族的几乎所有艺术品种。一部社戏史，是一部民族艺术史，是一部华夏民俗的百科全书，更是一部中国的民间戏剧史。

迄今为止，有关中国戏曲起源和流变的著作尚未能给予社火（社戏）应有的重视。不少史论作品中也有引证和阐述，但多为一带而过，多为具体而微的作家作品比较，力度和角度均嫌不适。中国戏曲史往往成为文人剧作史和城市演剧史，忽视了更为绚烂丰富、更充满激情和创造精神的社戏演出，忽视更具有艺术感召力的全民性节日狂欢（社火），人为地将中国戏剧艺术的史幅剪裁缩水，这也是一种史眼的迷乱，是观念和成见的局限。

近十年来，随着一批民间演剧资料的发掘问世，随着海内外学者们对田野调查和戏曲文物遗存的关注，傩祭与傩戏演出的研究越来越深入，出现了一批有价值的成果。但也出现了"泛傩化"的倾向，忽略了傩祭和傩戏只是社火活动中的一个分支。在一系列戏剧文物发现中，如山西晋南地区发现的《迎神赛社礼节传簿》《扇鼓神谱》等，都是珍贵的社火活动文献。而在先秦古文献中，在四书五经和历代官修正史、志书中，在文人专集与野史笔记中，都有大量社火活动的记载。经过搜辑，我们还能见到一大批珍贵的形象资料，如《清明上河图》《大驾卤簿图》《南都繁会图》等绘画中的演出场景，如古青铜器、汉画像石、墓室壁画、砖雕木雕中都有生动的演出图像。将文字资料与图像资料汇聚在一起，两千年的社火活动便觉凸显，便觉鲜活生动，便让人的视野豁然开朗：原来在文人剧作背后，在《窦娥冤》《牡丹亭》等名剧背后，还有如此辽阔且绚丽的一个艺术胜境！

笔者认为：戏曲虽因其文学成就和舞台影响而成为中国戏剧的代称，但毕竟只能是后者漫漫绵延史中的一个段落，而非全部。迎神赛会的社火活动润化催生了中国戏剧，滋养繁衍着不同的声腔剧种，是戏曲的母体，亦是其摇篮。鼎盛时期的戏曲代表着中国戏剧的最高成就，但我们仍不可否认：戏曲的远祖是社火，近亲也是社火。中国戏剧存在于迎神赛社的锣鼓中，已经历三千年艺术传承和作品展演，这是需要再认识的。

近些年我的工作多有变动，学术研究的兴趣也颇有游移，但对中国文化和戏剧艺术的关注始终不变。本书也收入我早年的一些研究成果，如有关戏曲形象的两篇，是我在中国戏曲学院教书时开的一门课，后来只整理出此两章；如研究《烂柯山》之后，本来还要写有关《窦娥冤》的故事流变；如在发表《焦竑的隐居、交游与其别号"龙洞山农"》一文后，伊白兄和不少师友都希望我续写研究焦竑和"金陵派"的文章；更如自己做完了博士论文，也就搁置了"中国社戏史"的写作，将一个国家级重点项目一放就是五年……

约在一百八十年前，年轻的普希金在南俄流放地开始写作长诗《叶甫盖尼·奥涅金》，开篇便以一位朋友的诗作为题词，道是："急匆匆地生活，来不及感受。"今天，则我在近同的感慨之余，又加添了浓重的愧疚。生活的内容真有些芜杂，一己之小我真常常容易在"急匆匆"中迷失，对文学和艺术经典的敬重会因"来不及"而淡远消退……但我在深心处钦羡那些纯正坚忍的学者，亦向往着有朝一日能回到书斋，再品味那一份久违的清寂，再享受那种人生的充实与富足。

是为序。

2005年夏月
于方庄小舍

那个时代的风物世情
——《摇落的风情》自序

在我国的古典文学作品中,《金瓶梅》应是一个特例:作者对身世行迹的刻意隐藏,传抄者对流播渠道的欲言又止,出版商对全本和真本的追踪搜求,评点者的改写重编、肯定否定……很少有一部小说如《金瓶梅》携带着这样多的悬疑谜团,很少有一部小说如《金瓶梅》承载着这样多的疵议恶评,亦很少有一部小说像它这样深刻厚重、刺世警世、勾魂摄魄,吸引和震撼了一代又一代读者。不少学者都把它与后来的《红楼梦》相比较,论为中国小说史上的两座高峰,而作为先行者的《金瓶梅》,更显得命运多舛。

《金瓶梅》是一部奇书,又是一部哀书。作者把生民和社会写得嘘弹如生,书中随处可见人性之恶的畅行无阻,可见善与恶的交缠杂糅,亦随处可体悟到一种悲天悯人的情怀。他将悲悯哀矜洒向所处时代的芸芸众生,也洒向巍巍庙堂赫赫公门,洒向西门庆和潘金莲这样的丑类。这里有一个伟大作家对时政家国最深沉的爱憎，有其对生命价值和生存形态的痛苦思索，也有文人墨客那与世浮沉的放旷亵玩。这就是兰陵笑笑生，玄黄错杂，异色成彩，和盘托出了明代社会的风物世情。

一 《金瓶梅》的流传、刊刻与批评

早期的《金瓶梅》抄本，是在一个文人圈子里秘密传播的。有关该书传世的第一条信息，今天所确知的是明万历二十四年（1596）袁宏道写给董其昌的信：

> 《金瓶梅》从何得来？伏枕略观，云霞满纸，胜于枚生《七发》多矣！后段在何处？抄竟当于何处倒换？幸一的示。（《锦帆集·尺牍》）

这时的袁宏道在吴县知县任上，而董其昌以翰林院编修任皇长子讲官，是年的春与秋曾两次因事返乡，二人的借书与传抄大约在此期间。董氏在书画和收藏方面负有盛名，拥有《金瓶梅》的抄本应不奇怪。而袁宏道在文坛亦是声名渐起，短短信札，流露出急于得到下半部的渴望，以及对该书的高度评价。

《金瓶梅》从何处得来？我们看不到董其昌的回答。这位后来的太子太保、礼部尚书对自家文字当做过一番严格清理，因而看不到任何有关《金瓶梅》的记载。同样，两位较早藏有《金瓶梅》抄本的大人物——嘉靖隆庆间内阁首辅徐阶和嘉靖大名士、后来的南刑部尚书王世贞，文集中也不见蛛丝马迹。这种情形是可以理解的，那些个当世名公，有谁愿意担当收藏和传播秽书的恶名呢！袁中郎之弟小修《游居柿录》曾忆写了与董其昌闲话《金瓶梅》的情景，董先说"极佳"，又说"决当焚之"，则前说出自真实感受，后来便是意在遮掩也。

徐阶和王世贞皆活跃于嘉靖晚期，对小说中人物自有一种熟稔，其籍里相去不远，交往史亦复杂曲折，若推论其藏本来源相同，应是可能的。有意思的是，董其昌、王稚登、王肯堂等早期传抄者也都在苏松一带，而袁氏兄弟听董其昌讲说和借抄亦在此地。后二十年，该书的流播之迹时隐时现，而《金瓶梅词话》也正式在苏州问世，揭开了本书由传抄转为刊刻的历史一页。

今天所能见到的明清两代《金瓶梅》刻本，因袭之路径甚明，仍可分为三个系统：

词话本 又称"万历本"，全十卷一百回，序刻于明万历四十五年（1617），为今知该书的最早刻本。今存有四个藏本，经研究者比较，其在行格、字样、内容以及卷首序跋的顺序上均有差异，可知有原刻、翻印、再刻之别。该版本付刻仓促，校勘不精，许多回目仍处于备忘阶段；沈德符《万历野获编·词曲·金瓶梅》称"原本实少五十三至五十七回，遍觅不得，有陋儒补以入刻"，亦可于书中明显见出。然则词话本保留着大量的精彩描述，最接近作者原创，因而也最为读者和研究者关注。

绣像本 又称"崇祯本"，全二十卷一百回。其以词话本为底本，进行了较多的文字加工，回目大为整饬。因文中多处避朱由检之讳，加以所附绣像画工多当时名手，一般认为刊行于崇祯间。曾有研究者根据首图藏本《新刻绣像批评金瓶梅》第一百回插图的"回道人题"，认为该版本的改定者为李渔，但此说尚待考定。

第一奇书本 又称"张评本"，序刻于清康熙三十四年（1695）。评者张竹坡（1670—1698），徐州铜山人，名道深，字自德，竹坡其号也。竹坡以标标特出之才而数困场屋，暇中发愿评点《金瓶梅》，凡十余日而完成，题为"第一奇书"，见识与才情均异于常人。竹坡评点当以皋鹤草堂本为原本，初刻于徐州，而其底本则是崇祯本。第一奇书本一经问世，即盛行坊间，甚而至遮蔽了词话本和崇祯本。

《金瓶梅》还在传抄阶段，对它的点评即行出现，如袁氏兄弟和屠本畯、沈德符所记，如被转录的董其昌、汤显祖诸人话语，均绝妙评语也；词话本卷首三序，皆重在揭扬一部大书的主旨，而品陟不一；崇祯本之夹批眉批超过千条，精彩处更多；至竹坡评本出，不独添加回前评和回末评，卷首更有总评、杂录和读法诸项，便于读者多多；以后评者如清末南陵知县文龙，亦有佳绝处，引起研究者注意。

二 宋朝的故事，明代的人物，恒久鲜活的世情

《金瓶梅词话》当产生于明代嘉靖晚期的山东一带。

今天虽不能确定《金瓶梅》诞生的具体年月，不能确知它经

历了一个怎样的成书过程，但论其主体部分写作于明嘉靖间应无大错；同样，虽不敢肯定作者究竟为何方人氏，不敢肯定书中所记为何地风俗，但论其方言习俗为山东地区也比较可信。

作为由《水浒》一枝再生成的森森巨木，《金瓶梅》似乎在续写着赵宋的故事。既是"武松杀嫂"的放大样，又是"水浒三杀"的精华版，而时隐时现的梁山好汉、嬉玩国事的大宋皇室、徽钦两朝的重臣尤其是奸臣、北宋军队的不堪一击和帝国沦亡，也都出入其间，穿插映衬。若细细阅读，又觉得这个宋朝故事已被赋予了新的时代特征，觉得那皇帝更像明朝天子，将相亦略如明朝大臣，至于那州县官吏、市井商贾各色人等，无不被点染上中晚明的色泽。抄撮和蹈袭是不会产生伟大作品的。兰陵笑笑生在拣用前书时文之际毫无迟疑，正在于他强烈的文学自信，在于他丰厚的艺术积累，在于他必定曲折的人生经历，叙事中若不经意，解构重构，已将他人之作和他作之人化为写作元素，化为小说的零部件。于是故事仿佛还是那宋朝旧事，人名也多有《水浒》故人，而声口腔范、举手投足已是明代人物所特有。

兰陵笑笑生展示的是一幅中晚明社会的全景式的生活画卷。

作为英雄演义的《水浒传》，叙述了一个接一个好勇斗狠的故事，其场景常常是血沫遍地，却也无以避免地要写到世相和世情。而《金瓶梅》则以主要笔墨摹写市井，以全部文字凸显世情民风。西门庆在世之日何等赫赫扬扬，相交与追随者亦多矣，而一旦长伸脚子去了，立刻就见出样儿来。第八十回引首诗有"世情看冷暖，人面逐高低"一联，引录的是一句流传已久的谚语，元人刘埙尝为之怅然慨叹：

盖趋时附势，人情则然，古今所同也，何责于薄俗哉！（《隐居通议·世情》）

世情，又称世风，向有"三十年一变"之说，是所谓移风易俗也；而自有文字记载至于今日，"趋时附势"为世人所厌憎，更为世人所遵行，又何时何地真能脱出这十字俗谚？

《金瓶梅》以种种色色的人物、大大小小的事件、纷纷繁繁的世相，呈现了流淌在市井和庙堂的"冷暖""高低"，也摹写出世人的"看"与"逐"，真可称乐此不疲、兴味无穷啊！鲁迅论《金瓶梅》："描写世情，尽其情伪。"（《中国小说史略·明之人情小说》）一个"伪"字，穿越世情表层那常见的温馨热络，而点出其最本质的内涵。笑笑生不动声色地叙写和嘲讽世人和市井，嘲讽那万丈红尘和虚情假意，伪情笼罩，包蕴着熙来攘往的人们，包蕴着那个时代的风物和世相。那是明代人的生活，是他们的悲哀；或有很多很多，也是今人的生活，是我们仍不能摆脱的文化和精神痼疾。

阅读《金瓶梅》，当然要唾弃西门庆、潘金莲等人的恶行和丑事，但若仅仅如此，便降低了该书的整体价值和深长意蕴。

三　兽性、虫性与人性

自打《金瓶梅》流传问世，便有人将该书主人公西门庆喻为禽兽。他的巧夺豪取，他的贪赃枉法，他对女性的纠缠、占有与侵凌残害，尤其是他那毫无节制的性行为，在在都显现着类乎禽兽的特征。

这种情形又不是一种个例，也不限于男性。如潘金莲的乱伦和群奸，她还有春梅那过于亢进无法抑制的性欲；如遍及整个社会、跨越僧俗两界的贪婪，那对大小财富无耻无畏的追逐；如冷酷与嗜杀、追欢与狎妓、忘恩负义与无情反噬，都能见出禽兽的影子。《金瓶梅》展示的应是一种末世景象，而末世和乱世最容易见到兽性的泛滥：劫财杀人的艄子陈三、翁八，谋害恩公的家奴苗青，构害旧主的吴典恩，拐财背主的伙计韩道国、汤来保、杨光彦……他们的行径，又哪一种不粘连着兽性呢？文龙评曰"但睹一群鸟兽孳尾而已"，亦别有一种精辟。

古典小说戏曲中常有一些禽兽的化身：白猿、黑猪、鹏鸟、燕子，甚而至木魅花妖，皆可有人间幻相，亦多不离禽兽本性。吴月娘曾多次用"九尾狐"指斥潘金莲，大约出典于传衍已久的商纣故事，那奉命祸乱天下的千年狐精，一登场便令人印象深刻，从此便成了恶毒妇的代称。而第十九回拿了老西银子去打蒋竹山的两个捣子——草里蛇鲁华和过街鼠张胜，其行止心性，也是更像兽类的。

与兽性相伴从的还有虫性。像武大郎活着如虫蚁般忍辱偷生，死亦如虫蚁般飞灭，若非有一个勇武的二弟，有谁为他报仇呢？而其女迎儿，亲父被害不去申冤，父亲死后屈身侍奉仇人，虽有一个勇武的叔叔，也绝不敢说出真相，的是一"蝇儿"也。《金瓶梅》以一个小县城为主要场景，而市井中人最多虫性十足之辈，如老西会中兄弟常时节和白来创，如游走于妓馆间的架儿光棍，如当街厮骂的杨姑娘和孙歪头，如哭哭咧咧的李瓶儿前夫蒋太医，或也有风光得意的时候，但从整体上论定，怕也是更像一条虫。

不管我们愿不愿意承认，虫性也是人性的基本内容之一。有意思的是《大戴礼记·易本命》曾以"虫"概指宇宙间一切生灵，曰：

> 有羽之虫三百六十，而凤凰为之长；有毛之虫三百六十，而麒麟为之长；有甲之虫三百六十，而神龟为之长；有鳞之虫三百六十，而蛟龙为之长；倮之虫三百六十，而圣人为之长。

倮之虫，即是指人。缘此便有了"虫人"一词。恽敬《前光禄寺卿伊公祠堂碑铭》："虫人万千……相互而前。"写出了人类在大自然中的抗争与微末存在。唐玄宗将爱女寿安公主呼为虫娘，溺爱与珍惜固在焉，而后世诗文中多以之代称歌姬舞女，谑而虐也。"虫娘举措皆温润，每到婆娑偏恃俊"，柳永词句，不正似为《金瓶梅》中李桂姐、吴银儿、郑爱月儿之辈赋形写意么？

从达尔文进化论的观点来看，则虫性、兽性都应是人性嬗变蝉蜕之蛹，其在人性中的残留亦在在有之。三者固大不同，然又常常纠结缠绕，与时消长，统一于人的生命过程中。《金瓶梅》卷首"酒、色、财、气"《四贪词》，哪一项不粘连着兽性或虫性？又哪一条不弥散着人性的弱点呢？

许多事情是很难清晰界划的。"一双玉腕绾复绾，两只金莲颠倒颠"，究竟写的是情还是欲？是兽性还是人性？对于兽来讲，兽性当然是无罪的；对于人而言，人性与兽性常又相互转换包容。世情如斯，民风如斯，夫复何言！这就是《金瓶梅》的价值所在。作者肯定是痛绝西门庆、潘金莲之类的，摹画时却非全用冷色。通读该书，我们仍能从一派淫靡中发见人性之善：老西对官哥儿的慈父情怀，他对李瓶儿之死的由衷痛殇，读来令人动容；而潘六儿以小米酱瓜赠磨镜叟，她在母亲死后的伤心流泪，当也出于人之常情。

作为一部世情书，兰陵笑笑生写了大量的恶官、恶民、恶念和恶行，也写了恶人偶然或曰自然的善举，以及普通人大量的麻木与作恶，而丧尽天良之人，书中却一个未写，不是吗？

四　市井中的爱欲与风情

兰陵笑笑生显然是一个精擅戏曲的人，尤能见出他喜欢《西厢记》，在书中大量引用剧中曲文和意境，用以渲染西门庆以及陈经济的密约私会，以至于令人产生疑问：作为古典爱情典范的《西厢记》，究竟是一个爱情故事？还是一个风情故事？

《金瓶梅词话》开篇即声称要"引出一个风情故事来"，说的是老西与潘金莲的那档子事。若仅仅如此，又怎么能成就一部大书？主人公还有一连串大大小小的风情故事，与李瓶儿的隔墙密约,与宋惠莲的雪洞私语,与王六儿初试胡僧药,与林太太的两番鏖战……其他还有春梅、迎春、如意儿、贲四家的、来爵媳妇等,或长或短,皆有过春风一度或数度,亦皆有一段情事或性事;老西死后,西门大院一度成了金莲与女婿及婢女的丽春院,画楼中,星月下,风朝月夕,胡天胡地,直至事情败露被逐离;春梅在守备府渐成气候,其与陈经济经过一段曲折,也终于重新聚合,赫赫帅府很快便演为风月场,经济与春梅、春梅与周义,还有那些个年轻养娘,又怎能不出些么蛾子呢?

书中也有人不解风情,如吴月娘是也,否则碧霞宫与殷太岁一番遇合,清风寨当几天压寨夫人,则入于风情之中;有人不擅风情,孟玉楼是也,三次嫁人岂能说不解风情,却不称擅也,否则也不会有严州府与前女婿一段公案,搞得灰头土脸,有口难辩。

书中有一些男女情事亦不宜称风情,如老西狎妓多多,故事亦多,在他是花钱买欢,桂姐和爱月儿等则是谋生手段,去风情亦隔一尘;而孙雪娥先与旧仆来旺儿携财私奔,后为虞候张胜情妇,又蠢又倔,殊少意趣,应也当不起"风情"二字。

风情是市井的亮色,是一道生命的异彩。风情多属于承平时日,然在走向末世的路上常愈演愈烈。"一篇《长恨》有风情,十首《秦吟》近正声。"李隆基与杨玉环的帝妃之恋,正是因为离乱和悲情传扬千古。《金瓶梅》中,几乎所有的风情故事都通向死亡:李瓶儿、宋惠莲、西门庆、潘金莲、陈经济、春梅、周义……一个个正值青春,一个个死于非命。哦,红尘无边,风情万种,其底色却是宿命与悲凉。

陷溺于爱欲之中的人多是无所畏忌的，死亡常又意味着一个新的风情故事正式登场。武大其死也，灵牌后西门庆与潘金莲"如颠狂鹞子相似"；子虚其死也，李瓶儿一身轻松，"送奸赴会"；老西其死也，金莲与小女婿嘲戏，"或在灵前溜眼，帐子后调笑"；金莲其死也，陈经济一百两银子买了冯金宝，"载得武陵春，陪作鸾凤友"；经济其死也，春梅勾搭上了家生子周义；春梅其死也，周义盗财而逃，被捉回乱棍打死。此时"大势番兵已杀到山东地界，民间夫逃妻散"，梅者"没"也，春梅，也就成了全书最后一回的风情绝唱。

风情常是缠绵和华丽的，也是飘忽无定、转瞬即逝的。我们读《金瓶梅》，真该手执一柄"风月宝鉴"，一面是男欢女爱的恣纵，另一面则望见死神扑棱着黑翅膀降临。永远的喧嚣，必然的寂寥，显性的欢快，底里的悲怆。世情涵括着风情，风情也映照传衍着世情；世情是风情的大地土壤，风情则常常呈现为这土地上的花朵，尽管有时是恶之花。正因为此，所有的风情故事都有过一种美艳，又都通向一个悲惨的大结局。

五 《金瓶梅》的启示

兰陵笑笑生写的是五百年前的风物世情，然那个时代离我们并不遥远。《金瓶梅》带给我们的启示是多重的——

其一，情色、情欲常常是难以分割的。世界上有没有纯粹的情？有没有简单直接的兽欲？有，但应是少量的。大量的则是二者一体化，难以切割地交缠杂糅在一起。在这个意义上来讲，肯定情，否定欲，便有些矫情，有些荒唐。

其二，情和欲都要有度，都要有节制，都不可以放纵。不光是不可以纵欲，也不可以纵情。因为情一放纵便成了欲。情分七色，色色迷人。过分的情，就是滥情，也就是淫纵。

其三，末世中的芸芸众生，情天欲海中的男男女女，其常态是欢乐的，其命运是悲凉的，是让人悲悯的。书中西门庆等人生活的背景是一个末世，它是以北宋的末期展开故事，而以北宋之覆灭收束全书。《金瓶梅》作者也生于一个末世即将来临的时代，腐败朽敝的明王朝正一步步走向沦亡，他以耳闻目睹的人和事遥祭北宋，也以这些人和这些事为大明设谶，为数十年后的明清易代一哭。作者以一部大书证明：所有的末世都不仅仅是当政者和国家机器的罪过，而呈现出一种全社会的陷溺与沉迷，呈现为一种物欲和情欲的恣肆流淌。

其四，古典小说和戏曲中常用的复仇模式，那种溅血五步、快意恩仇的解决方式，比较起来，远不如生命自身的规律更为深刻。《水浒传》中，作恶与报应相连，西门庆死在武松拳头之下；而在本书，西门庆则是一种自然死亡，他已经灯干油尽了啊！哪一种描写更为深刻？当然是后者。读者自能悟出，西门庆的死更是一种暴亡，三十三岁这么年轻就死了，能自然吗？于是便产生了叙事的复杂，产生了阅读的悚惕，产生了审美的沉重与间离。

对文学作品的认识，从来都是见仁见智的，从来都是在探讨和论辩诘难中加深的。《金瓶梅》尤其如此,其是一部精彩的书,也是一部芜杂甚至常常流于写作迷狂的书,是一部的确应做个别删节的书。从作者和成书年代,到产生地域、流传过程、人物分析、审美取向,这部书都存在着观点完全对立的争论。或也正因为这样,才彰显了《金瓶梅》历久弥新的文学成就和社会价值。评者所言,仅作为一点个人私见,请读者和专家给予指正。

2010年8月

于慧心斋

市井中的生命悲歌
——《摇落的风情》台湾版序

去年暮秋赴台北参加戏曲研讨会，其间由曾永义先生引领往三民书局做客，同往的有苏州大学曲学名家周秦教授等。三民者，一开始以为代指"三民主义"，到后始知乃言三位创业者皆升斗小民。这是一家很有人文情怀的出版社，永义先生与两代掌门相知皆深，所著所编颇多由该书局刊行。进入大楼，扑面皆是书香，一层又一层，迂曲行走于浩瀚书籍之间，体验了什么叫"图书馆式的书店"。拟这篇小序时，想到要谈几句《金瓶梅》的市井特色，略无贬义，譬如书店书局应也属于市井吧，却能让人顿生出尘脱俗之感。

《金瓶梅》的作者、方言、成书年代与故事发生地都存在争论，但主人公西门庆混迹也发达于市井，由市井进入官场，以市井之道结交当朝大吏，混得个风生水起，学者的认知并无歧义。那是宋朝的故事、明代的市井，可清代乃至当下的市井，通衢都市与僻远小城镇的市井,并无根本区别,都有欺行霸市的老大,都有蜂聚蚁附的捣子架儿,都追逐利益的最大化而缺少道德约束,弥漫的是世俗、势利、奸狡、瞒骗等混合气息,却也不乏正直善良,不乏生存的智慧和对命运的抗争。写活了种种色色的市井人物,由此扩展到中晚明的军国大政、社会百态,应是《金瓶梅》的魅力所在。

第一次鸦片战争的浩瀚史料中,有一本小小的特殊的书,题名《软尘私议》,记载来自京师的各种消息,描述国难当头时一些大人物的自私行径,据说出自林则徐之手。软尘,飞扬的尘土,以喻都市之繁华热闹,亦以状朝中重臣的鄙俗嘴脸。"问我西湖旧风月,何似东华软尘土。"若说书中的清河只是一个北方小城,可也有真真假假的皇亲贵胄,有来来往往的外官内宦,也可直通京师的大衙门,且远不止西门庆与蔡太师的一条线。红尘万丈,俗网易婴。书中呈现的,是权钱交易的畅行无阻,是市井与庙堂、朝廷的和光同尘,是末世底色上的欢乐颂,是陪欢卖笑、风月风情中倏忽一闪的人性之光,也是一个个鲜活生灵的殒灭、一曲曲令人悲悯哀婉的生命悲歌。我曾经去认真阅读明中叶的史料,一卷卷检读世宗至神宗的实录,试图了解这部刺世警世之作的历史背景,竟也发现有着惊人的契合,皆在浑浑噩噩、庸庸碌碌、左支右绌中透出亡国的先兆。《金瓶梅》以北宋的灭亡收束全书,也提前描述了数十年后大明王朝的崩塌,而每一个王朝的沦亡,都更多的是芸芸众生的灭顶之灾。

感谢永义先生和施德玉教授的安排,就在台北的学术会议后，我到台南的成功大学演讲，题目为《金瓶梅，五百年前的风物世情》。我想说，五百年后的今天，不管是大陆还是台湾，风物已多有不同，而世俗之情、世态人情仍无多少改变。

对文学作品的解读，从来都是私人的、片面的，难有定论。本书是我在阅读时记下的一些感受，难免错谬和肤浅。值此新版刊行之际，很希望能得到学界同仁的指点。

2019年春
于京北杏花谷

"一部史记"，索解难尽
——《摇落的风情》后记

五年前的一个夜晚——已然记不得是怎样的一个夜晚，我和悦苓往通州张家湾冯其庸先生府上看望，其庸先生拿出刚刚出版的《瓜饭楼重校评批红楼梦》相赠，但见长引短跋、眉评夹批，兼以朱墨提醒，真可称满纸灿烂。先生颇有几分得意，言笑晏晏，叙话间亦再三鼓励我去评点《金瓶梅词话》，寄望甚殷。那时适在中展任职，平时无非主持或出席开闭幕式之类，多有闲暇，也就操笔上阵，兴兴头头接下这个活儿。没成想轻松愉悦的日子未过一年，部里调我到《中国文化报》工作，编务稠密，容不得懈怠，只好将此项放在夜晚、周末和节假日，只好把进展放缓，就这样行行停停，一直到去年才算全部交稿，接下来又是一遍遍看校样。

被称为奇书、哀书、淫书、才子书、世情书、百科全书甚至"一部史记"的《金瓶梅》，一如后来的《红楼梦》，是一部常读常新、索解难尽的伟大小说，其文学和社会学价值，其所呈现的市井生存形态和情感取向，其所探究思索的人的生命意义，在在让评点者难以着墨。数年间的评批更像一种厮守，像是与兰陵笑笑生的相处对谈，愈到后来愈觉得话题绵长。其庸先生因幼年常以瓜菜果腹，室号"瓜饭楼"，我则为自己拈选了"双舸榭"三字：一以自况，白天工作，夜晚品读，颇类乎脚踏两只船；一以自责，干工作和做学问都不专注也。

今年夏月，《双舸榭重校评批金瓶梅》由作家出版社出版。不久，我又接到调动通知，在等待履新的日子，心态重新放松，与同事们喝点小酒，周末打打小牌……某日忽又检视自家评本，读出一些自得，也读出一连串的遗憾来。得意与愧怍交汇，便抽取书中每一回之回后评，改删增补，各拟子题，凡两阅月完成此书。至于本书书名，说是来自灵光一现，莫若说是来自对一句"文革"老词刻骨铭心的记忆，道是"历史的车轮滚滚向前"，呵呵，不管是大趋势的滚滚向前，抑或某一时期的滚滚向后，又有多少人和事能不被"摇落"呢？

五年间有不少艰辛，也有许多美好时光。感谢冯其庸先生和李希凡先生的鼓励推助，感谢作家社各位尤其是潘宪立兄、责编王婷婷的辛苦付出，感谢为本书操心操劳的人民文学出版社潘凯雄社长和周绚隆主任，更要感谢悦苓——我贤淑的妻子，没有她的参与和支持，没有她纯良丰沛之关爱，这部书和前面的评点本，真不知会是个什么样子。

是为记。

2010年岁杪

于北京奥运村之东邻

《金瓶梅》的传世密码
——《软红尘》引言

在中国古典小说中,很少有一部像《金瓶梅》这样恶谥缠累、屡遭禁毁。改革开放之后,相关的出版与研究渐入佳境,呈现出一种前所未有的情形;可即便在四十年后的今天,《金瓶梅》在不少人心目中仍扣着个"禁书""淫书"的帽子,阅读和研究它都要有一点儿勇气。尽管学术界大多认为《金瓶梅》是一部中国古典小说名著,甚至是名著中的名著,但与《三国》《水浒》《红楼梦》等作品相比,它似乎一直走在一条窄路上。

寻觅《金瓶梅》屡禁不绝、历劫更生的文学密码,抉发其内蕴的丰厚价值和多重意义,似应首先拆解其所面对的一些疑问和话题,包括:《金瓶梅》是不是被污名化了?是不是真的被禁过?经历了一个怎样的禁毁过程?它的作者与时代,是怎么流传下来的?以及《金瓶梅》是一部原创作品吗?本文试着做一些解答,并在此基础上探求其文学精义,以就教于各位师友。

一　它是一部有污点的书吗

毋庸讳言,《金瓶梅》是一部有自身污点的书,同时也是一部被严重污名化的书。

污点,是指它的不少章节存在着淫秽描写——性心理、性现场、性过程、性施虐,包括一些淫词浪曲都有,有的比较隐晦,也有的写得非常细致、直露,不堪入目。二十世纪八十年代以来,多家出版社经过批准,刊行了《金瓶梅》的不同版本,有全本也有删节本。全本提供给学者做研究,而删节本则是让更多的读者去阅读。学界对于删节的做法不太认同,但客观来说,其间也有一番苦心。

至于《金瓶梅》的被污名化,或怎样被污名化,也是说来话长。这部产生于明代中晚期的小说,从诞生之日起,贯穿整个清朝,一直到今天,都有人(包括没有读过的人)将之称为"淫书",乃至指为"淫书"之首。其实淫秽的描写在书中只占极少的部分。二十世纪九十年代,在已故冯其庸先生的指导下,我与中国社科院语言所的白维国研究员合作,用了差不多三年的时间,认真地校注过《金瓶梅词话》。遵照规定,我们做了比较彻底的删节,也只删掉约计四千字。相比于全部书近百万字的总量,这个比例实际上是很小的。

今天来回忆当年进行删削的过程,实在可称慎之又慎。冯其庸先生提出尽可能少删,我们俩都深为赞同。维国兄负责前五十回,我负责后五十回,个人先提出具体意见,再共同商酌,能留则留，抠除要害字眼，尽量不做整段删减。下过此一番功夫，始知《金瓶梅词话》中的涉淫文字也是千差万别：有从前人作品中直接拿来就用的，如一些描绘性场景、性器官的色情小赋，当时的流行小说中随处可见；有在写作过程中随笔点染铺陈，或着意渲染，以吸引眼球的；也有为塑造人物形象精心结撰，以见一书写作之主旨的。如第二十三回西门庆与宋惠莲在山子洞中的淫媾，那种隆冬时节的彻骨之寒，使一场偷情欢会演为遭罪，演为潦草匆迫和嘟嘟囔囔，加上外面还有一个听墙根的潘金莲，逼肖真切，一色白描，命意并不在淫事上。再如第七十九回"西门庆贪欲得病"，则写主人公最后的淫纵，写他从主动变为被动，从施虐变为被虐，肉体之乐化为彻骨锥心的痛，进而化烟化灰，笔触冷然且不无悯恻。这样的性描写，重在刻画人物性格与生命的悲哀，是书中的精彩笔墨，不宜也不必删节。

记载缺略，很难确知该书经历了怎样一个创作与流传过程。它是文人独立写作的，还是在"历代累积"上改定的？是坊间先有了一部众口传唱的词话，是作者有意选择了词话的形式，抑或说唱艺人将文人小说做了改塑？那些个淫秽文字是原创的，还是后人添加的？所有这些都存在不同说法，存在激烈争论，也都能在细读原作中得到提示开解，虽说并非标准答案。

二 从一则记载看《金瓶梅》的禁毁之实

学界的主流观点，是明清两朝都曾对《金瓶梅》实施过厉禁。这种说法虽不能说错，但过于笼统，而笼统含混的表述往往会遮蔽真相，造成误导。

就今天所能得见的档案文献，未见在国家层面上对这部书发布过正式的禁止文告，明朝没有，清朝也没有。清顺康雍三朝颁布过禁售淫词小说的诏敕律令，没有提出具体的书名；乾隆朝曾禁刊《水浒传》，并开列"禁毁小说戏曲书目"，其中不包括《金瓶梅》。地方政府曾经发布过禁令，像江苏等地方，但推行既不彻底，也未被推广到全国的范围。

我在为著名清正大臣、乾嘉间东阁大学士王杰写作传记的过程中，曾拣读其孙辈王笃的《两竿竹室文集》。其中有一则记载，记述宠臣和珅在军机处开讲《金瓶梅》，被王杰当面嘲讽鄙夷之事，曰：

> 蒲城家省厓相国谓予曰：昔文端公在军机与和珅同列，遇事忿争，怒形于言，人多为公危，公亦以同事龃龉，非协恭之道，屡乞解罢枢务，而高宗不允。不得已数请病假，有至五月之久者，高宗知公深，不之责也，瘥即仍入枢垣，故当时有"三进军机"之说。

此一段先做铺垫，应对涉及的人物和语词略做介绍：文端公，即王笃的祖父王杰，清朝第一位出身西部的状元，"关学"传人，一生讲求操守，居官至廉，于嘉庆十年（1805）正月在京师病逝，谥文端。此前两年王杰辞官归里时，嘉庆帝颙琰亲撰诗二首，有句"名冠朝班四十年，清标直节永贞坚"，"直道一身立廊庙，清风两袖返韩城"，备极赞誉。颛琰所言并无过当，举一个例子：王杰长期担任学政和礼部尚书，主持乡会试，门生故吏不可计数，却多次阻止自己的几个儿子参加科举；长子要回老家参加乡试，他特地写信给陕西巡抚和主考官，说是如果儿子通过，就第一个举劾他们。一个父亲，能做到这一步谈何容易。他去世多年后，孙子王笃才考中进士。

清廷自雍正朝设立办理军机处，位于隆宗门内，紧挨着皇帝理政的养心殿，遵旨办理军国要密，很快就形成超越内阁之势，称为"枢垣""枢务"。乾隆末年至禅让期间，内阁首辅兼首席军机大臣阿桂常患病休假，次枢和珅主持枢阁机务。阿桂于嘉庆二年（1797）秋病逝，和珅接任首辅和首枢，巴结讨好、依附趋奉者甚众，董诰、刘墉、纪昀等资深大员亦避其锋芒，只有一个王杰敢于与之抗衡，时或对他当面奚落。此类记述散见于史籍笔记，传闻亦多，甚至说王杰命门生借为和珅治病将之毒死。这里则说到王杰虽"遇事忿争""怒形于言"，心下仍不自安，请辞复请假，应是更为真实可信的。

此事的转述者"蒲城家省厓相国"，乃道光朝东阁大学士、军机大臣王鼎，字定九，号省厓，陕西蒲城人，与王杰籍贯韩城相距不远。王鼎的爷爷王梦祖为王杰未第时的亲密文友，族人也系从山西迁陕，因此称为本家。王鼎于嘉庆元年中进士，曾应邀到王杰府上，多蒙奖掖，终生执晚辈礼。他对于当时军机处（即枢垣）的描述很真切：和珅恃宠骄纵，在朝廷内外呼风唤雨，纵是王杰也不无忌惮，故多次上疏求退；而王杰也是乾隆帝发现和重用的人才，二十六年（1761）殿试后御览前十卷，亲自将之从探花拔为状元，后见其人品贵重、学问博雅，一直倚重有加，号为"特达之知"。王杰的书法气象正大，端严流美，弘历很早就命他进入南书房，平日为自己整理抄录诗稿，定期编纂成御制诗文集。这可是一种令同侪羡煞的殊荣。

接下来的话，也出自王鼎之口，说的是和珅在军机处会食时开讲《金瓶梅》的故事——

> 又言：一日诸公在军机会食，和相谈论风生，语近谐谑，文端厌之，起就别案，展纸作字。和言已，众辴然，公独若不闻者。和领之，顾问公曰："适所谈之故事，王中堂知出于何书？"公曰："不省也。"和曰："出在《金瓶梅》上。"公艴然持笔，拍案厉声曰："此等混账书，我从来不兴看的！"和惭而哂曰："天下岂皆正经书耶？"由是衔之益切矣。

一番话情景逼真，人物鲜活，当朝宠臣与直臣皆唇吻口角毕现，信息量很大，所涉及历史线索亦多，容略做解说——

军机会食，指的是在值军机大臣一起共进工作餐。和珅是在乾隆四十一年（1776）春入军机的，年仅二十六岁。逾十年之后，王杰始以兵部尚书兼军机大臣，时已年过花甲，位次排在和珅之后。两人同在枢垣长达十二年，跨越乾嘉两朝，此事发生在什么时段？推测大约在乾隆帝禅让之后。其时首枢阿桂年老多病，和珅管理日常事务。军机处本为机要缜密之地，大员素来崖岸自高，不苟言笑，即便是封疆大吏来京也不与之私下接触。而和珅主事后风格一变，历来肃静的军机处热闹起来，入京外臣熙熙攘攘，和珅与人相见常会调笑戏谑，此时又公然在会食时讲起《金瓶梅》来，毋怪王杰勃然作色。

军机处在紫禁城隆宗门内，养心殿南墙外一排矮屋，即军机大臣值房。然弘历晚年基本不在皇宫长住，故这次会食，推测是在圆明园的军机茶房昨斋庭。小小院落整洁清幽，又称"军机别院"。汉军机大臣绝多为两榜出身，再经过庶常馆三年深造，而和珅仅读过咸安宫学，也成为他的一个心结，是以有一种找到机会就要卖弄才学的冲动，于是便将军机会食作为宣讲的舞台。查当时军机大臣，除却阿桂、和珅与王杰外，还有福长安、董诰、台布三人。福长安与和珅关系亲密，台布资历甚浅，而董诰则是个文怯书生，故王杰虽拂袖离席，他们仍稳坐听老和讲完，然后是陪同嘻嘻笑乐，以示愉悦与嘉许。如果没有王杰后来的一闹，应该说讲座效果还是很不错的。

关于和珅曾读过《红楼梦》，并听乾隆帝揭示"明珠家事"一节，见诸曾国藩幕僚赵烈文的《能静居笔记》，通常以为是可信的。这一条和珅讲述《金瓶梅》的记载，应更为真实。王笃的信息源为生性端谨的道光朝大学士王鼎，时为庶常馆庶吉士，很有可能就是由同乡先辈王杰亲口告知。出乎常人意料之外的，是大清军机处竟然有人开谈《金瓶梅》。据王杰与其他军机大臣的反应，和珅所讲，应是其中的"黄段子"，且也有可能是"系列讲座"。时值白莲教在湖北、四川等地接连起事，上皇与皇上日夜焦灼，军政事务繁密紧急，每次会食时讲上一段《金瓶梅》，众枢臣开怀一笑，顿忘烦累，不亦乐乎？

此事乍看有点儿不可思议，实则不足为奇。不是说《金瓶梅》曾长期被禁毁吗？不是说顺康两朝颁布了禁毁淫词小说的律例吗？实则多为民间之禁，卫道者之禁，也有地方官府之禁，尚未见清帝下旨将该书明确列入禁毁名单。而另一个方面的证据是：康熙四十七年（1708），内翻书房即将《金瓶梅》译成满文，刊刻印行。早期的翻书房多由皇帝交办译项，职司綦重，位于隆宗门内北房（即后来的军机直房），似也有理由推测康熙帝读过此书。《啸亭续录》卷一："有户曹郎中和素者，翻译绝精，其翻《西厢记》《金瓶梅》诸书，疏栉字句，咸中綮肯，人皆争诵焉。"足以证明此书在满洲勋贵中之流行。和珅读的是满文版还是汉文版？根据现有资料难以认定，但通晓四种文字的他两个文本都能阅读。其在军机处吃饭时引为谈资，在别的场合自也会谈到，应无异议。

王鼎讲述这段往事，王笃记下这次交锋，自是以大贪官和珅为反衬，塑造王杰的醇儒形象。王杰一生崇尚理学，立身诚敬，风骨气节凛然，由此事也得以呈现。可也不得不说，王杰身上的道学气息甚浓，未经亲自阅读，仅据耳闻，就将《金瓶梅》斥为"混账书"，对文学的感觉远不如老和。其也反映了儒学正统人士对该书的评价，一种当时的主流观念，无他，仍是将《金瓶梅》目为"淫书"。在这种观念支配下，官学私塾，以及绝大多数的读书人家，自觉地实施着持久的禁锢。

由王杰的言辞可证，《金瓶梅》的被禁，是由于它顶了一个

"淫书"的名声。淫书，当然是一个很可怕的说法，但应知道，中国古代有很多优秀的小说，第一流的小说、戏曲作品，往往被戴上这个帽子。比《金瓶梅》早的《西厢记》，与《金瓶梅》差不多同时流行的汤显祖的《牡丹亭》，晚于《金瓶梅》约两百年的《红楼梦》，都曾被一些道学家指为"淫书"，不止一部《金瓶梅》。张竹坡将《金瓶梅》称为"第一奇书"，强烈反击流行的"淫书"之说，又说《金瓶梅》是"一部史记"，说其作者必然能写出像司马迁《史记》那样的巨著。这些话有一点拔高，意在回怼那些恶评，也不算太离谱。

三 关于兰陵笑笑生

这个话题已经不便多谈了，谈多了会招来"民科"之讥，但讨论一部古典小说，不去谈它的作者，也不合适。

《金瓶梅》的作者是一个谜团，被称作文学史上、小说史上的"哥德巴赫猜想"。今天所能看到的最早的版本，是明代万历末年刊刻的《金瓶梅词话》，又叫作"词话本"，署名"兰陵笑笑生"，也就是作者。但是"兰陵笑笑生"是谁就不知道了。学者们根据这五个字追踪、寻找，拿着一顶尺寸凛然的帽子去寻找那合适的脑袋，发现不少人都有几分相像。一般说来，"兰陵"指的应是地名，如山东的峄县即古兰陵，但江苏的武进古称南兰陵，南兰陵也是兰陵，所以就争执不休。其实在中国历史上，"兰陵"二字挽结着一些人物与故事，内涵早由单纯的地名溢出，或也具有着某种精神层面的暗示。而对"笑笑生"三字，吴晓铃先生也有过发现，曾有过一首《鱼游春水词》即署此名，是否就是"兰陵笑笑生"，那就不好论定了。

对于"作者是谁"，研究界先后提出的有李开先、王世贞、屠隆等说法，各下了一番功夫，也都缺少过硬的板上钉钉的证据。我也曾经写过一部专门研究《金瓶梅》作者的书，现在虽未改变观点，却也不坚持。为什么？还是那句话，缺少板上钉钉的铁证。所以，在没有新的可信史料发现之前，对于"作者是谁"，不必花大的力气折腾来折腾去地去说了。

但是，综合内证外证，可以大致推定《金瓶梅》的作者主要生活在明朝嘉隆年间。他应该是一位名气很大的文人，在朝廷里面做过官，而且担任的是比较重要的官职。阅读小说中描写朝政、国家典章制度等方面的内容，你会发现他对此非常了解，运用纯熟，绝非一个乡间老儒或说书先生所可悬揣。这位作者应该遭遇过宦场风波，故而有着对权奸操弄国事的痛恨，也有着较为豁达的人生态度；其在退休后回到县城生活，所以才会有书中对于县邑各色市井人物的那种入木三分的刻画。

关于兰陵笑笑生的籍贯，个人强烈认为是山东一带，这也是前人有过的说法，但至今仍备受质疑，应予重申。作者人生经历与生活环境，不可避免地要在作品中显现。比如《红楼梦》的作者曹雪芹，就不太熟悉小县城的市井，在家族败落以后，他回忆和书写的仍然是京师贵族的生活；而兰陵笑笑生非常熟悉市井，尤其是小县城的市井人物，一落笔便觉须眉生动。

四 《金瓶梅》的版本与流传

今天能看到的有关《金瓶梅词话》手抄本的最早记载，是它在一个文人圈子里面秘密流传的故事。这个文人圈有很多如雷贯耳的大人物，可称那个时代的大名士。比如说"公安三袁"，嫡亲三兄弟里面的大哥和弟弟都写到过《金瓶梅》；比如说当时已经名气很大的汤显祖；比如说号称"文坛祭酒"的王世贞，后来做到了南刑部尚书；还有比王世贞官位更高的，即华亭人徐阶，在嘉靖末为内阁大学士，隆庆朝成为首辅。这些名流显宦，这个大文人的小圈子，在私底下传递、借阅、转抄过《金瓶梅》。

透露《金瓶梅》传世信息的，是袁宏道写给董其昌的信。董其昌是尽人皆知的大书画家、大文人，也是华亭人，做到了南礼部尚书，一个职位和名声都很高的官员。万历二十四年（1596），袁宏道给董其昌写信——大家要注意其语气中充满了急切——说：《金瓶梅》是从哪里来的？我抄完了从哪里换后半部？此函虽然很短，仍在匆忙间做了一个评价，叫"云霞满纸"。袁宏道希望董其昌能够赶紧给他一个回答，我们却没有看到回应。那时的董其昌是翰林院编修，也是皇长子的老师，官不大，位置则很重要，后来这个皇子当了一个月的皇帝（即明光宗），老董自然会升格为帝师。

通过董其昌的年谱可以发现，那一年的春天和秋天，他曾经两次回到华亭老家。董其昌去北京的来来回回都要经过苏州，而袁宏道已然名满天下，正在苏州的吴县担任知县。从袁宏道的信可知，两人不仅见了面，董其昌还把私藏的《金瓶梅》手抄本给他看，借给他抄录。借给的是前半部，所以信中就问下一半在哪里，如何倒换？虽看不到董其昌的回答，但推想一定会有回信。袁宏道写了信又有具体的问题，其半部书稿还在袁宏道那里呢，不可能没有回信。但是我们看不到这封信了，在袁宏道的集子里没有，董其昌的集子也没收，原因应在于不愿留下一个传播淫书的名声。这些人也包括王世贞，留下来的文字非常多，几百万字的集子，根本找不到有关《金瓶梅》的任何痕迹。西湖碧山卧樵纂辑《幽怪诗谭》卷首，听石居士"小引"中，专门提到汤显祖对《金瓶梅词话》的赞赏，但是汤显祖的集子里也没有痕迹。

有了这样的了解，我们对该书缺少传世记录的情况应不再惊奇，也对明代万历二十四年《金瓶梅》抄本流传的记载倍感侥幸。过了约二十年，在万历四十五年（1617），苏州就出现了刊刻本，即今天能够看到的《金瓶梅词话》。

从抄本流传到正式刊行，通常会有一个或几个整理者。为什么叫"整理者"？就是说一部书在社会上以手抄本流行的过程，往往有增删加减，也会有章节的缺略、叙事的抵牾、人物个性的不一致，在出版之前需要有人从头至尾做一番整理，缺的补上，情节对不上、人物关系纠缠的要顺一顺，如此等等，就是整理者要做的事。一般是由书商聘请些较有文字能力的人，相当于做编辑加工。《金瓶梅词话》的整理者水平不太高，所以书中有很多错讹，一些回目还停留在备忘的阶段。第六回就出现了"西门庆买嘱何九　王婆打酒遇大雨"这样的回目，很不讲究。另外，在词话本第五十三到五十七回，有五回与前后文的内容多处不连贯，对不上茬。这就是沈德符指出的"陋儒补以入刻"的五回。陋儒，指水平比较差的书生或教书先生，有些刻薄，却也是几乎所有续补名著者会得到的差评。但话又说回来，原抄缺了就要找人来补上，给的报酬不多，时间又紧迫，可知补作也不容易。具体到《金瓶梅》，搜集来的抄本少了五回，出版商只能就近寻找枪手，没有类似的生活阅历，也没那种文学修养和文字水准，又要急匆匆补出来，就出现了前后不接气等现象，里面也难免夹杂着大量的苏州方言。至于有人根据这几回里面的苏州话，断言作者是南方人，就有些荒唐了。

五 《金瓶梅》是一部原创的作品吗

依照今天的标准，应该不能算是。

在这里想反问一句：原创的作品就一定比非原创的作品更好吗？应也不是吧。《金瓶梅》中有不少东西来自《水浒传》，我把那些文字比作"零部件"，比如一篇写景韵文啦，一篇抒情小赋啦，一首诗啦，一段文字啦，往往从其他书里面拿过去就抄到书里了，就好像是组装车辆的零部件一样。原创，较多属于今天的概念，讲究"无一字无来历"的前贤似乎并不重视这个。《金瓶梅》的作者也如此，不太考虑独创的问题，在描写日常景物时懒得去费事儿。比如说雨景，古典小说里有很多写雨的精彩笔墨，兰陵笑笑生到了要写"雨"的时候——像第六回王婆打酒遇到大雨，就随意从别的书里抄来一段，嵌入后并无违和感。作者博览群书，显然对于俗文学，对于小说、戏曲、民歌、谣谚，也包括对联、谜语等非常熟悉。他是一个典型的拿来主义者，从来不避讳"抄袭"，凡是自己看上的、认为有用的，拿起来就放进自己的书中。

为什么要这样？为什么会这样？

比起明清两朝的小说家，今天作家的生活可谓幸福：国家发一份工资，写得好了还可以升官，有各种各样的荣誉，稿费也都是自己的。而古代的小说家没有稿费，也没有工资，有的只是写作冲动和可能得来的名声，当然也有可能带来麻烦，甚至灾难。他们对于署名很谨慎，原因也在万一被发现有影射等的东西，可能就会倒大霉，不是有没有稿费的问题，而是有没有脑袋的问题。所以他们经常署的是笔名、别号，乃至假名。与此相关联，他们对"抄袭"则很大胆，觉得有用就拿过来，自己不在乎，读者也不挑剔。

当然我说的只是一些枝枝叶叶，并非一部书的整体布局、情节主线、整个作品主人公的塑造，如果这些都抄袭，就不能称之为"作品"了。我说的是一些片段，类似机器上的零部件，他才不管谁谁的，拿过来就使。补充说明一句，"创作"和"抄袭"的不同，当在能否赋予一部小说以文学的生命。兰陵笑笑生大量使用其他书上的故事、人物、诗文片段，却是化用和重铸，是再创作，是用这些材料建筑自己的文学大厦，建构一部全新的伟大小说。

整部《金瓶梅》的大框架，取自《水浒传》中的武松故事。《水浒传》有"武十回"之说，就是主要写武松的十回文字。过去的章回小说，一般有百回之多，但在大叙事中套着小叙事，段落性很强。兰陵笑笑生就把其中的"武十回"拿来，加加减减，扩充开来。好像是从《水浒传》砍下的一根树枝，栽到泥土里，又长成的一棵新的参天大树。如果说两书的关系，我想大约是这样的。《水浒传》里面的一些内容，当时流行的话本小说、流行的戏曲里面的一些人物，一些大大小小的故事，直接化为兰陵笑笑生的写作元素，催生了浑整且别开生面的《金瓶梅》。

在这样做的时候，兰陵笑笑生具有强烈的文学自信，这是我要强调的一点。凡是拿来的东西都是为我所用的，经过一番解构重构，故事好像还是那个宋朝故事，人物也有很多的《水浒》故人，但已自成一家，举手投足之间，散溢着明朝中晚期的风格色泽——

武二郎虽然还是个打虎英雄，但从水泊梁山的江湖，走入小县城的官衙和市井，由闯荡江湖的铮铮铁骨，变得喊冤叫屈，苦苦哀求，也由主角变成了配角。而原书中那个被武松三拳两脚当场打死的西门庆，由一个市井小混混，变为富甲一方的商人；再由富商变成官员，而且是主管刑狱治安的官员；接下来由副职变成正职，成为一部新书的主人公，意气风发地又活了七年。大家注意，本书中西门庆的故事只有七年，是没有打死他，是活下来了，但是活了多久呢？短短的七年。他最后死在了潘金莲的床上，此时的武松还在外地服刑。

这是一个重大改变：在《水浒传》中，作恶与报应相连。武松出差回来，立即给哥哥报仇，将西门庆痛打致死。而在《金瓶梅》中，原作中那种立刻实施的为兄复仇，让读者看得痛快淋漓的手起刀落、血溅五步，被改换成一种自然的死亡，不是被打死、药死、砍死，而是死于绣榻之上、温柔乡中。西门庆在政商两界正混得风生水起，所有的日子都那么风光和快意，却在穷极欢乐时突然发病，经历短暂的折磨后一命呜呼。这是其自身病痛的折磨，更是他的自作自受，是伴随着长期放纵的自我砍斫。不比不知道，《金瓶梅》所凸显的生命法则和生存理念，比起原书中那种血腥报复，显然更为深邃警策。

从另一个角度讲，西门庆的死也算作"暴亡"，并非正常的死亡。他才三十三岁，他的事业正如日中天，财富正滚滚而来，但是嘎嘣就死翘翘了，能算是自然死亡吗？兰陵笑笑生在全书开始的时候，就做了一个声明，说自己写的是"一个风情故事"，主要指的就是西门庆与潘金莲、李瓶儿等人的爱欲纠葛。他们曾经有过很多的快乐时光，他们之间也不是一点爱情也没有，但人品太差，道德太差，害人、互害，最后害了自己。通观全书中的情色描写，主要用以来刻画人的生命之脆弱，以一个个纵恣放荡的场景，以争风吃醋和害人手段，最后达到的是一种痛彻心扉的反省。"风情故事"，也指西门大院内外那些偷偷摸摸、永不间断、不择地而生的私情。不是一件两件，是一件接着一件的私情。不仅仅是西门庆，也不仅仅是潘金莲、李瓶儿、庞春梅三个女子，还要加上更多的青春之躯，无一不是跃跃然走向死亡。

《金瓶梅》中有情色，更多的是现实主义的描写，是对社会堕落、人性丑恶的揭露和抨击。我们说它是一部明代社会的百科全书，就是依据这些做出的判断。

六 《金瓶梅》的意义

该书版本有三个系统，词话本、绣像本与第一奇书本，推荐大家阅读《金瓶梅词话》。理由有两点：其一，它是《金瓶梅》最早的版本，是以后各本的祖本；其二，它对人情世态的描写最为生动，人物形象也最为完整。

词话是一种可以讲唱的小说，里面有大量的韵文，像《三国演义》开篇的"滚滚长江东逝水，浪花淘尽英雄"，就被认为是词话的遗留痕迹。《金瓶梅》中的词话痕迹更强：开篇先有"词曰"四段，说的是不做官怎么好，是归乡退隐的闲适，"茅舍清幽，野花绣地"，"且优游，且随分，且开怀"；接下来又有《四贪词》，依次评说"酒、色、财、气"对性命的戕害，皆从贪欲上落笔；再下来在第一回，又用一首词开始，并简单讲了项羽、刘邦的故事。这首词出自宋人卓田，标名《题苏小楼》，本来为哀婉佳人薄命，却扯到了汉高祖刘邦和楚霸王项羽身上，不是讲他们的盖世功业，而是说像他们俩这样的一代英豪，都因为一个女子而英雄气短。作者用了四个字，叫"豪杰都休"，也就是俗谚所说的"英雄不过美人关"。这是作者的拼组嫁接，也是一种大手笔，在潘金莲登场之前，先让虞姬和戚姬做一个简短铺垫。尤其是戚姬，已经贵为皇妃，仍处心积虑为儿子赵王如意争夺皇位，最后死得极其凄惨。作者遥遥设墨，以西汉初年帝妃之恋的悲情故事，将人性的贪欲之害铺展开来，为后世的女性，也为本书女性之命运做一引子。

明代的小说高度繁荣，出版了《三国演义》《水浒传》等一批杰作。但是很少有一部书能达到《金瓶梅》之深刻厚重，形象鲜活，刺世警世，勾魂摄魄，一经流传就吸引着一代一代的读者。鲁迅先生曾说自从有了《红楼梦》，一切传统的写法全都打破了，前移以论《金瓶梅》，似乎更允当。大家也习惯于把《金瓶梅》与《红楼梦》合在一起说，比较着说，很多学者和普通读者都是如此，也属阅读史上的自然现象。读《红楼梦》，从中的确可以看出《金瓶梅》的影响，脂砚斋也说《红楼梦》深得《金瓶梅》"壸奥"。两书颇多可供联想和比较之处，比如李瓶儿的出丧和秦可卿的出丧，确实有很多近似和相通之处，但是由于家族的层级不同、人物的身份差异，区别也很明显。

毛泽东主席一向提倡读书，曾要求党的高级领导干部阅读《红楼梦》，而且要读五遍；也讲过应该读一读《金瓶梅》。他说《金瓶梅》写的是真正的明代社会历史，暴露了封建统治的残酷本质，描写了统治者和被压迫者的矛盾，有的章节写得很细致。他还说，《金瓶梅》是《红楼梦》的祖宗，没有《金瓶梅》就写不出《红楼梦》，给人留下深刻印象。

鲁迅先生论《金瓶梅》，有八个字最为精警，即"描写世情，尽其情伪"。这个"伪"，就是"虚情假意"的意思，穿越人间世相那种表面上的温馨热络，点出其最本质的内涵。兰陵笑笑生在书中大写声色犬马，文字却透着一副从容冷峻，在不动声色的叙写中，嘲讽世人和市井，嘲讽那些虚情假意和万丈红尘。那是明代人的生活，是他们的生命的悲哀。或者有很多也是今人的生活，是我们今天的生命的悲哀。又是数百年过去了，人性的贪欲，仍是人类远不能摆脱的精神痼疾，而《金瓶梅》致力于揭示的，正是贪欲之恶，以及造恶者的自我毁灭。

回顾《金瓶梅》的传播史，可以说是一部充满着争议争论的学术史，污名与正名，痛责与赞美，禁毁与珍藏……皆在其中，该书的强大生命力也由此显现。很喜欢东吴弄珠客在卷首小序中的一段话，他说：

> 读《金瓶梅》而生怜悯心者，菩萨也；生畏惧心者，君子也；生欢喜心者，小人也；生效法心者，乃禽兽耳。

是啊，《金瓶梅》就在那里，斯人斯情就在那里，怎么读则是你自己的事。弄珠客为读者预设了阅读的四重境界，其实区别甚难，就一个人而言，可能会"四心"俱足，也会因年龄阅历的增长而变化；而领悟越深，越是会从心底涌出一种浓重的悲悯，包括芸芸众生，也包括西门庆、潘金莲、陈经济、春梅等恶人丑类。

这就是《金瓶梅》的传世密码，也是它的价值和意义。

2020年10月

于两棠轩

重读的愉悦
——《软红尘》跋

退休后居住在京北昌平一个小山村，读书写作，享受退休后的闲暇时光，也为早年失学造成的"知识留白"补点儿课。而一次读《淮南子·说山训》"将军不敢骑白马"句，不禁大吃一惊！长期研治古典戏曲小说的经历，脑子里留下很深的白马将军形象，那银盔银甲、白马白袍的勃勃英姿，尤其是常山赵子龙在长坂坡的杀进杀出，怎么竟会有"不敢"一说呢？

一个疑问产生了，接下来自然是沉思反省，是捋着线头追索，翻检各种相关典籍，年节间在魏崇新兄府上小酌，也乘机请益切磋，写成一篇《白马意象论——兼议古典文学中战争书写的反智化倾向》，对古典小说戏曲追求极致的传奇笔法，对于生活本真、史籍记载与文学创作的差异化，进而对古典文学中有些作品将残酷战争等同儿戏，以类乎市井角力的程式化表演，遮蔽古人深邃的军事思想等弊端，做了一些思考。文中引用了《三国演义》《西厢记》的例子，亦专有一节谈到《金瓶梅》——西门庆也有一匹白马，也爱骑着白马在街上摇摆。就为了那短短一小节文字，又把这部大书几乎翻了个底儿掉。

纳博科夫说："只有重读才是真正的阅读。"略觉偏执，但在道理上极是。根据个人的读书经历，我想说：对于那些内蕴丰厚的经典著作，每一遍细读，都能获得新的认知和愉悦。以《金瓶梅词话》为例，我与白维国兄一起做过校注，后来个人为全书做过评点，中间还想编一本专书辞典，已经弄不清读的遍数，也弄不清这种带着目标（功利性）的点校注评算不算真正的阅读。为作家社搞"评点本"时，我刚调到《中国文化报》，编务繁杂，是以起了个"双舸榭"的室号，自谑是脚踏两只船也。而2010年再调至国家清史办，一头扎进清代典籍的浩瀚文卷中，学术兴趣大转移，不光较少细读《金瓶梅》，连相关的学术会议也远离了。退休后专注于掘发黑龙江的史料，应邀在《三联生活周刊》上开设有关中俄东段边界的专栏，一晃又是两度春秋。喜欢这个刊物，几位有操守和社会责任感的带头人，一帮朝气蓬勃的男孩女孩，做得认真且大不易。主编李鸿谷曾多次说起，也约来负责"中读"的俞力莎晤面，希望我能讲一下《金瓶梅》，皆以文债太多推却。孰知去年春间，一个海棠盛开的日子，力莎带着团队中的几个编辑到我的山中小院来了。力莎在北大读书时入山鹰社，参加过世界上不少马拉松赛事，文静而沉毅，讲座的事也随之敲定。

此前曾听王蒙先生说开坛讲书之趣：晨起锻炼后，打开录音机,以"我是王蒙"开头,每讲约二十分钟,一次录四讲,可供播放两周,略不影响日常的写作。先生历来举重若轻,事务繁多而穿插得宜,可艳羡而难以仿效。我在一开始也是列个提纲,试图即兴发挥,但总是跑偏或打磕巴,只好提前准备讲稿。而"中读"的小组通常三人,一人录制,一人核稿,一人记录。负责这个项目的叫傅婷婷,其他有李响、李南希、金寒芽,最后还来了一位实习生王佳音。她们会谛听,会以眼神或竖起大拇指鼓励,也会在暂停时说:"老师,刚才有个字您读得不对吧"……就这样每周一次远远从市区来到山里,几乎持续了整个夏天。

伴随着这次开讲,我又一次重读了《金瓶梅词话》。请原谅我在说到这部书时大多带有"词话"二字,皆因个人对此版本情有独钟,较少去研读比对其他版本。我也拜读与参考了近年出版的一些研究著作,如涉及第二十七回《李瓶儿私语翡翠轩 潘金莲醉闹葡萄架》中"瑞香花"的一段,就借鉴了扬之水的学术成果,恰是自己原先所忽略的。词话本的驳杂、粗疏和随处可见的错讹,历来已为人抉剔疵议;而其内容的深邃精警、文字的无工之工、人物的穷极世态,还期待于深入细读与体悟。当然不是每一本书都值得重读,但《金瓶梅词话》值得。看到迟子建出了一部新作《烟火漫卷》,尚未获读,已从书名感觉到一种活色生香,而《金瓶梅词话》应该是欲望漫溢。心平气和地去读吧,你会在情欲物欲恣肆流淌的画面上,看到道德与智慧的微光,会得到一次灵魂的荡涤,而最终会获得审美的愉悦。

也要感谢三联周刊将这个专栏纳入出版规划,感谢负责图书推广的段珩付出的辛劳——她整理汇纂了各次讲稿，在年假期间仍不忘与我反复沟通。此书得以与陕西人民出版社合作，对我来说也是一件愉快的事情：该社社长惠西平乃多年挚交，曾邀我撰写《国之大臣——王鼎与嘉道两朝政治》一书，由关宁和韩琳担任责编，留下美好记忆。这个讲座播出之初，韩琳即联系希望获得出版权，我答应与三联沟通。至岁杪，西平老弟台归隐林下，偕接掌社务的宋亚平总编辑来京，韩琳等随行，席间告知此事已成，大家都很高兴，多喝了两杯。

对书名颇费斟酌，最后确定了"软红尘"三字，是采纳妻子悦苓的意见。其是红尘的加强版，也被简为"软尘"，以纷扬的尘土喻京师繁华，喻市井喧嚣，亦喻个体生命的绚烂与匆迫、微末和丰饶。鸦片战争期间有一本薄薄的《软尘私议》，据说乃流放伊犁的林则徐辑成，记述英军侵华时的京师百态，笙歌依旧哦，与《金瓶梅》卷末宋朝沦亡前夕的情形相仿佛。那是一种极纤细的俗世尘埃，迷蒙亦复通透，具有着又超越了某时代之特性，纷纷扬扬地飘飞过许多王朝，宋耶—明耶—清耶，似乎至今也未曾落定。

作家阿来有一本大名鼎鼎的《尘埃落定》，写得很不错，书名则有些扯（也是拈选的一个成语），尘埃怎么会落定呢！

是为跋。

2020年2月10日

于京北两棠轩

附记

疠疫依然猖獗中,由鸿谷微信得知:周刊的几名记者仍坚持在武汉,祈祷所有人平安。

最是人间留不住
——《卜键金瓶梅研究论集》代后记

就像年龄略同的多数人一样，我过去的生活也有着坎坷甚至是不幸的记录。

父亲是一位中学教员，母亲则教小学。打从我有记忆起，家庭就在鲁西南某县的一些乡村中小学间频繁迁移，坐在装满盆盆罐罐和旧木箱的马车上，我和弟弟往往显得格外兴奋，尤其是走上公路，看到那极少机会得见的卡车，更是一种强烈的刺激，似乎从那车轮扬起的土尘所裹挟的汽油味中嗅到现代文明的气息，我们会跟着奔跑，跳跃喊叫，全不解父母心中的苦涩。

母亲是我崇拜的偶像。她瘦弱，却有着无尽的精力和极大的生活热情，每年都被同事推选为优秀教师。过去的学生往往结伙走几十里路来看望，母亲则倾其所有，忙着为那些男孩女孩做吃的，其也是她最开心的日子。工作之余，母亲还要带我们拾草，铲麦茬，捡树叶，晒干后用以烧饭。生活虽苦，倒也有些田园诗的意味，直到"文革"开始，父母亲因出身问题被批斗，我在不久后因"冲击大批判会场"被逐出教室。我失学了，年龄还未满十二岁。

此后我在农村的林场义务劳动，到建筑队当小工，还闯过关东；后山东生产建设兵团招收兵团战士，很幸运能被录取，在莱芜生活了将近七年，先是干矿工，后兼任连队扫盲班的业余教师。"文革"结束，恢复高考制度的第二年，我被录取到山东煤炭教育学院外语系。

那不是一所正式的大学，校址在较偏僻的新汶县，教学设施和图书资料都很差，然而我们却有杰出的老师——吴幼牧和宋忠权老师，他们有很高的教学水平，加上其正直不阿的品格和对学生的爱心，获得了我们的由衷敬爱。当时已有了招收研究生的消息，我把准备考研究生的念头向两位老师谈了，得到了鼓励，并推荐我去拜访朱德才先生。朱先生是学校的副院长，也是唯一一位副教授，曾在冯沅君先生指导之下治古典戏曲。经过测试后他觉得孺子可教，借给我许多这一方面的书。在朱先生指导下，我如饥似渴地阅读中国文学史、戏曲史和《元曲选》等，又在暑假到济南的山东省图书馆借阅《六十种曲》。两年后，我考取了中央戏剧学院文学系的硕士生，导师是祝肇年教授。

永远也不会忘记肇年先生的一次长谈。那是在一次看完演出之后，我陪老师自西单东侧的长安大戏院步行，经中南海、北海、地安门，直到先生居住的鼓楼北草厂胡同，边行边谈，走走停停，直到中夜。谈话的内容涉及许多方面，印象最深的是先生叮嘱我心不要太热，不要急于出名，要坐得住冷板凳，打下坚实的专业基础。还记得他那形象的比喻——"针尖上放光，既不会长久，也没有出息"。

在先生的督导下，我渐渐对如何读书和治学有所了解。没有课程的日子，总是在图书馆度过。学院的位置很好，北图、北图柏林寺古籍部、首图、中科院图书馆都离得很近，我常骑车去读书，得到了负责借阅的老师们的不少关照。在图书馆读书，也可认识一些前辈学者和年轻朋友。我与王利器先生的相识，就是在柏林寺古籍部。与吴敢兄相识，则在北图善本部，徐州同乡，加之同治戏曲史，遂"一见钟情"。适吴敢兄住处较远，读书有所不便，便邀他到中戏去住，约一个月同居一室，白日各看各书，晚上悄悄用电炉煮一锅白菜豆腐之类，再来点二锅头，其乐也融融。吴兄由理科转而治文，思维极系统化，在学问和刻苦精神上都很大地影响了我。

在母校读书期间，常可体会到来自多方面的温暖，关怀我的老师很多。正是在这样的环境中，我吮吸着学术的营养，不敢有稍许的懈怠，后此数年，肇年师在为我的一本小书题序时写道：

> 治学之道，最忌求成心切，华而不实，所谓"暴长之物，其亡忽焉"。卜键同志对此有清醒的认识，他在攻读硕士学位时的那种刻苦求学的治学精神，说来令人感动。穷学生，吃得很差，脸黄黄的，整天埋头在图书馆里，沉浸在大量典籍之中，"焚膏油以继晷，恒兀兀以穷年"。学院的领

导提醒我：你不要太苛求他们了，要注意他们的身体！我只好对他们说：加强体育锻炼，注意劳逸结合哟！其实我明知道卜键摄入的热量是不够的，那又怎么办呢？在我们的现实中，治学就是如此的严酷，只有经得住苦寒的植物寿命才是长久的……

我对"最忌求成心切"有着清醒的认识吗？扪心自省，是在肇年先生的教诲之下，逐渐才有一定认识的。但就在坐冷板凳的苦生涯中，也自有大乐趣在其间。记得一次在北图善本室读明万历原刻本《北宫词纪》，见卷首有龙洞山农序，略一留神，记下一张卡片，而翻过正页，见有篆体印章两方，首"弱侯"，次"大史氏"，更引起极大兴趣；急赴柏林寺查阅焦弱侯的文集等，证实这位曾序刻了《西厢记》（此为明《西厢记》刻本很重要的一种）的龙洞山农就是万历间状元、大理学家焦竑。于是，不仅《西厢记》研究史上的一桩悬案被破解，还连带引发对明金陵曲家群体的关注。后来我把所得写成论文，刊登在《文学遗产》上。

1984年暑期，我到章丘踏访明代戏曲家李开先故迹，章丘市博物馆馆长于承思帮我借了一辆旧单车，陪着我到处奔波：在鹅庄、李家亭，在旧县治所在的埠村，在大李家庄，都有热情的李氏后人相接待，都可见到关于李开先的珍贵文物。此行发现了《李氏家谱》，李开先及妻张氏、王氏的墓志铭，李开先父李淳的神道碑铭等一大宗宝贵材料。返京后，我写了一系列的关于李开先生平事迹的论文，廓清了有关李氏生平的种种迷雾，肇年师也据此为我确定了硕士论文的题目：《李开先及其〈宝剑记〉的再认识》。

自研究生毕业后的五年中，我出版了两部学术专著，先后在《文学遗产》《文学评论》《文艺研究》《北京师范大学学报》等期刊上发表了三十余篇论文。应天津社科院之邀，我在门岿兄主编的《中国历代文献精粹大典》中担任了副主编兼人物卷主编，学苑出版社约我主编的《元曲百科大辞典》也已付排。

说到对《金瓶梅》的研究，不能不提到冯其庸先生。其庸先生在主持我的硕士论文答辩时问道："学术界有人提出李开先即《金瓶梅》作者，可否谈谈你的看法？"我尽当时的一点所知做了回答，先生很高兴，鼓励我继续搞下去，并约我到他家中再谈，从而激发了我的研究热情，将《李开先集》中提供的材料与《金瓶梅词话》相比较，中国戏曲学院仅有一部线装本，经领导批准借给了我，在当时已属难能可贵了。

1986年秋，我参加了在江苏徐州召开的第二届《金瓶梅》学术讨论会。徐州是我的家乡，与会者中又有许多相识者。大家在会上畅所欲言，各不相让；会下又聚在一起，神侃海吹，夜深时从街上买来狗肉烧酒，喝它个痛快淋漓。我见到了心仪已久的徐朔方先生，向他请教有关李开先作《金瓶梅》的问题。那是一个秋色宜人的黄昏，夕阳留下的一汪大红就在古黄河的水面上粼粼闪着，先生说：我已改变观点，不再认为李开先是《金瓶梅词话》的写定者了,但这无所谓,你可以继续自己的研究。记得我心中有几分怅然,不知说些什么是好。

就在这次会上,齐鲁书社任笃行先生约我写一本有关李开先与《金瓶梅》关系的专著,并议定次年上半年交稿。由于繁重的教学任务兼之还要负责招生工作,时间一拖再拖,完稿时笃行先生已然退休。师叔傅晓航先生热心与甘肃人民出版社王曼生老师联系,曼生老师看过写作提纲,经社领导同意后,拍电报要我邮寄稿件,"保证八八年十月前见书"。届时,果然把印制精良的书寄来了。这是我的第一部专著,见到后很激动,马上送给肇年先生、其庸先生、晓航先生等过目,又即邮寄给吴幼牧、宋忠权老师和朱德才先生,两位老师还打来了祝贺电报,由衷地为学生高兴!

众所周知,有关《金瓶梅》作者和成书年代存在着激烈争论,后者中最有代表性的是"嘉靖说"与"万历说"两种,至今仍属于胶着状态。考证作者,必然要涉及成书年代的系定,我是倾向于"成书于嘉靖"之说的,但读了黄霖先生的《〈金瓶梅〉成书问题三考》,也产生了犹疑。黄霖列举的大量材料中,最使我觉得有分量的是"陈四箴"一则,认为"《金瓶梅词话》第六十五回出现的'两司八府'中的'布政使陈四箴'这个名字就值得注意,因为它与万历年间的一大政治事件联系在一起"。而那个政治事件,便是"万历十七年(1548)十二月二十一日,大理寺左评事雒于仁上疏规劝皇上戒除酒色财气,并进陈有关酒色财气的'四箴'"。如果真如此,逝于隆庆二年(1568)的李开先自然就失去了作者资格。为查清真相,我每日到北图去借阅各种资料,很快就发现在此之前的嘉靖二十七年(1589)七月,已发生过一次"陈四箴"事件！主角是郑王朱厚烷,在另一位宗室、周府镇国中尉朱勤熨上疏议政受到严惩后,挺身而出,上陈"四箴疏",结果被废爵去藩,关入凤阳高墙。这是一件震惊朝野的大事件,在《明史》《明实录》《藩献记》《万历野获编》诸书中均有详细记载。四十年后雒氏的上陈"四箴",其振幅是远逊于前者的。

后来,我的兴趣又转移到对《金瓶梅》小说自身价值的探讨,即文本的研究上。《金瓶梅》的价值首先在于它的文学成就,在于其是一部前无古人、后启来者的世情书,不是吗？

我对李开先作《金瓶梅》的研究,是在前辈学者奠定的基础上进行的。吴晓铃先生在社科院本《中国文学史》上首次提出了"李开先说",引起了研究者的注意。先生后来在国内外讲学时,也都讲过李开先作《金瓶梅》等专题,提出了不少新的材料。晓铃先生住宣武门外校场口头条,我住陶然亭西,相距很近,是以常去府上请教,执弟子礼。先生谈锋很健,近数十年间文坛伤心事,经他口中道出,竟也有了几分幽默几分超然。先生告诉我说,他在多伦多大学曾指导一个中国小说的研究生班,国内有人寄了一册《金瓶梅作者李开先考》去,即行推荐给学生翻阅。

徐朔方先生在1980年发表《〈金瓶梅〉的写定者是李开先》一文,后又发表《〈金瓶梅〉成书补证》等多篇有关论文,其基本观点为：一、《金瓶梅》是"历代累积型"的集体创作;二、李开先为此书的最后写定者。围绕着这两个基本观点，徐先生进行了认真的考辨和论证，在学术界引起热烈的讨论。

吴、徐二先生（还有其他一些学术界先辈或友人）的研究成果，为我的进一步考索铺下了厚厚的基础，我的研究正是在这样的学术前提下展开的。由于做毕业论文时曾花大力气来搜集资料，有不少重大的资料突破，对过去迷雾重重的李氏居官、罢官、家难等都有专文讨论，带给我的研究不少利便。李氏"壮岁辞阙"，对朝中权臣柄政有着强烈的不满，与沈德符所言"指斥时事"相合；他在嘉靖八年（1529）举进士，仕宦十三载，曾出使宁夏，分司徐州，随驾湖湘，足迹几遍半个中国，也曾任吏部文选司郎中，掌陟黜大计，熟知朝廷礼仪和官场运作；李氏又是"嘉靖八子"之一，精音律，擅戏曲，编写过诗禅、对联，辑印过民歌小曲，藏书有"词山曲海"之称；加以罢官后闲居乡里二十七年，熟悉市井人物，也具有著此一部大书的时间……我还专章进行了比较研究：李开先妻妾与西门庆妻妾，李开先家乐与西门庆家乐，李开先园林与西门庆园林，李开先"诗会""词会"中的会友与西门庆会友，都有那么多的相近或相同之处。而论李开先为《金瓶梅》作者，最早的也是最有力的根据，在于《金瓶梅》中多处引录了《宝剑记》的曲文；最有力的驳议亦在这里，言其当世和后世作家都有可能做此类引录。则《金瓶梅》对《宝剑记》的抄引究竟如何？两者的关联是否仅仅几段唱词的相同？是首先应搞清楚的。基于此，我对两部作品进行了缜细的考校，大量的无可辩驳的事实说明：二者的关系，绝不仅仅是《金瓶梅》抄用了《宝剑记》几支曲文，它们有共同的改编思想和创作意识，有近似的行文造语的习惯，其在描摹形象、绘制意境、设置情节等项上都有着惊人的写作手法的一致。《宝剑记》是《金瓶梅》所引录的戏曲资料中创作年代最晚的一种，又是作者有意要隐瞒剧名的一个剧目，绝非简单的借鉴和抄引，也非李氏的追随者或崇信者所能达到，结论似乎只有一个——出于同一作者的手笔。

同中国的许多古典小说一样，《金瓶梅》的成书有着一个复杂的过程，至今尚有许多不易接续的断裂处。李开先当为《金瓶梅词话》最早的作者，他在其晚年闲居章丘时，从所喜爱的《水浒传》中择取了西门庆的故事，经过一番心血贯注的再创作，终于写出一部与《水浒传》篇幅相酬的反映中晚明社会生活的全景式小说。创作这部小说的主持人是他，参与者可能有他的门客和门下说书人刘九、任良等。如果说有一个创作集体的话，则李开先是其核心人物，是他为整部书设计了主要人物和情节，也确立了主题。在他因病遽然辞世时，这部书尚未能完稿，其遗嘱中所谓"《词谑》一书未成，尤可惜也！"指的应是《词话》即《金瓶梅》，因其《词谑》在此时早已刊刻行世。开先逝后，旋遭家难，少妻嗣子凄凄惶惶，此书原稿可能由其弟子高应玘带到任所，献与其故交王世贞，王氏或高氏可能是补足《金瓶梅》者。

在研讨过程中，也有一些值得关注的语例：如经过改窜的中峰禅师《行香子》(即"卷首词")中窜入了李开先的诗句；如李开先园林中有假山和洞窟，其散曲中也有"藏春阁，避暑亭，得经营处且经营"之句；如开先两子均早殇，其长子苏郭生于戊申，与书中第三十回将官哥儿生年误作戊申（实为丙申）恰相合；如李开先有门客刘卢阳，一次开先在自己的生日筵席上，戏出一诗谜，谜底为"留驴阳"三字，而书中第五十一回西门庆在行房时讲与潘金莲听的淫秽笑话，题目正是此三字。拈出这些，或可为内证。

1987年，我在《文学评论》上发表《美丑都在情和欲之间》，比较《金瓶梅》与《牡丹亭》中的主人公，认为在古典文学作品中，情和欲往往是牵缠粘连、互为依托、不易分割的，而那肯定情、否定欲的文学批评模式，并非一种科学的批评。情有美丑，欲也有正当和非正当之别。杜丽娘的形象晶莹纯真，也有着青春之躯的欲火，写出了情和欲的浑然一体，阿丽小姐才显得可信和可爱；而西门大官人一生的淫欲燃烧，把女性作为占有和施虐的对象，偶然却也能见出其深情或有情的一面，对李瓶儿的怀念亦非假饰。正由于有西门庆，所以才有杜丽娘；有西门庆的性泛滥，所以才有杜丽娘的性饥渴，他们同是晚明那个人欲横流的封建末世的可怜生灵。

"最是人间留不住，朱颜辞镜花辞树"，王静安先生曾在其《人间词话》中发出近同的感慨，生命的流程就是这样如逝水落英，去而不复呵！这几年每见学术界先辈，问及我的年龄，总啧啧叹羡谓余年轻，我心中却难免几丝苦涩——静安先生三十五岁时，已著成《人间词话》《静安文集》等大著，而反视自己，又做了些什么呢？

深知自己基础较薄，读书较少，还要下大气力，才能真正做些事情。因此，我为自己安排的日程是较满的，也想以此来鞭策自己。而今我正在与冯其庸先生、白维国兄一起做《金瓶梅词话》的校注，工程量较大，但也是个认真重读和领会这部奇书的过程。在此之后，我还想在更广阔的资料背景上探讨《金瓶梅》的成书问题，并正为此搜集资料。

我更渴望早日着手的，是对明代戏曲的全面研究，明正德至万历间金陵作为中国戏曲的中心而影响着全国的戏曲创作、理论和演出，这一问题并未得到历史的和公正的评价。我想写一本这方面的专著，并在此基础上完成江苏古籍出版社黄希坚先生约我写的《明代戏曲史》。

1990年冬月
于南城妙香书屋

补记

以上文字，记得是应吴敢和刘辉二兄之约写的，算来已有二十多年光景。那时的本人还不到四十岁，为何却拈用这样一句诗作为标题，已然记不得，此时重新拣出，重读一过，感慨亦多。书中的一些观点已觉稚嫩，而对《金瓶梅》的作者，也已决定在没有新的确凿证据时，不宜再作谈论。忽忽二十年过去，连一向声振屋瓦的刘辉兄也已长辞多年，光阴从容，人生匆迫，"最是人间留不住，朱颜辞镜花辞树"，仍适以写照一个读书人的心境。因以此题此文代后记，再补写数语以全之。

与当年的专注于教学和研究不同，后来的我辗转于多家文化单位，主持不同性质的工作，不能不花去大量时间和精力。于是参加各种学术会议少了，与师长同好交流切磋得少了，所庆幸的是，一直未敢放弃学业，也一直未离开对《金瓶梅》的研究。我曾用五年时间对这部奇书进行评点，细读深读，领悟感悟，最后题曰《双舸榭重校评批金瓶梅》。双舸者，两只船也，以状白日在事、夜晚在学之情形。世俗多谓"脚踏两只船"为老辣奸狡，予则知其间之大不易，则知运筹得当、处理得体亦可互为依托，还可以让自己精神富足、心态平正，失便宜处得便宜也。

2010年底，本人又由《中国文化报》调任国家清史编纂委员会，三四年下来，个人学术兴趣竟也随之转移，目前正在撰写一本有关嘉道两朝政治的书，阅读量很大，写得也投入。此时重新汇录整理旧日论文，又是应吴敢兄邀约，一个一拖再拖，一个多次敦促。兀的不急煞人也么哥！今年春节间吴兄和嫂夫人来京，初三日到舍下小酌，面酣耳热之际复殷殷相催，且委托妻子悦苓帮助。感兄盛意，能不从命。此一番搜辑编排，当年之简陋孟浪、立论之急切偏谬，都来目前，然就中也有许多美好记忆在焉。因也不做大的改动，除个别文字错讹的改正外，基本一仍其旧，算是一个真实的学术回顾吧。

谨补记数语，请学术界同仁和读者多多赐教。

2014年4月25日

于北京欣欣家园

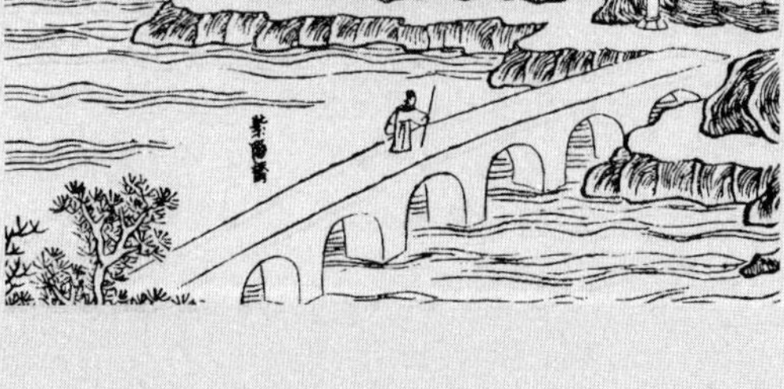

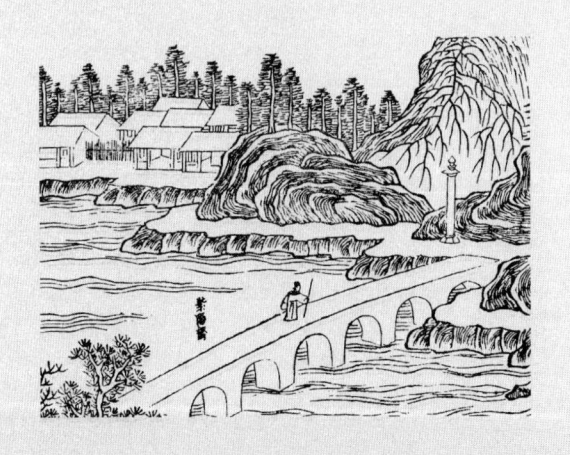

第一次与最后一次会面
——痛悼冯其庸先生

其庸先生辞世那天,我一整天都在昌平小院读书写作,晚间打开手机,突见到幽若(先生二女儿)的信息:"卜兄,我父亲今天中午12:18在潞河医院平静安详仙逝……"尽管已有思想准备,我仍深感震惊与痛殇,立即驱车赶往张家湾。六环路照例是黑黢黢的,沿途已见零星烟花,要过年了,而数日后就是先生九十三岁寿辰,文星陨落,从来都是如此匆遽!

就在此前六天,我刚经由此路去看望先生,握手长谈,他的听力与表述都有了问题,但思维几乎与往常一样清晰敏捷,怎知竟成永诀。这段路显得比往日要长,思绪纷乱,人生画面忽忽如云影风片,三十多年前与先生的第一次会面竟来在目前。

那是在1985年春间(已记不得确切日子),我在中央戏剧学院文学系读研,毕业论文是对明中叶文学家李开先的研究,祝师肇年特请冯其庸先生担任答辩委员会主席。我深感荣幸,却也只是由学校转去论文，觉得未便前往拜访。一日下午，正在图书馆二层看书，管理员过来说有人找，抬头看见蔼然一长者，想不到居然是其庸先生。先生时为中国艺术研究院红楼梦研究所所长，年过花甲，先是爬四楼到研究生宿舍，然后又找到图书馆，令我惊喜踟蹰。我们就站立在小操场上交谈，记得先生对我的论文颇多鼓励，也问了几个李开先与《金瓶梅》的问题，说是下班路过，顺便想来见个面。先生住在张自忠路执政府院内，留下地址和电话，邀我方便时去家中聊天，真的有点儿受宠若惊。后来与先生相随日久，知道先生对许多学术晚辈都是这样的真诚相待。

当今存在的学界痼疾中，人情势利，学风飘浮，最是令人痛切，说来也与老一辈学人的渐渐离去相关。如鲁迅、胡适、傅斯年等前贤，才学风骨之外，各有一件件提携晚辈的故事，传为士林清话。其庸先生出身贫寒，一生执着于学术研究，对个中积弊感触极深，以故常尽力去推助一些年轻人。而蒙他知遇提携的晚辈并不限于治文史者，如青年雕塑家纪峰、篆刻家孙熙春、画家谭凤嬛、摄影家丁和……仅就笔者所知，就可以列出长长一个名单。又如高海英，原来是到他家中做保姆的，耳濡目染，由帮助打字抄稿，渐渐显露出对文字的兴趣与能力，成为其庸先生的得力助手，而先生为其前程计，将她推荐给商务印书馆做编辑。每一个人的成才之路都是艰辛的，推助年轻一辈走向正确的学术或艺术之路也同样艰辛，常要花费极大的心力，付出很多时间和精力，或也要辗转求人，其庸先生乐此不疲。

朋友们聊天忆旧，常常怀念二十世纪的八十年代，大家沉潜于读书治学，关注新成果的出现并为之喜悦，不像当今之门派林立，带上一些研究生便以"某门"标称，非出吾门则视若不见，学术格局越来越偏狭零乱。我们也不会忘记，那时的学术期刊较少，发表不易。刚毕业时我并未奢望硕士论文能刊发，是先生推荐给陕西的《汉中师院学报》，近四万字全文一次发表，接着又交给人民大学报刊复印社"古代文学"刊载。他还敦促我就《金瓶梅》作者的研究写成专著，亲为作序和题写书名。不久后复亲自往中国戏曲学院协调，将我调至红楼梦研究所。再后来我的一些工作变动，或由先生举荐，或前往听取先生指点，耳提面命，循循善诱，一直到本人退休。而当我将这个消息告诉他，先生说："太好了！六十岁是做学问最好的年龄，你可以专心做研究了。"

其庸先生真的就是这样的榜样。他禀赋极高，又有惊人的勤奋刻苦，学术生涯起步很早，但大量的著述论文还是成于六十岁之后，锋锐不减，益见精醇。先生十赴新疆，深入踏访西域遗迹，也多在古稀之后。记得他曾向我盛赞王炳华先生有关尼雅考古的发现，代为约来文章，经我安排在《中华文化画报》上发表，引起国内外学术界的较大关注。而其庸先生经多次勘察踏访，登临山口，考证古迹，最终考定玄奘取经回国之路，对中外文化交流史和佛教史贡献甚多。这也是其庸先生的治学特色之一。通常的文史研究仅限于文本，而其庸先生则很早就关注地理、文物，将经典阅读与史地探索、文物考订结合起来。2007年我到《中国文化报》任总编辑，先生热情赐稿，如《项羽不死于乌江考》《〈大秦景教宣元至本经〉全经的现世及其他》等分量很重的长文,皆反响热烈,也提升了报纸的学术品位。报社同仁对先生敬重感念,社长孔繁灼兄几次提出请他给年轻编辑讲讲课,但当时先生身体已频频出状况,又陷入编纂文集的繁累,未敢率然邀请。

后来职事匆忙,不能像以前那样经常找先生请教了,但大约一两个月便会到张家湾一趟。有时独自前往,有时与朋友一起,几乎每一次都有收获。印象很深的是去年初夏陪同邬书林兄的那次,先生拿出以楷书亲笔手抄的"庚辰本",讲述"文革"期间一段往事,令我们极其感动。我归来写成《昨夜大风撼户——冯其庸与"庚辰别本"的一段往事》,病中的先生阅后,坚持到楼下画室,特为书写长卷相赠,誉为"巨文",也让我心中不安。

与其庸先生的最后一次晤面聊天,是在今年的1月17日。幽若打电话来,说父亲状况不太好,我即以最快速度赶到张家湾看望。其庸先生仍旧斜躺在二楼的那个白色软皮沙发上,仍然亲切地招呼"你来了",但神情已极见衰倦。我带去了新著《天有二日——禅让时期的大清朝政》,他接过,又拿起放大镜检看封面与内文。我怕书太重,赶紧接过放在一边。这本书也是想请先生题写书名的,自己忙乱中浑浑噩噩,竟将上一本书《国之大臣》的四个字告诉海英,待章慎生老弟带给我,才发现是个乌龙(先生曾为我题此四字),却再也不好意思劳烦先生了。最后阶段的其庸先生有时会出现恍惚和错搭,但心内是清醒的,看着封面书名若有所思,但先生未问,我也没敢说起。

先生赠以商务印书馆新出《风雨平生——冯其庸口述自传》,

我问"还能签名吗?"答曰"当然",遂于病榻上艰难签署。其间先生追忆往事,谈起当年亲自去中国戏曲学院商调我,却说成"我到幼儿园调你"。一侧担任"传译"的幽若小妹大笑,我则笑着解释该院有京剧科少年班,课余满院乱跑,很像幼儿园,先生亦笑。临别时,他握着我的手说:我身上到处都痛,我不行了,这是自然规律,生命规律。我对他说:可能与冬季有关,坚持一下,过了年,到春天就好了。我还说自己租住的昌平小院向北五公里,便进入西峪,初春满坡杏花,到那时接他去踏春……先生静静地听,眼眸中闪动的满是慈和。我并未想骗他,总感觉先生度过春节是没有问题的,未想一别竟成永诀,痛曷亟哉!

先生一生爱才,蒙其关爱提携之晚辈甚多,闻噩耗从全国各地赶来,从通州护灵至八宝山告别大厅。习总书记等中央领导送了花圈,多地举行了追思会,更有许多情真意切的怀念文章,亦堪告慰先生的在天之灵。

初稿于先生长逝之次日
2017年6月改定于辛峰小院

瑞芳老师远去的夏日

转眼又是夏日,转眼又过夏日。

先是王蒙先生从北戴河打电话来,询问我们何时会去那里。听筒里的声音大致如往常,可我竟觉得携带着几许寂寥,痛然想起,崔瑞芳老师已经远去,安一路那个曾满含温馨、夫唱妇随的小院,如今只剩下王蒙一人。

去年夏天,我和妻子悦苓到北戴河小住,离开前,往中国作协疗养中心看望他们。因没有提前联系,小院静悄无人,我们叫来服务员,进屋等了一会儿,因急着返京,留下一纸短笺也就开车上路了。刚到卢龙,王蒙先生电话打来,记得还与瑞芳老师讲了几句,她的话语依然慈和平静,浅浅笑着,说如知道我们来就不出去了,也说自己感觉好了许多。

前年夏天,我们到小院时,老两口正一人一室伏案写作。悦苓送上一套新款沙滩服,王蒙立刻去卧室换上,在客厅里摇晃了一圈，以示鼓励，崔老师则一边笑，一边端上水果。那天中午老爷子请客，喝酒聊天，当然主要是听他聊天，其乐也融融。次日晚，也在北戴河疗养的家正先生邀请小聚，两位文化部前部长对谈文化，很是开心。悦苓事后对我说：你发现了吗？王蒙先生讲话时？崔老师总是静静地看着他，那么专注……

也就是当年冬月，王蒙任文学与新闻传播学院院长的中国海洋大学来京宴请相关学者，一向妙语连珠、总有一番精彩致辞的他简简几句，告说夫人身体刚查出问题，就匆匆离席。我相随而出，询问崔老师得了什么病，告曰是癌症。我心猛然一紧，再看王蒙，是满脸无遮拦的忧急，是从未出现过的惊慌失措。

与瑞芳老师相识，大约是在1989年的秋冬之际。我和实验话剧院院长刘树纲兄一起去朝内北小街拜望王蒙先生，那是我第一次去他府上。话题由《坚硬的稀粥》扯开来，说到当时对这篇小说的围剿，说到一些人挖掘"稀粥"隐喻之辛苦，也说到几代国人对"稀粥"的依赖亲近……王蒙谈得兴起，竟说几位朋友准备集资开一粥铺，要卖什么什么什么粥，辅以什么样的小菜。他说得那样兴奋，又似乎很有可操作性，以至于我信以为真，去看一旁的瑞芳老师，但见她一脸温柔，注目于眉飞色舞的王蒙，像班主任看着一个偶尔捣乱的得意门生。

多年来，每到春节之前，王蒙先生都会主持一次或几次雅集，找一些友人相聚。自昨夏到今春，大家好像有了一种默契，开始轮流邀请王蒙和瑞芳老师。金宏达兄和于青是他们的老朋友，也是其在平谷雕窝的邻居，率先做东；章申兄在国家博物馆安排参观和聚餐；聂震宁兄、潘凯雄、管士光率人民文学出版社诸位，在节前节后两次设宴……我们看着瑞芳老师一次比一次消瘦，看着她上下阶梯日渐艰难，也见证她那永不褪色的淑慧祥和。记得有两次袁行霈先生偕夫人杨贺松老师出席，瑞芳老师与贺松老师如姊妹相见，拉手絮话，一如平常的亲切平静。所有这些聚会都有瑞芳老师参加，一则是大家的期待，更重要的是她愿以最后的时光陪伴王蒙，以勉力出席来回报大家的情谊，反过来抚慰那些希望抚慰她的朋友。

由于选择了王蒙，瑞芳老师的一生充满跌宕起伏，用她的话讲，是"各种大喜大悲都经历过了"。她是一个恬淡恬静的人，又是一个坚定坚忍的人。"夫妻本是同林鸟，大限到来各自飞"，是一条流传已久的古谚。"反右"和"文革"都堪称人生大限，其间夫妻反目、父子寇仇比比皆是，在她身上则呈现出真爱的力量。为了王蒙，她可以带着两个年幼儿子赴新疆，下伊犁，将人生最好的时光抛掷于遥远边城，这需要怎样的决绝和坚忍！她是一个善良温和的人，却也有与王蒙一样的理念信仰，一样的爱恨情仇，一样的不妥协不苟同，正因为如此，瑞芳老师对王蒙的爱才这般彻底和纯粹。

今年夏日，我们两次去北戴河，去安一路小院看望王蒙先生，第二次是陪家正先生去的，他还特地给王蒙带了两瓶陈年茅台。大家在小小客厅中聊天，在满是松荫的庭院中散步，看那几株虬枝交错的丁香，听王蒙讲述小院的近代史。不管是王蒙还是我们，都有意避开瑞芳老师的名讳，可分明，每个人都能在这里感受到她的气息，清晰想见她的音容笑貌。

"此身此世此心中，瑞草芳菲煦煦风"，这是王蒙先生写给妻子，并一句句读给她听的诗，是一首感动了许多人的爱情乐章。瑞芳老师远去了，她在几个月前便写下对子女和孙辈的留言，满纸皆是她对王蒙无尽的爱与牵挂。那时的她，会预想到即将到来的夏天么？会想到小院丁香和通向海的长巷么？二十多年了，老两口几乎每一个夏天都在北戴河度过，相携相随的身影成了海滨小城的一景，让瑞芳老师怎能不去想象呢！

今年夏日，王蒙先生仍然常住在这个小院，仍然每天下午三点去游泳。大家谈到今年的海水有些脏，他亢声说：不怕，海水脏，我比海水还脏！眉宇间还是我们熟知的那个王蒙。瑞芳老师"最不放心的"是王蒙，认为他"时刻都需要有在身边的贴心人的保护"，依依眷眷，催人涕下。我们想告慰她的是，她尽毕生心力照看呵护的王蒙，也是一个足够强大强悍的人，是一个敢于搏击狂风恶浪的人。

瑞芳老师，放心吧。

2012年7月

于慧心斋

清寂中的持守
——我所了解的晚年的李希凡先生

10月29日，由于参加国家艺术基金评审依规定关闭手机，后来又忘记打开，我在当天夜深时分才得知希凡先生去世的噩耗。多位朋友在微信中告知这一消息，也有先生二女儿李芹的未接电话，急忙致电问询，李芹说父亲走得很安详，只称自己有些困，握着她的手闭上眼睛，然后就停止了呼吸。这是一个孝心浓重的女儿，居住外地，常丢下自己的家来京照料爸爸，说着说着就开始抽泣。

次日又是一整天的评审，晚上才与妻子悦苓赶往他家中吊唁，李芹与先生的大女婿都在，得知三女儿小兰明天即由美国飞回。家中的灵堂设在书房里，墙上悬挂着先生生前最喜爱的照片，出自摄影大家朱宪民兄之手，脸上满是慈蔼的笑，拍摄时我好像就在现场，记得他手指间还夹着一支引燃的香烟。那时的希凡先生爱抽烟，也爱开怀大笑，夫人徐潮老师将家务操持得井井有条，待人真诚热情，一些好友偶尔会去他在人民日报社宿舍的家中打秋风。

先生早年即大名满天下，余生也晚，认识时已在1987年岁杪。冯其庸先生时任中国艺术研究院副院长兼红楼梦研究所所长，费了很大心力将我调入。那时的中国艺术研究院还在恭王府，而红学所偏处西隅的一个小跨院，上班必要经过葆光堂西侧院长办公室外的长廊。希凡先生为常务副院长主政，常穿着大裤衩、挺着肚子站在门外，一缕在手，满脸的受用；我则是能躲即躲，不得已时便侧身低头急过，皆因自己生性偏拗，不愿趋奉攀附，又听了不少"小人物"云云，微有芥蒂在心。而希凡先生看在眼里，自也不会待见，曾表示"这个卜键从来不给我说话"，却未曾有任何打压。经历过一轮大小风波之后，自己渐知人性之正邪并不以所谓的左中右划分，对希凡先生的仁厚坦诚心生敬意；希凡先生也渐渐知晓我的性情和用功，与其庸师力荐去文化艺术出版社主持工作。治理一个长期混乱的摊子难免要得罪人，加上本人操之过急，加上个别身居高位者推波助澜，一时无头揭帖满天飞，包括一二前辈相知也至于反目，而两位先生始终信任不疑，在困难时坚定地给予支持。十年二十年忽忽过去了，追忆当年情景，在自己似乎颇有些冒傻气，而两先生的关爱护持，则是心底一掬恒久的温煦。

我们处在一个变革的时代，而提出"不忘初心"，是说一个人的信念、操守不可以轻易弃掷。初心者，王阳明所言良知，李卓吾所谓童心也。李贽晚岁客居麻城龙湖，感慨晚明世俗之虚伪势利,曾说过一段话:"夫童心者,绝假纯真,最初一念之本心也。若失却童心,便失却真心;失却真心,便失却真人。"希凡先生的令人敬重,正在于其是一个始终秉持初心的真人,不隐瞒观点,不追风逐浪,面对争议非议也绝不退缩,在职主政繁花着锦时如此,离休后车马稀少时亦复如此。作为毛泽东主席发现的学术界"小人物",他衔恩感念终生,几乎在老人家的每一个忌日,都率全家人到纪念堂祭悼;而对于当年所写批评胡适俞平伯的论文,他有所反思,但也坚持文章的基本观点,不加修饰。

希凡先生从来眼中不揉沙子,而文笔锋锐,如鲁迅先生所称"匕首"与"投枪"。记得另一位"小人物"蓝翎先生写了一篇忆旧文章,他以为对事实经过有所扭曲,连我等晚辈都劝之不必在意,可他不听,撰长文反驳和澄清,一篇不行再来一篇。也正是读了两个"小人物"的不同追述,我们对当年那场学术论战有了更清晰的认知,对希凡先生的为人为学有了更多尊敬,否则还真成了一笔糊涂账。本人涉猎不广,这些年来唯见他被动辩驳,尚未见其主动去批评别人。往事必然如烟。听说过他在《红楼梦》三版后记中批了何其芳,与社科院文学所结下梁子,而另一个传说则是:"文革"初起时上面指名要他写批判《海瑞罢官》的文章,被他婉拒,"旗手"很生气,说什么我们在北京找不到人,只好到上海找姚文元,还有一句很不好听的话。相熟后我曾向他求证,其是他生命中的一个痛点,不太愿意详说,但还是告以确有其事,那句话大意是"给脸不要脸"。在那个时代,真不知道有几人能够这样做?其后在报社革命派组织的批斗中,希凡先生也曾沉痛检讨，但，毕竟，他曾经婉拒，没有去写那篇文章，不是吗？

选择性遗忘是人类心灵史上的痼疾，而单单记住他人的过错并指责，不知反省和反躬自问，则显得丑陋且阻碍社会进步。记得一次听吴组缃先生谈天，讲到北大有些人对赵齐平参加过"梁效"写作班子抓住不放，而自我标榜清白，历经劫波的吴先生说了句"那是人家看不上你"。组缃先生复以朱自清在阖家饥饿时不接受美国救济的洋面，说人与狗的区别是饿了也可以不吃，说现实中是有着伟大人格的，但很少，由是也格外值得尊敬。那次见面过去三十三年了，组缃先生早已作古，但他的这些话我一直记得。

希凡先生治学领域甚宽，举凡哲学、文艺理论、艺术批评，都有著作，既是随笔杂文的高手，也曾主持多卷本《中华艺术通史》的编纂，但主要兴趣与学术成就在于红学。其庸先生与他是红学研究的两枚定海神针，而二老的一生情谊也令人艳羡：领衔完成人文版的《红楼梦》校注本，为读者提供了一个公认的优秀版本；合作编纂《红楼梦大辞典》，获得国家辞书二等奖；还组织了一系列的国内外学术会议，促进了中外文化交流，带动影响了一批批青年学者。学术界做成点事情不易，会有不同心态和角度的评价者，但对我来说，那是一个美好的难忘的"红学时代"。而在私谊方面，早年的他们互设家宴（应是因饭馆较贵吧），其庸师曾赞徐潮老师的水饺馅饼，希凡先生则说冯先生做冰糖肘子一绝；后来同在艺研院，一个常务副院长一个副院长，工作之余定期家庭餐聚；再后来一起离开领导岗位，仍以各种机会不时聚会；直到大家都走不动了，便在电话中煲粥长聊。其庸先生在学术上颇为"任性"，如热衷于对西域的学术考察，在职期间多次赴新疆，一走就是二三十天，主持工作的希凡先生总是给予支持。

晚年的希凡先生进入学术研究的收获季节，注重于分析鉴赏《红楼梦》的人物形象，尤其是红楼女儿的形象。此类文章又是一种色泽，优美细腻，娓娓道来，而真情挹注，爱怜与痛惜流溢字行间。窃以为这才是与《红楼梦》相匹配的文字，才是红学研究最应着力之处，而"槛外人"认为他只会大马长枪，阅读至此不免有几分惊诧。

《红楼梦十二曲》中有一支【虚花悟】，"将那三春看破，桃红柳绿待如何？把这韶年打灭，觅那清淡天和"，染写的应是一种人生晚景。"看破"与"打灭"殊为不易，而冷暖炎凉则是每一个老人的必修课。以今年计，希凡先生已离休二十余年了，主管院政时围绕身边的一些人，早已是又抱琵琶上别船，生命中的亲人好友也纷纷辞世，孤寂与殇痛不时袭来。他曾有一个美满幸福的家：贤淑明敏的妻子徐潮老师，三个聪慧上进的女儿。而就在几年前，一生挚爱他照抚他的妻子因病去世，大女儿李萌几乎在同时病逝，家中常常只有他孤零零一人，虽然老二李芹常回京照顾，远在北美的李兰也不断回来看望，但还是有一种难以排解的清寂。尤其最后的几年，他的视力急剧减退，无法看书写作，但仍积极参加红学和艺术学的活动；也通过访谈和口述史的方式发出声音，回顾一生对学术的认知，发表一贯坚持的观点，恪尽一个马克思主义理论批评家的责任。记得两年前中国作家协会九代会召开，先生坐轮椅出席，每一次讨论都认真发言，说到动情处慷慨激昂，韩子勇兄、丁亚平兄与我都在会上，留下了深刻印象。

就在不久前，希凡先生还有电话来，说是想请亚平商容夫妇和我们一起吃个饭，并说仍选在上次那家烤鸭店。我心中惭愧，赶紧说"好啊好啊，我请客"，他坚持说自己请，说自己现在离休金很高，呵呵笑着，在听筒里大声说"我有钱"。皆因本人冗务牵缠，先去青岛的中国海洋大学讲课，接着随王蒙先生去欧洲，一天天拖了下来。记得向先生告假时，他笑说那就再等等，还问我海大校园景色，说也是自己的母校。孰知一个月不到，正打算这次评审后赴约之际，先生竟然撒手尘寰，留给我永远的遗憾。

希凡先生，请接受一个晚辈的歉意，还有深沉的怀念。

2018年11月
于杏花谷

老友刘辉的最后日子

刘辉兄走了,转眼便是一年。

或因他在世时有着太强的生命激情与活力,我对他的匆匆而去总觉得有些迷惘,有些难以置信;乘车沿二环路过阜成门大百科出版社北邻的那座旧楼,也总要望一眼八层东南角那面临街的窗。遥忆当年吴敢兄等从徐州来,几位同乡就在刘辉刚分的这套新居中聚饮,两室一厅,好不令人羡煞,名烟美酒,刘辉兄豪气干云,席间还特特引领我们到窗前,指点着车水马龙的阜成门立交说了许多,大致意思为喜欢这种动感和流光溢彩……这就是刘辉:文人禀赋与江湖习气相杂糅的刘辉,真诚交友又不免老大自居的刘辉,才学富赡然不够专注的刘辉,爱打抱不平的刘辉,喜聚不喜散的刘辉。宁宗一先生曾作文专论"性格就是命运",移之于刘兄也属确当。

刘辉出身于北大中文系,又得王利器、吴晓铃、冯其庸等前辈私相授受，是以在学术上颇有建树，发起组建了中国金瓶梅学会并长期担任会长，主编《金瓶梅研究》，多次主持国际和全国性学术会议，对中国古典文学研究的贡献有目共睹。然则亢直偏激的个性，常又使他陷入麻烦，如当面顶撞甚至责斥领导，如在饭厅里拎着条凳追打财务处处长……先时刘辉在面酣耳热之际，总爱讲这些"优胜记略"，讲其如何如何赢得一众人喝彩，后来诸多不顺遂，也就不太说了。

生活中有情与"不情"，而岁华最是无情。忽忽十几年过去，刘辉兄白发渐多，豪情依稀，当年诸知交各有挂碍，见面也越来越少了。我听说他已办了退休手续，但仍在主持《中国京剧百科全书》的编辑工作，及通电问候，听见那边笑语朗朗，中气十足，话来尽是如何忙于催稿；又听说他的确退了，且在退休时仍未解决正高职称问题。我为之长叹，在当今社会，教授、编审早不是"罕物儿"了，晚进如我辈早已忝在其列，而刘辉居然终生屈陷"副册"。我深知这对一生争强好胜的他会有怎样的刺伤，即使会面，也绝口不提此类话题，如此一来二去，倒有些生分了。

约在两年前，黄在敏兄告说刘辉可能得了癌症，我大吃一惊，急去电问安。其声音依然洪亮，告以仅患小恙，且以编务繁忙恳谢探望。我心为之稍安。而实际情况是他真的得了癌症，兼之已与前妻分手，一人独住，过得很是清寂。去年的一个冬夜，刘辉欲起身小解，竟从床上跌下，再也无法站起，就在地板上躺了大半夜，待到早晨小保姆来时已然昏迷失语。我从吴敢兄那里得知此情，急急去医院探视，见他鬓发萧骚，神情委顿，却也还头脑清醒，能够缓缓地讲话。他说从来没想到竟然会在地上爬不起来；说是由于"非典"期间大多数饭馆关门，只能吃些速冻饺子，身体太虚弱；还说到已买好后天去徐州的车票，要去看望年迈的老父亲。我劝他先安心养病，他不以为然，坚持说稍稍恢复后，本月内一定要去徐州。说到此事，他的眸子中又映现出那份熟悉的倔强和自信。

从他的病榻离开，我去找了主治医生，医生说他的癌症已扩散，应该速到肿瘤医院住院治疗，但他回避这一话题，大家终也无法把话说透。后来在医院遇到他的前妻老孙和他儿子，都有一种无奈。但回徐州的话头，我也再没听他提及。这之后我有一段时间出差在外，回来后再去看他，已不在，说是转到北京大学肿瘤医院。赶到那里查问，也没有。后来终于在鼓楼北大街的厂桥医院找到，情景更觉不妙。这里当是一所临终关怀医院，条件较简陋。刘辉已经不大说话，偶尔开口，也多是一些含混不清的骂人话。护工也诉苦说常挨骂，有时还会说"我拿脚踹你"之类。我看到的，是他忍受着常人难以体会的巨大疼痛的折磨，从未见他流下一滴眼泪。只有一次，他说："卜键，你给我揉揉后背。"我掀开他裹在身上的薄被，看到的是一副病斑烂然的骨架，再也无法控制泪水涌出。这种探视真算是一种心灵的磨难，每次都有……

从那个不幸的夜晚到他溘然辞世，大约两三个月光景，这是刘辉最后的生命历程，是一个炼狱般的过程。刘辉是一个命运多舛的人，又是一个热爱生命和享受生活的人。他讲义气，喜欢好文章，喜欢好烟好酒好茶，喜欢漂亮女人，尤其喜欢足球——简直可以说是迷恋。他是中国队的铁杆拥趸（尽管有时边看边骂），对意甲、英甲的明星也一个个如数家珍。他还心心念念要在2008年北京奥运会时暴撮体育盛宴，这也是他一个无法圆的梦。

去年元月一个冷冽的上午，我和白维国兄到复兴医院与刘辉先生作最后的告别，场景颇觉萧索：除了他的一些同事，再就是几位北大老校友。对于一生豪爽、喜爱交友的刘辉来说，这个送行的队伍显然太过寥落。好在爱面子、讲排场的他已看不到这一切了。在往八宝山公墓的途中，我与大百科出版社文艺部的常汝先、杨晓凯叙起往事，不免感慨万端，一股愧怍之情渐渐泛起：二十世纪八十年代中期，我硕士刚刚毕业，妻女从山东来京，无本无票，家中所用煤气灶和小本本便是刘辉提供的，那可真称雪中送炭啊！而我的第一部专著，就是在外馆街刘辉戏题为"思敏斋"的平房里写成的，九平米小小一间斗室，几乎成了当时徐州文化人的接待站。在那个简朴的岁月里，这也是他能给予乡亲和文友的最大帮助了。想想自己，又为晚景凄凉的刘辉做过些什么呢？

佛典将充满众苦的尘世喻为火宅，"欲知火宅焚烧苦，方寸如今化作灰"，是诗人白居易的永恒叹息。刘辉以自己的喜好来抵兑消解世情的灼烧，复以梦想为精神构筑一座憩园，他是一个有梦的人，也因而是一个有福之人。不是吗？

刘辉走好——

2004年春月
于方庄小舍

在执政府大院校书的日子

《金瓶梅词话校注》的修订本即将出版了,这是一次对初版的全面整修,历时又是数年。人民文学出版社的诸位也花费了很大心血。总编辑国辉老弟要我写一篇跋文,而我首先想起的就是白维国兄,想起与他在张自忠路执政府大院校订注释的日子。

一晃便是二十多年过去了,往事历历,来在眼前。

那时对《金瓶梅》的研究已经很热,但缺少一个可靠的校注本,书中大量的方言俗语、江湖切口、佛道法事、医术药方等,不那么好懂,直接影响到对文义的解读和全书的评价。曾经主持过《红楼梦》校注的冯其庸先生,提议以词话本为底本,认真做一遍校注,为读者提供研究的方便。该书的出版审批程序甚严,记得曾与冯先生多次到新闻出版署,最后得到中宣部王忍之部长的支持,终于获得批准。冯先生希望我参与其中,并说王利器先生推荐了白维国,他不熟,询问其情况。我与维国兄虽在研讨会上见过，也不算熟悉，但知他治学严谨，在社科院语言所工作，正在独立编写一本《金瓶梅词典》，当然是合适人选。就这样，我们在冯先生家见了面，议定由老白负责前五十回，我负责后五十回。已记不真切具体日子，大约是在1990年的冬天。时维国兄住地质大学的筒子楼，我在恭王府内的一间板房，条件都很差，亦不易于商讨沟通。又是冯先生为我们找了一套房子，就在他所住的执政府院内西侧红楼，三居室，作为我们俩的工作室。

与同时代的不少人相仿佛，我的学习经历是残缺的，虽说发表了一些研究文章，出版过相关著作，尚称刻苦勤奋，蒙其庸先生奖掖提携，实则朴学的功力远远不够。维国兄1964年进入南开大学中文系，"文革"后成为社科院第一批研究生，参加了语言所的很多重大项目，是真正的古汉语学家。校注工作的开始阶段，我几乎是从头学起，老白堪称指导老师，拟订凡例，写作样稿，提供重要典籍目录，还要随时答疑解惑。好在本人入手也快，不久便走向正轨。而后半部与前文语词上重复甚多，又是维国兄拿来所做的全书卡片，省却我很大力气。

感谢冯先生，我们的工作室在那时堪称豪宅，且甚为幽静。这是一位人大经济系教授的住房（后来与冯先生成为亲家），因长期驻外空了下来，我们俩一人一间，除每周一两次必须到单位点卯，吃住都在那里。每到做饭时间，通常是维国兄先去把菜洗净备好，然后我从书桌起身，燃火开炒，啪啪一阵，两菜一汤便尔上桌，二人边吃边聊，时而议及一些疑难问题。在很长一段时间内，我认定他只会切肉洗菜，不善烹饪。终于有一次我被文稿吸引，起身晚了些，发现老白已然把饭做好，色香味俱佳。我有些吃惊，但见他施施然一笑，说道献丑了。然后是我说他深藏狡狯，他说我过分自信，但从那之后，我们便轮流担任配料和大厨了。

毕竟是做过中华民国的执政府，那个院子很大，主楼东侧是社科院日本所等单位，建筑虽觉密集逼仄，亦有新竹老槐、檐月松风，每天晚饭后我们俩环行两周，散步时海阔天空，无主题闲聊。老白通常示人以缄默寡言，此刻则轻松愉悦，常开怀大笑，常也显现出幽默本色，将经历化为故事，将昔时承受之苦淡淡讲出。留给我很深印象的有这样一件往事：

说他在学校两派争斗时乐得逍遥，与同学张光勤往北戴河，没钱住宿，发现某高干疗养院黑灯房甚多，便潜入偷睡，开始时犹胆怯谨慎，两三夜过后便觉精神放松，还要开灯看书、聊天嬉笑，结果被警卫发现，拿交领导。讯问他们的是一个中年军官，问明二人是在校大学生，浅责几句，也就打算放回了，随手翻阅他的笔记本，赞道："哈，还能写诗啊？不错不错。"然后悲剧发生了——所写讽刺"大跃进"和"文革"的诗被翻到，军官脸色大变，立即命人将他看押起来，光勤被放回报信。幸好维国兄根红苗正，也没审出什么来，几日后解送学校，便成为批斗对象。他说那时自己刚过二十岁，一下子领教了世情冷暖，昔日的诗社好友大多积极或被动揭发，一个女同学冲上台去，厉声嘶喊："白维国，你这个鬼难拿，终于被我们拿住了！"

这句话后来被我反复引用，以资调笑，并赠以"鬼难拿"，进而是"白鬼子"的雅号。维国兄开始时抗拒不应，渐也认领下来，有叫必应，不以为忤。再后来与光勤兄也熟了，径呼"张鬼子"。曾问那女同学为何如此，好像也是一个因爱生恨的故事。记下这些，是想说两年多的校注生活，实在不像一般人理解的那样清苦枯燥，以至于完稿搬离之际，我们俩都有些恋恋不舍。

那是"金学研究"新见迭出的时期，我们也会即兴即事做一些讨论。由于下过一番考校功夫，对词话本在《金瓶梅》版本系统中的原创地位，有了较深认知。如有人称说"崇祯本"（又称"说散本"）成书更早，认为词话本不早于万历中后期，也列举一些语例及晚出的几位历史人物。实则任何抄本的流传过程，加减增删都有可能，况时人还指明有"陋儒"补写了五回。从书中大多数语词，从其对流行文字的抄撮征引，可证初稿应成于嘉隆间，写作于山东地方，这是我们的看法。

1995年夏，《金瓶梅词话》校注本由岳麓书社印行。记得此前我们俩专程到长沙定稿，该社夏剑钦社长、潘老社长、总编室主任周斌担任责编，足称重视。但两百余万字的文稿，实在无法短时间内细核一遍，加上并非全本，留下不少遗憾。此次修订再版，除补齐删节之原文，增加必要注释，也对原注一一检核，尽量予以订正，此一过程又迤逦数年。我事务繁杂，维国兄承担了较多工作，人民文学出版社古典部主任葛云波、副总编辑周绚隆、总编辑刘国辉、社长管士光都付出很多辛劳，特予说明，并致谢忱！

维国兄在上个月因癌症逝世，没能看到这部书的新版。两年前初闻其身染恶疾，我与妻子急往通州看望，他显得很豁达。后来多次相见，虽稍觉清减，仍是那一向的沉静平和，以至于我们都以为医生误判。未料一日突接嫂夫人电话，我与国辉即去医院看望，维国兄说话已很困难，断续交代身后之事，其中便有《金瓶梅词话校注》的修订版。泪眼相对，情何以堪！冯其庸先生今年已九十二岁高寿，考虑再三，没敢告诉老人家这一消息。维国兄一直埋首书案，留下一些未完项目，这也是其最大遗憾。我想：此书的出版，也是对老白，我亲爱的"白鬼子"的最好告慰。

是为跋。

2015年11月22日

时窗外大雪，漫天皆白

今生的精神天堂，彼岸的魂灵故乡
——宋忠权老师最后的钢笔画

大学生涯是许多人的美好记忆，其中的主要部分，当是忆念师恩。我属于二十世纪的七八级，而入学则在1979年春天，全班二十八人，不乏像我这样分数低而追求甚高、专拣北大复旦投考的人，感谢当年扩大招生的政策，半年后被山东煤炭教育学院录取。学院那时寄居于新汶矿中，只有两个中专班和一个外语大专班，学习条件无难推想。但幸运的是，我们遇到了两个好老师：吴幼牧和宋忠权。吴老师作为班主任，曾笑言开的是夫妻店，我们就在店中度过两年——艰苦却终生难忘的读书时光。后来我读了硕士和博士，也对两位导师非常敬重，相处亲切，但要说感情深笃，真的还数吴老师和宋老师。

2011年5月，我们班同学相约赶到青岛，与老师一起，纪念毕业三十周年。我们在两位老师到来时起立，高声用英文问好，吴老师笑容可掬，宣布开始上课，一切都好像回归当年。在热烈掌声中，宋老师接过话筒，他说："我太幸福了！感叹号。下辈子我还当老师。句号。"他说得很慢，声音有些颤抖，脸上映现着睿智慈和的光。与许多同学一样，我带着妻子一起去与老师欢聚。她说：这极简极真的两句话，使她的眼泪几乎夺眶而出。

忠权师是在2012年的一个夏日病逝的。那年春天就得知了老师病重的消息，就想着要去看望，俗务牵缠，不觉一天天拖了下来，待我和同学耿洪义匆匆赶到，忠权师已然辞世。世间许多事都这般追悔难及！吴老师告诉我们，忠权师生前已决定将遗体捐献，她尊重其遗愿，已与儿子儿媳将他送往青岛大学医学院，在那里举行了简朴的告别仪式。她还说，听说我们要来，本也想与医学院联系一下，让我们去和忠权师见上一面，想想还是没打电话。洪义和我均默默，两位老师一生都是这样清操自持，不管是自己的学生还是他人，不愿给别人添麻烦。

吴老师引我们进入忠权师的房间，书桌上摆放着他的照片，一如既往的亲慈安详，而眉宇间仍能见出凛然不可侵犯的书生意气。在校读书时，我们曾目睹两位老师对握有小权、整事整人之辈的抗争；毕业之后，学校迁往泰安，忠权师也成为中层干部和市人大代表，却因抵制不正之风，毅然辞职。吴老师所写《一封寄不出去的信》中，还记述了一件往事：在山东大学毕业留校不久，遇上三年困难时期，吃饭成了头等大事，系里派他去做"食堂总监"，忠权师毫无推辞，唯一目标就是，"让大家吃足自己的定量"。这就是深得学生和同事敬重的忠权师。

书桌的玻璃板下，压着忠权师的简短遗言。他说：我是一个有福气的人，我有一个幸福的家庭。是啊，当年的两位老师堪称山大外文系的神仙眷侣。有一次与著名史学家、国家清史编纂委员会副主任马大正先生聊起，他当时是历史系学生，与吴宋两位老师同时在校读书，说到他们的青春风采，至今仍啧啧称羡。天妒贤才，两位老师也曾经历极其艰难的岁月，被迫离开山大，辗转流播，一度至矿山中学，甚至下井挖煤。而始终不变的，是德操和信念，是自持和自尊，是读书种子的那份执拗，还有他们永远真醇的爱情。方今的大学教育已为千夫所指，丑诋之词亦多，其实每一所大学里都有深可敬重的师长，就像吴老师和宋老师，他们会有些孤高耿介，会有些不合时宜，然能在精神气质上接续前贤、传承道统，关键是要尊重和善待他们。

大学是忠权师永恒之精神家园。他身患癌症，辞世前在病床上躺了整整七个月，除了剧痛和昏睡之时，常常看书绘画。而有不少时间，他是以绘画抵御克制疼痛的。就那样半躺在病榻之上，用一支钢笔，在一沓A4纸大小的旧报表背面作画，日继一日，竟积累数百幅之多。忠权师是颇有美术功底的。二十世纪九十年代我主持文化艺术出版社工作，因编纂"艺术教育大系"，曾去浙江美术学院开会，该院参与其事的副院长即宋老师的哥哥，相叙亲切，聊起宋老师往事，知他受哥哥影响，对中外美术史论研读甚深。在退休后，忠权师译介了许多西方美术名篇，分别发表于《美术译丛》和《新美术》。记得我也向老师约过稿，后来工作变动，不仅未能出版，连原稿也找不见了，心中极是歉疚，两位老师则一笑置之。

我们一页页翻看忠权师留下的钢笔画，最多的题材，还是大学校园：教学楼与草坪，图书馆的插架书刊，浓荫密匝的校园小道，宽阔的体育场……他画了许多树，有枝叶繁茂的参天巨木，也有初现婆娑的嫩条，也觉寄意悠远。在生命的最后也是最艰难的一程，忠权师仍是心宇澄明，把校园课堂，当作他今世的天堂、彼岸的乐园。

2012年8月

于京华慧心斋

一个有学术洁癖的人
——纪念挚友陆林兄

今岁两次去南京,皆是因为陆林。

先是在3月间的一个午后,万曙兄有电话来,语意沉痛,告知陆林病逝的噩耗,说自己将连夜赶往。我则在第二日与绚隆兄乘高铁到南京,一路上说的,基本上都围绕着陆林。我们为之难过和深深惋惜,感慨其学术研究的戛然而止,恍惚中又替他有一份轻松释然,像是获大解脱,得大自在……佛家把人世喻为火宅,"欲知火宅焚烧苦,方寸如今化作灰"。陆林老弟终于出离众苦,羽化而登仙了,怎能不为之长舒一口气——十余年了,陆林被病魔折磨得太久太苦了。

第二次去南京,是为参加陆林的安灵仪式。前一天我在承德出席一个史学会,开幕式尚未结束,便急急赶往首都机场,然后飞南京。飞机晚点很多,陆林的夫人杨辉坚持到禄口迎接,嘱以在仪式上代表大家讲几句话,不敢推辞。那日南京大热,来为陆林送行的人很多,在墓园中错落站开去很远。他的几个同班好友从各地赶来,黄德宽(安徽省文史馆馆长)为之亲撰墓志铭并在碑前念诵,辞义沉郁挚切。我未能写就文字,仅就一时所感杂乱陈说,也是语出痛肠。后来在京遇德宽兄,告知此录音挂在了安大七七级微信群中,这是陆林的班级,入学时他二十岁。

我与陆林相识于山西临汾的一次戏曲研讨会上,时为1987年秋天。感谢组织者对年轻学子的优容,我与陆林、郑尚宪、黄仕忠、朱万曙等得以参会。那时大家刚刚硕士毕业,书生意气,敢于与老一辈学者争论。宁宗一先生刚遇到一场变故,身心两创,仍以一贯的坦诚明爽得吾辈敬重。我也顺带喜欢上随扈于老师身侧的陆林,一起探讨曲学,斟酌奥义,偶也讥刺一下会场上个别人与事,十分投契,遂订终生之交。后有几次在会上相遇,更为熟悉和密切。再后来我去南京出差,应邀到他家中小酌,尽兴而去时家属院大门已锁,只得在他帮助下演绎一出"跳墙"。后来才得知陆林颇不擅酒,为陪我硬撑,回屋即仆倒客厅,妻女百般拉不起身,盖着被子在地板上躺了一夜。此后很长一段时间,我便成为陆洋所称"那个灌醉我爸的叔叔"。

陆林是个真正的读书种子。治史者向有所谓道统、治统之说,治统一侧济济排排,道统一系则大为寥落。然中华文明能够绵延数千年,历经战乱和王朝更迭而不断绝,靠的就是一代一代的读书种子,沉潜于清寂困绝,坚忍强韧,虽九死而不辞。陆林身不过中人,清癯文弱,待人宽厚温煦,然一旦冲撞其所遵奉坚守的学术底线,即显露执拗犀利的一面,即行反击或曰主动出击。他写了一系列的商榷文章，绳愆纠谬，也表现出太多的不合时宜：

时下学界多重同门之谊，扯扯拉拉，啸聚蚁附，人品文品之高低所不论也，虽瑕疵满篇仍加赞誉也，陆林则不管不顾，甚至不听师长劝解，究诘辩难，必欲澄清是非而后止；

时下学界多重权威，然盛名之累，专兼之繁，其立论著述不无偏疏，他人多盲从或为尊者讳，陆林则坦诚与之讨论，包括自己的导师、母校前贤硕儒，也包括其他一些学术名家；

时下学界多重事权，担任院系领导，负责一个核心期刊，掌握一家出版社，或列名某社科或基金项目评委，皆似有小小事权在焉，本人顾盼自雄，他人笑脸相迎，陆林则视之淡然，闻有不平之事辄加责斥，不假辞色；

时下学界多重结交，尤其是与外国、港台学者的结交，陆林曾在研讨会上讲评一位海外学者的论文，先是婉约批评，论辩间词气渐重，直指其径从网上摘引，不核史籍原文……

史学大家章开沅近期撰文《大学的堕落已令人难以容忍》，痛陈大学精神的丧失，振聋发聩。所说的当是一种整体堕落，应也包括多数的从教与研究者。然中国之大，学人众多，仍有不少甘于寂寞的读书种子，陆林就是其中之一。去年秋，八十五岁高龄的宁宗一先生赶去看望，应邀为陆林的学生讲一课，第一句便是"你们老师的学问比我好"。我了解宗一先生，理解这番话出自真心，以往我们聊天时，他也曾多次称誉陆林，强调他在编撰元明戏曲研究概述与《中国小说学通论》中的作用。同样，陆林也对《清人别集总目》的总纂贡献甚多。这是一些工具书性质的著作，工作量浩繁，陆林不是主编，有的并不列名，却是全身心投入。读书种子不正是如此么？这样的辛苦活和笨功夫，锻铸磨砺了陆林的学术品格，为他打下坚实的根基。或也因为此一经历，他素来看不惯装腔作势与投机取巧，更不能容忍欺世盗名。陆林是一个有学术洁癖的人，为此曾吃过无数苦头。

苍天不公，陆林在2005年被查出直肠癌，自此一直被病魔纠缠，十余年间多次手术，终告不治。很多人都知道，在其生命最后的十二年，陆林出版了一批史料详赡、见解卓异的著作，如对金圣叹的个案研究，已然扩展至对易代之际江南士绅命运的追寻，扩展至对清初历史幽深处的叩问；很多人不知道的，是这些沉甸甸的大著，文稿大多出自病中，病房和病床常是他阅改校样的地方。孔子曾感慨"哲人其萎"，当在于这一过程渐染渐浓的悲凉底色。我多次专程前往探视，见其虚弱疲累，见其枯黄委顿，但讲到学问和著述，陆林原本黯淡的目光就会明亮起来，声音也开始有力，会看到他心生喜悦，物我两忘。哀莫大于心不死。一直到最后，陆林都期望能战胜和祛除病魔，他还有那么多的课题有待完成，满心想的仍是下一部书的写作。他是带着怅恨与遗憾离开的。

近年来，见多了生离死别，思想已有所开悟。既然每一个人都是匆匆过客，又何以论生命之长短呢？可以肯定地说，设若假以天年，陆林的学术研究必将大成；而即以现有成果论列，他也算不负此生了。当下的学术圈大多已成了江湖，鱼龙混杂，然我仍在一个微信群中，看到对陆林的真诚敬重和悼思，读来颇觉温暖。

十余年间，陆林经历了难以承受之痛苦，应也感受到始终不变之挚爱。在陆林墓前，我曾说他是一个有福的人，一直拥有一个美好的家，有一个不离不弃的好妻子，有一个聪颖善良的好女儿。不管是治学还是治病，杨辉都给了陆林最好的照顾，最大的支持与抚慰。女儿陆洋继承父业，已是名古屋大学的博士，将来读父亲的藏书，或也能继续父亲的研究方向。陆林还有一批优秀弟子，对老师深怀情感，在世时看护照料，辞世后料理送终，令人感动。陆林在天有灵，应是幸福的。

丙申岁杪
改定于昌平北山在望阁

说好了要做邻居的
——纪念朱鹏兄

大约是八年前的暮春,在大阪的一个小型聚会上,我与高大魁梧的朱鹏兄第一次见面,碰杯絮话之间,竟觉得心一下子贴得很近。那是我与国家清史编委会几位同仁(有张永江教授、刘文鹏教授等)到日本访问,先到东京,再往仙台,最后一站是大阪。帮着联络接洽的是华立教授,曾任人民大学清史所副所长,执教于当地一所大学,常热心帮助国内的清史纂修做一些事情,是她向我介绍了朱鹏兄。

接下来访问京都大学与天理大学,参观图书馆,举行座谈和小型研讨会,都由两位轮流作陪。朱鹏是天津人,国内读完硕士后到大阪大学读博,毕业后在奈良的天理大学文学院教书,渐升为教授。应我的要求,他还引领大家去了自己的办公室,有几分勉强,再三说太乱,开门后果然难以下脚,唯一的旧沙发上毛毯、围巾、袜子与书稿交杂,除却两面靠墙的书柜,案头墙角乃至地上充塞着图书资料。一看就是个工作中的样子,是读书人的状态。

朱鹏兄是一个孝子,老母亲耄耋遐寿,居住在天津外国语大学,是以他经常回国,乘便也到清史编委会的图书档案中心查阅资料。他与永江为好友,又都有几分酒兴,常在附近的小酒馆对酌,有时也叫上我,喝得开心,话语便稠密,对他的了解逐渐加深。后来朱鹏曾陪天理大学的校长来编委会访问,西服革履,居间做翻译,交流颇亲切,却觉得有点儿官样文章,还是那个穿T恤衫的他更为真切。

退休后,我有意逃离京华软尘,避居于燕山脚下的一个小村庄,读书写作,朱鹏兄反而来得更勤了。不管是回国参加学术活动,还是往天津探望母亲,多会弯到远郊与我聚聚。村中不缺小酒馆,有时他自己来,有时与潘振平兄等一起来,每次都喝得很开心,交谈时话题广泛,可中心仍在于学术。近年来我致力于搜辑东北边疆史地的档案文献,陆续刊登了一些文章,也在《三联生活周刊》开设专栏,而因不懂日俄语言,不能直接阅读两国的史料记载,颇受局限,朱鹏兄则在日本文献方面尽可能给予帮助。一次参加东京大学举办的学术活动,会后到奈良投奔朱鹏,在天理大学图书馆泡了整整三天。该校藏有不少中国古代的珍贵典籍,也有很多早期日本人考察库页岛的记述,收获甚丰。朱鹏执教的课程多,又担任着一些教学管理事务,而一有时间就到图书馆陪我,帮着检索和复印,还请嫂夫人陪我去参观了东大寺、春日大社等名胜古迹。去年6月他主办了一个清史研讨会,邀请振平、永江和我参加，会后与夫人开车数百里，陪我们到日本海沿岸游览，自然也少不了放松地喝酒聊天。

朱鹏伉俪情深，也深爱自己的家庭。记得他以前喝多酒会为儿子不找女朋友纠结，说其在洛杉矶的一家美国公司打工，忙得昏天黑地，下班后倒头便睡，三十多了还没有女友。后来相见时一脸抑制不住的得意，表示非常感谢特朗普总统，上台后驱赶无绿卡者离境，儿子只得回日本工作，而很快就交上女友，一个文静的中国女孩。前年春节，老朱一家回天津举办了隆重的婚礼，我与妻子应邀出席。那也是朱鹏的高光时刻，在台上代表双方家长致辞，妙语连珠，飙天津话，飙日语，也飙英文，一脸慈和的朱伯母笑得很开心。但见规规矩矩站立的儿子恭敬向前，附耳一句，亢奋中的朱兄很快打住，下来挨桌敬酒。我有意发问：你儿子对你说了什么？告曰——快下去吧您呐。哈，本人猜的也差不多。

相处日久，便知朱鹏颇有几分侠肝义胆，喜欢交朋友，也喜欢向新朋友介绍老朋友。此前的十余年间，他每个暑假都会带日本学生参加北师大的汉语班，与同样带学生来的普林斯顿大学周质平教授结为好友，郑重为我们做了引见，使我开始留意质平兄的妙文；我也会拉上几位好友（如金宏达先生，魏崇新、常绍民、张雷诸兄）一起坐坐，崇新与泓波夫妇访问日本，还受到朱鹏夫妇的热情接待；一次与黄仕忠兄聊起，他在天理大学访书时曾得到老朱很多帮助，也是知交。今年新冠肺炎疫情突发，暑假间朱鹏未能带学生来京，但我与他的联系很密集，大多是麻烦他找资料：先因要为一部新作配图，请他查找浮世绘有无《金瓶梅》图册，接下来又请他代查与库页岛相关的史料；他也请我留心一下清代的"洋枪"，遂将俄方几次主动赠送枪炮之事打包发往。应予说明的是，我为他做的仅一点点，而他为我付出的是大量时间：查日本陆军总参谋部间谍石光真清的纪念馆，查1920年的庙街事件，查鸟居龙藏对东北和库页岛的考察，查日军对库页岛的占领……其间他将我等出席天理大学会议的论文翻译成日文，一遍遍往返核定，并结集出版；而我主编的《清代教育档案文献》推出第一编66册，朱鹏兄作为全书副主编并主持第三编，得知消息后非常高兴。

7月19日凌晨，朱鹏发来两条微信："现在是第一编，大概的体例出来了，整体的规划提纲有的话，发给我一份。暑假能回去一下就好了。""我手里有一些日本外务省的档案，我下周要去东京，届时想去打听一下使用权的问题，能获得允许的话，可以加进去。另外，哈佛、麻省理工应该也有一些清末学人的资料，我也会想办法查一查。"说的都是《清代教育档案文献》第三编的规划。

7月27日，我请他帮助查询1859年日俄在江户谈判库页岛问题的日方代表，以及榎本武扬的《叹愿书》，回复："好，我查一下，大概需要些时间。我这两天在东京儿子处，可能要在这呆些日子。有关库页岛归属问题，下周网课停了之后，正好可以去外交史料馆查一查。"

8月7日晚10点，我请他寻找美国人斯蒂芬《萨哈林史》的日文网络版，没有回音，还以为在忙碌中。9月中旬的一天，华立老师打电话来，沉痛告知"你的好兄弟朱鹏去世了"。我很震惊，非常震惊，简直难以相信！后来接到嫂夫人微信，才知道他在8月3日觉得嗓子痛，叫了个急救车，结果被拉到一个小医院，又是拍片，又做胸透，都没有查出问题，岂知是喉头水肿，很快因无法呼吸缺氧昏迷，在医院抢救了一个多月，最终还是未能挽回，于9月12日化鹤而去。

去年岁杪，朱鹏生前最后一次回国，与振平兄辗转乘地铁昌平线至北邵洼，我开车去迎接，路上说起距大名鼎鼎的秦城监狱很近，二人提出要去看看，便弯过去兜了一圈。喝酒时，他拿出小孙女的照片炫耀，嘻嘻说为拟乳名"猪肉丸子"，结果被儿子儿媳否决了；他对我居住的三合院很有感觉，询问还能租到否，再三表示退休后要回国，希望能来做邻居。席间说到要开车去踏勘黑龙江，要找一个冬天去北海道大学查资料，还一起鼓动振平兄，畅想着联排而居，白天各读各书，晚上一起喝酒散步的日子……

一个健壮开朗、热爱学术也热爱生活的朱鹏就这样没了？一个珍爱新生的孙女，也有很多未来写作计划的朱鹏就这样去了？痛！痛！痛！至今我仍不敢相信，不愿相信。

2020年12月31日
于京北两棠轩

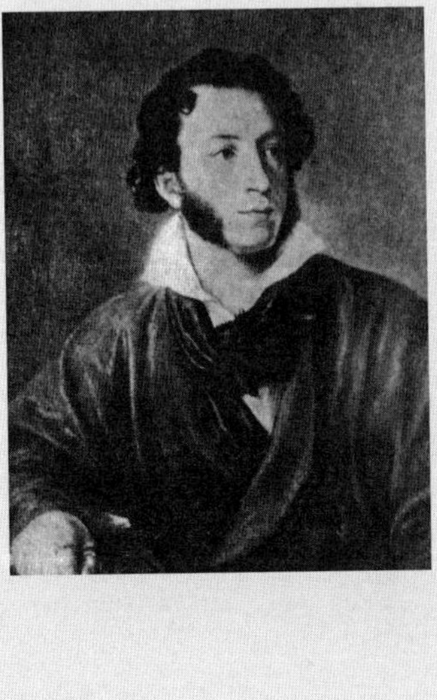

易卜生为何不回故乡

访问挪威王国的第一个周末,我便要求去南部的海滨小城希恩。这是易卜生的故乡,是几代中国文化人所熟悉和敬重的戏剧大师易卜生少年时生活的小镇,是其戏剧作品在在显映的最重要的社会背景地。对于曾就读于中央戏剧学院的我,挪威这个国家是与易卜生系结为一体的。

如许多历史文化名人一样,易卜生的纪念馆也就是其故居。纪念馆坐落在距希恩十余里的乡间,有一栋乳白色的小楼和一座红色大谷仓——南挪威乡野上随处可见这种谷仓。我们参观了少年易卜生的绘画,参观了其曾居住的阁楼(易卜生在《野鸭》中形象描述了阁楼上的孤寂和恐惧),参观了易卜生作品的不同版本和译本……美国的IBM公司真是个无所不在的精灵,所捐赠的电脑中储存了分类详备的资料,引起我的极大兴趣。一阵拣读之后,我颇为讶异地获知:易卜生自十五岁离家往格利姆斯达做学徒，仅于次年母亲病逝时回乡一次，后此的六十余年间竟再没有到过希恩。

希恩到处可见易卜生的头像和影响，这座宁静的小城无疑是以戏剧大师为骄傲和自豪的，然则颇显得有些一厢情愿：易卜生自写作生涯开始，便弃绝了自己的出生地和父母之邦。

我有点茫然不解，生怕自己搞错，问陪同前往的奥斯陆大学汉学博士鲁纳，问那位一头棕发的文静的解说员，他（她）们也不敢肯定，又做了一番查阅，均称说如此。

易卜生为何不回故乡？

在中国文人乃至整体中国人的观念中，"故乡"是一个特殊语词，是一种情结，是游子的精神家园和仕者的根本之地。《荀子·礼论》："过故乡，则必徘徊焉，鸣号焉，踯躅焉，踟蹰焉，然后能去之也。"染写的正是这种故土亲情。而汉刘邦一曲"大风起兮云飞扬，威加海内兮归故乡"，更将"衣锦荣归"定格为后世历宦者的千秋梦幻。易卜生青年时历尽困厄，又漂泊异国二十多年，然当他在六十三岁那年举家返挪后，受到知识界的盛大欢迎，荣耀和桂冠就再也不离其左右。易卜生定居在首都，去托托汉姆，去极北之地的冰川高原，去西欧、中欧和瑞典，却固执地不回相距无远的希恩。

易卜生是一位诗人，一位剧作家，又是一位哲人。诗人的桑梓之思不常是最炽热缠绵的么？李白"举头望明月，低头思故乡"的短章倾倒后世无数读者，不正因为浓缩了这种炽热和缠绵么？易卜生真的能摆脱乡情与乡恋吗？又有哪一位诗人能够对走过蹒跚咿呀的出生之地如此绝情?

曾读过易卜生的著名长诗《荒原》,诗中大量摹写的便是那归乡的渴念和主人公化释渴念的痛苦的心路历程。在荒原之巅的他时时回望故乡:"邻居老人已把家里的灯燃亮,我母亲的窗户上突然发光,它们奇怪地在把我诱惑","一想到这,就变得萎靡不振,我要回到我的亲人身边"。这种渴念粘连着牵挂与忧惧,达到极致时便产生出精神上的幻象:

> 我家的上空什么东西火红,
> 我的母亲就留在那边。
> 好像那里已经是黎明,
> 烟囱里的烟滚滚上升,
> 火焰接着在那里出现。

故乡总是与母亲纽结在一起的。"我母亲的灵魂飞向了天堂,天使们伴她同行",这是诗人对已逝母亲的思念,天堂不等于故园,在其描述中,母亲也离开了故乡。这首诗又译作《在高原》,游子的徘徊、鸣号之情尽在其中,然诗人又无时不在精神上抵御和清洗着思乡情结,清醒和决绝地将故乡拟称为"谷地",形容为"深渊"。

易卜生历五年时光写的这首诗,真堪称一篇"别乡赋"。就在完成的这年,他离开祖国,开始了长达二十余年的漂泊生活,在漂泊中思考和写作,同时也在漂泊中怀念和排拒故乡。1865

年，易卜生写成五幕诗剧《布朗德》，又两年写成五幕诗剧《培尔·金特》，两剧的主人公尽管性格迥异，但都是弃绝故乡亲人，为理念或自由走上了漂泊之路。布朗德有一句名言："胜利就在前头，家园则深锁在洼地里。"这里的"洼地"，当是与"深渊"之义近同的。

故乡是与异乡互相比照的。然从全人类的意义上立言，所有的陌生地都是故土，所有的异乡都是故乡。"独在异乡为异客，每逢佳节倍思亲"，是游子精神孤寂时的低吟，其所谓的"异乡"又岂无自己的游子呢？游子因着种种不一的原因离开故园，又因着约略相同的原因礼赞着故园。其笔下的乡思是挚切感人的，故乡也常被写得纯洁美好。可假如故乡全是这样温柔美妙，又哪里有罪恶和丑行呢？

在易卜生以后的创作中，在他那最为时人（主要是挪威的知识界）愤憎，也最为后世珍重的社会问题剧中，故乡的一切都得到自然显映：《青年同盟》中的野心家和政治投机分子，《社会支柱》中的伪君子和犯罪分子，《人民公敌》中的假民主制度和伪人道主义。如果说故乡生活给易卜生的写作提供了终生享用的丰厚素材，则离乡出走便是其写作的重要命题。《群鬼》中阿尔文太太日夜在欲走不能的痛苦中煎熬，而《玩偶之家》中娜拉在发现了欺哄后则决然出走。鲁迅先生为此发表过著名的演讲《娜拉走后怎样》，对这出走的忧虑多于称扬，大约因出走的是位女性。唯因此一端，娜拉便成了艺术之林中永远鲜活的形象。故乡令人依恋，家庭更如是，然若要以泯绝天性、牺牲信仰和理念为代价,出走便成为迫不得已的选择。

在鲁迅先生笔下,也有过一篇叫《故乡》的美文,以至于少年闰土成为几代中国小学生的偶像,然近篇尾处却写下这样的文句:

> 老屋离我愈远了;故乡的山水也都渐渐远离了我,但我却并不感到怎样的留恋……

作者连用"非常气闷""非常的悲哀"来形容当时心境。不知鲁迅先生这之后曾否再回过故乡?我们可以想象其大约不会如未归时终日魂牵梦绕了。今日再读《故乡》,我略带不敬地想道:如若不是接母亲和变卖家产,鲁迅先生会回乡么?如果他没有那老屋杂什和稻灰,闰土还会来看他么?如若他未曾还乡,记忆中的故乡岂不照样美好么?贺知章的不朽名句"少小离家老大回",现在回味起来,不也底蕴着一味彻骨的悲凉么?

故乡是温厚的,同时也是刻薄的;故乡是热情的,同时也是冷酷的;故乡是美好的,同时也是丑陋的……故乡只对功成名就的游子绽开笑容,至于那藉藉无名之辈,则没有谁关注你怎样地出走与回归。在游子的心目中,在异乡孤寂淬沥出的幻象中,温馨可爱的故乡多是一种失真的表相。

故乡之思和故国之情有很多相通之处,但怀乡和爱国是两种不同的情愫。易卜生晚年回到祖国,却对出生和长大至十五岁的希恩毫无眷念,终生不回(显然是不愿回)那里看一看。而我国伟大的爱国主义诗人屈原,一曲《离骚》倾诉尽难以割舍的衷肠,肯綮之处则在一个"离"字,结章曰:"已矣哉!国无人莫我知兮,又何怀乎故都?"这是绝望后的省思和警悟,是与易卜生同样的警悟和决绝。"宁溘死以流亡兮,余不忍为此态也。"这种遗世独立的精神,这种宁可贬窜流亡也不同流合污的精神,使屈原同他所处的环境,也是一种"交战的状态"。这"环境"便是其生于斯长于斯、曾寄寓热情与理想的故乡。

2000年秋月
于北京

基辅山岗的黄花

在近来的报章上总能看到有关基辅的消息：变幻反复的选战，不同族群的民意，候选人交替上演的抗争与悲壮，还有那插向士兵枪口的玫瑰……无不扯动着读者的心。

大选是西方政治家的舞台和角力场，而煽惑搅动起一国民众则是政客的本领，有冬夜里密密排排的帐篷，有踏雪嘶喊的翁媪，这场"栗树革命"才具有了真正的悲情。而对着荧屏，我总会想起6月的基辅，那时这座城市一派平静祥和，有"国树"之称的栗树正值花季，挺拔粗壮的树干，巨大的树冠上满是炬形的、紫罗兰色的花，一排排在街道上延展开去，簇拥着整个基辅。

让我忆念的还有一种无名的黄花，一种在我国也各处常见的小黄花，在那个风和日丽的下午，散漫恣纵地开放于第聂伯河右岸的山岗上。

山岗离著名的洞窟修道院不远，坡起甚缓，巍然而立的则是巨型雕塑《祖国—母亲》像。这是一位具有象征意义的乌克兰女性，右手持剑，左手执盾，面容坚毅，向着宽阔的静静流淌的第聂伯河，让人缅怀二战时那些沥血的日日夜夜。基辅是一座美丽的城市，更是一座英雄的城市，二战期间，她曾是抵御德国法西斯的主战场之一，是苏联红军的伤心地，也是十万德军游魂的望乡台。绝地抗战，狂飙反击，乌克兰各族人民在苏维埃的旗帜下演绎了一段血肉相连的光辉历史。相比而言，任何政客的言辞都显得矫情，显得浮薄。

陪同参观的是基辅大学中文系二年级学生娜塔莎，一个十九岁的纯静的乌克兰女孩。她用尚不标准的汉语告诉我们：是苏联时期由苏联专家设计修建了《祖国—母亲》像，她和同学曾由地宫乘电梯直达巨像的肩部，眺望整个基辅；而这座小小山岗，便是当时用施工挖出的土堆积而成，后来又建了"武器博物馆"。

武器博物馆又叫作"战争博物馆"，位于山岗的里侧，有一座白色小楼。先前可能只是在楼内展示；由于陆续运来的废旧武器太多了，有些又实在太过庞大，就散乱地露天摆放。各式火炮、兵车，一列列战机和巨型运输机，运载火箭与刺向蓝天的导弹，在在让对兵器素无研究的我瞠目结舌。实在是太多了，太多了！乌克兰至今还是一个物资较为匮乏的国家，但其兵器总量似乎大大过剩。一队重型坦克就停在山径一侧，衬托它的是烂漫的山花，金灿灿盛开在阳光下。我有些迷惘，弄不清哪些是卫国战争时期的旧物，哪些是后来的新创？更想理清一个思路：乌克兰人为什么要建造这样一座博物馆？

时间最是无情物。二战时期的苏联人民奋起抵御侵略，在卫国战争中牺牲了八百万血肉之躯，他们所留下的每一件武器都是神圣的；而后来的苏联奉行霸权主义，以邻为壑，穷兵黩武，研制了许多屠戮他国生灵的兵器，也带给本国人民无尽的苦难。我们在克里米亚的房东斯捷潘（他的女儿也叫娜塔莎，俄罗斯和乌克兰都有数不清的娜塔莎）曾在阿富汗服役四年，尽管是做军医，述说起来也是不堪回首。他讲到士兵在异国土地上的恐惧和思乡情结，讲到许多青春鲜活的生命在蓝天白云下猝然消失，也讲到死于战场者的抚恤金只有区区数千个卢布。

"他们的家属或妻女怎么办？"我问。

"能怎么办？照样生活着呗。"

武器博物馆的多数兵器是后来的，山路边这些坦克迷彩尚新，则其履带曾碾压过异国的土地，其甲胄曾负载过子弟兵的尸骸么？

战争向来有正义与非正义之别，武器呢，也有这种分别吗？

由山径迤逦前行，见一条隧道甚宽敞，这也是通向"祖国—母亲"广场的正式入口。黑色的大理石群雕，塑造的是一个个全民抗战、保家卫国的搏杀场景，风格写实，一组连着一组，令人肃然起敬。所有的塑像都是英雄，是踏着血雨腥风、憧憬着祖国解放的民族英雄；虽然我们不知道该称之为苏联英雄、乌克兰英雄，还是俄罗斯英雄，但他们和她们毕竟是英雄，是捍卫人类自由和民族独立的精神永恒的英雄！

《祖国—母亲》像前的广场平展空旷，游人不多，首先进入我视野的是两辆坦克，在整个广场上显得突出且突兀。两坦克位于正中偏南一侧，斜向蓝天的炮筒交叉在一起，远远望去，竟然像一对呢喃细语的交颈鸳鸯。几个孩童就在坦克上攀援嬉闹，而那铁甲和轮盘上，都画满了无忧果和橄榄枝，显然也出于儿童的手笔。清风拂过，我心底蓦然涌起一种感动：我国有一个成语叫"铸剑为犁"，此例亦庶几近之。我拿出相机一通拍照，事后才发现就在坦克后面的矮矮边墙上有一对青春恋人，先是执手相坐，后来便拥吻在一起。他们背后的山坡上，满布的也是碎碎小小的黄花。

我试图去问清楚坦克的来历：是二战期间抵御外侮的苏军坦克？是德国法西斯的坦克？还是曾突击到布达佩斯或喀布尔的坦克？稍后又觉察到自己的偏狭——在呼唤与尊崇和平的意义上，其又有多少本质的差异呢？托翁的《战争与和平》之所以伟大厚重，不正因为其内涵了那种超越敌我和时空的人类的大悲悯么？

开满黄花的小山三面拥抱着广场，坦克上也画着黄色的花，一切都那么温润和轻松。毕竟战争远去了，那些曾叱咤于疆场的兵器也成了和平世界的装点。"战地黄花分外香"，是我国"文革"间传播远近的一句名诗，常被用以点燃"武斗"的激情。但我更倾心于如今和平发展时期那无忧无虑的黄花，那漫漫开谢、无所争竞的野草闲花。同样，插向枪口的玫瑰虽也美艳，但我更觉得它应该自自然然地递向爱人手中。

这篇小文写于2005年初，然后是"颜色革命"的"胜利"，是欢庆"胜利"的笑颜；然后是新政权的组建，是"排排坐，分果果"；然后是新总统宣布解散内阁，是昔日"革命战友"的反目和美女总理叫嚷着要二次革命……

我心惘然。革命，一个我们曾经多么多么熟悉的字眼。但如果革命的内涵如此驳杂，革命的结局如此滑稽，则其意义又在哪里呢？锦涛主席这次在联合国大会上提出"和谐世界"理念，表述了一个负责任的大国之主张，也为当前战火不断、恐怖肆虐的世界描绘了一个澄澈光明的愿景。而战争和恐怖手段，所谓的以暴易暴、以杀止杀，也包括广场革命，能为国家乃至世界带来和谐么？

乌克兰当是一个例子，一个令人心痛的例子。其对我这样一个曾经的到访者尚且如此，对那生于斯长于斯的芸芸众生，又怎样呢？

怀着对乌克兰大地的美好记忆，我曾打电话向常驻基辅的友人询问，问那里的局势和百姓的生活状态，问在举办"中国文化周"之际结识的朋友，答案都不太美妙。我也曾问到基辅大学的那个娜塔莎，记得她曾说很想到中国留学，尤其是希望到北京或上海，但普通的乌克兰人家是承担不起这笔费用的，只有靠两国政府间交换留学生的协议，竞争十分激烈……

我为基辅、为娜塔莎、为所有乌克兰人祈福。

2006年春月
于方庄小舍

斗牛场，残阳下那一弯血痕

第一次踏上西班牙的土地，最先想看的是斗牛：那勇士与猛牛的对决、小城街巷人牛同奔的凶险与欢快，还有歌剧《卡门》中明爽激越的《斗牛士之歌》，都让我心向往之。

班机到达马德里，已是当地时间下午2点，急赴市里，在皇宫山不远的一家旅馆住下，便打探有关斗牛的信息。那天恰逢周日——斗牛季的周日，斗牛将在下午6时开始。我们稍作换洗，便匆匆赶向地铁站。马德里的地铁密如蛛网，然对于外国人则有些复杂，经过一番折腾，赶到时斗牛已然开始。两名衣衫不整、意态慵懒的警卫拦住第二道入口，让我们等一节结束后再进。耳听场内锣鼓喧天、人声鼎沸，又增添一重焦渴。经营者也算周到，在弧形走廊上到处悬挂一些电视，供等候入场的人权且作壁上观。于是我们看着一牛数人冲冲杀杀，同在国内看电视节目略无二致，直到那牛轰然倒地，懒警卫情绪略振，挥手准入。

这才有了亲临其境的感觉。我看到那刚刚倒下的黑牛，健锐的双角已被套上绳索，由两位骑士拖在马后，扬鞭奋蹄，先绕了一个不大不小的弧形，再奔向出口。场内鼓乐喧阗，观众掌声四起，许多人面有得色，兴奋得嗷嗷直叫。我则瞠目结舌地望向斗牛场：黏稠的血从牛的背和颈上汩汩流下，直流向地面，就在那矫健的骑手和奔腾的骏马之后，画了一个时断时续的血弧，在夕阳映照下光彩熠熠，殷艳射人。

天呐！这便是斗牛么？

激越的鼓角再一次奏响，栅门打开，又一头公牛冲进场内，是那样精力充盛，那样威猛雄健，只是有些迟疑和惶惑。它显然没有遇到过这样的盛大场面，当不会想到明岁今日便是自己的周年。公牛也没有看到先驱者留下的血迹，早有几个快手用细沙将其掩盖得一干二净。三位短扎枪手就在此时出现了，各执鲜艳的披肩，向着正四顾茫然的公牛招摇。公牛的眼睛顿时精光四射，发力快速冲来，而扎枪手则及时躲进木障，舒头探脚，惹得公牛绕来绕去，无从下角。这时又见另一位扎枪手出来示威，公牛迅疾冲去，此兄舞弄几下，复也藏入木障后。第三位扎枪手也如法炮制，搞得公牛寻战不得，歇息无由，且躁且狂，只有逞其蛮勇，把木障撞得乱晃。这算什么？我正心中嘀咕，便听到观众席上一片嘘声，有的人还起身指手嚷叫，更多的人则是哄笑，整一个儿轻松氛围。

正此时，那壁厢一声号响，两位长枪手骑着高头大马傲然登场。人与马皆一身重甲，故其行甚缓。刻下的公牛已入幻觉，狂奔而来，全力撞向长枪手胯下铁骑。被蒙住眼睛的马不知躲闪，只有承受这重重一击，而长枪手则及时将利矛刺入牛脊，一人一马一牛胶着缠斗，煞是好看。接下来便有扎枪手来引开公牛。此一番重登沙场，扎枪手们一反适才的避战，与牛近身相搏，个个身手矫健，意态从容，手中斗篷翻飞如蝶，你退我进，杀得好不热闹。六支带有倒钩的短枪，先后插入公牛背部，那跃身的一击真堪称英姿飒爽，而公牛则是血珠迸溅，脚步开始有些蹒跚……

这之后自然是斗牛士闪亮登场，拿捏着身姿，演练着程式，摇曳着红色的姆莱塔，戏弄着疲牛。这哪里还是斗牛，分明是耍牛、逗牛和杀牛了。残阳依然灿烂，播撒满马德里的斗牛场，又一头猛牛倒下了，又一头死牛被拖走了，又一弯血弧留给观众，紧接着被快速掩盖了。真不忍看那牛在死前一刻的眼神：愤懑、不服、无助，又有些迷惘。我无端想起乌江自刎的楚霸王，略如腱牛般轰然倒地的项羽，也曾沐浴着最后的夕阳么？

在自然界所有动物中，牛与人类的关系当属最亲近者之一，其对社会进步的贡献也历历可数。笔者自幼生长在北方农村，亲见父老乡亲对牛的爱护：选用生产队最值得信赖的社员来养牛，在最贫困的日子也不让牛挨饿，而牛屋往往是冬日里全村最温暖的所在。晚上，孩童们挤挤挨挨地围在养牛人四周，听他讲述那陈年旧事。几只或卧或立的牛，就在我们的身后，不紧不慢地咀嚼，间或轻哞一声。火光、烟气，还有新鲜牛粪内蕴着草香的臭味，混合着牛屋独特的"小气候"。我们中常有人就这样不知不觉间睡去，一枕香甜，次日晨才带着一头草梗回家，而父母也不以为怪。那时的生产队是以拥有多少牛来判别穷富的，那时对人的最高赞誉，是叫他"老黄牛"；那时的牛才叫牛气，其重要性远超过一般的"男劳力"。

牛的地位又因国而别。我曾感慨于印度"神牛"之尊贵，懒洋洋走或卧于大街通衢，视车流人众如无物。而西班牙的斗牛，则是另一种尊贵。许多世纪以来，它们的血统一直在严格的保护之下，自小便被娇生惯养，在特殊牧场享受着四五年的幸福时光，以涵养其天性之高贵、勇猛和傲慢狂暴。许多人都曾被斗牛士手中的红色姆莱塔误导，以为公牛对红色有着特别的敌意，实则不然。所有的公牛都是色盲，而天生爱攻击移动的物体——书称有一头公牛曾攻击一列飞驰的火车。得悉了这一"牛性"，同时也消解了对斗牛士的盲目尊崇，先前看其在猛牛前挺立不动，还以为是怎样的勇敢镇定，敢情是蒙事，既蒙牛，又蒙人啊！

今天的斗牛比赛大都是奢华的：盛大壮丽的入场式，亮闪闪令人目眩的服装，红色的姆莱塔与五彩花棒（短扎枪），还有各种故示郑重的繁文缛节；而牛，也被洗濯得精精神神，背上系着标识牧场的丝带。有人将现代斗牛喻为"一场三幕戏剧"，指每一场斗牛都有三对组合，每一对组合都由斗牛士、扎枪手和长枪手三种人构成，而短扎枪手也是三人。全场共分六节，三位斗牛士轮番登场，在通常情况下，是六头勇猛高贵的牛溅血五步，命殒沙场。牛们以自己高贵的血，在斗牛场上画下一个接一个血的弧，有的像问号，有的像句号，像阿Q就戮前那最后的圆。

未曾亲临斗牛场之前，我心目中斗牛士是果敢勇毅的英雄；

经此一番观看，便大大打了折扣。假如助斗士没有藏身的厚木障；假如长枪手和马不披护甲；假如省去第一和第二波的消耗战，而让斗牛士直接面对猛牛；假如为牛角装上利刃（就像齐人田单的"火牛陷阵"），而不许斗牛士手执青锋；假如令六头牛轮攻或围攻一位斗牛士……我知道除了极少数例外，斗牛场上没有牛的胜利，但这是一种不公平的竞争，是人类用"霸王条款"设定的一种极不公平的"比赛"。

即便如此，斗牛仍是一种很危险的职业，斗牛士仍时时面临着死亡的威胁。古往今来都有一些杰出的斗牛士惨死当场。1985年8月，年仅二十一岁的斗牛巨星荷西在老哥尔美娜竞技场被公牛挑死，令西班牙举国哀悼。而在他之前，是另一位天皇巨星弗朗西斯科。那是一种意外，也是冥冥中一种必然。《不列颠百科全书》称："自1770年以来，在大约125名主要的斗牛士中，有40名以上的斗牛士死在斗牛场上；初学斗牛者和骑马斗牛士的死亡人数还不包括在内。"至于被牛抵伤，则成了斗牛士的家常便饭。斗牛场是戏场和舞台，同时也是真正的沙场。尤其在二十世纪初开始的现代斗牛强化贴身相搏的惊险性，斗场更充满着血腥气息。死神扑刺着黑色翅膀引去一头头公牛，偶然也会带走一位斗牛士，不管他是怎样地受人爱戴。

斗牛的魅力不正在于此么？许多观众心底不正潜蛰着对这种意外的期盼么？就在我所观看的第三场中，当笨手笨脚的长枪手被公牛撞得人仰马翻，当满脸惊恐的扎枪手奔来解救，全场顿时有许多人起立鼓噪，为牛叫好，便透露出这一信息。作为一个小小族群的斗牛士，生活得也不轻松。

斗牛运动流行于西班牙、葡萄牙、法国南部、拉丁美洲。古代伊比利亚人在围猎野牛的运动中，逐渐把生存的必需演变为生活的娱乐，形成了早期的斗牛。在西班牙，斗牛是一种文化，一种源远流长的特色文化。初民们的勇武彪悍，其对野牛习性的熟悉，谋生的艰险与猎获的欢快，一开始便深深底蕴在斗牛文化中。海明威和毕加索笔下，都不乏对斗牛的叹赏和激情描绘。同样是在西班牙，也一直都有着反对斗牛比赛的声音，不少城市已经或即将禁止斗牛。去年到法国的尼斯和戛纳，我们也曾见到不少反斗牛文化的招贴画。著名画家达利在作品中，竟然把斗牛士描绘成一群粗鄙的饶舌的鹦鹉，而看台上的也是一些鸟类。这位艺术大师对斗牛的态度，应是再明确不过的了。

斗牛场上也有公平的原则：受观众肯定和拥戴的斗牛士会得到牛耳、双牛耳直至牛尾巴，作为优胜的奖赏；而表现出色、剽勇凶顽的牛也会成为大家的至爱，获得在死后被拖着绕场一周的殊荣。

2006年秋月
于方庄小舍

巴赫奇萨拉伊的泪泉

抵达雅尔塔已近傍晚，经朋友介绍，我们住进了一个家庭旅店，戏称为"农家乐"。小楼依山而建，房间很宽敞，两面有大窗朝着浩瀚的黑海，波澜不兴，碧沉沉远向天外。晚餐就在二层的庭院中，主人斯捷潘忙着烤肉，他的妻子及上大四的女儿在大木案上摆满食物和刀叉，接机的萨沙拎来著名的马桑德拉酒，我和同行的龚健也加入其间，不久便围坐在桌边，轻松地端起了酒杯。星月之下，几缕海风，几声鸥鸣，大家的话题也显得散漫飘忽。萨沙曾在靠近中国边境的哈萨克斯坦导弹部队当兵，而斯捷潘则在阿富汗厮杀过四年，回忆起那些岁月，都觉得不堪回首……

说到在雅尔塔的观光，主人建议的很多：海边的燕子窝、迤逦数千米的沙滩日光浴场、契诃夫故居、沃龙佐夫宫，最著名的当然是二战后期三巨头会谈的里瓦几亚宫。我说最先想看巴赫奇萨拉伊的克里木汗宫——金帐汗国在欧洲的最后堡垒。一个时期以来，我注意阅读有关蒙古征略和欧亚战争的书，那是成吉思汗及子孙后裔横刀立马的英雄时代，然对更多的欧洲人来说，则是一个接一个的血腥场景和痛苦记忆。我还记得自己所深心敬重的普希金曾到过这里，并写下著名长诗《巴赫奇萨拉伊的喷泉》，把一个金戈铁马的汗王描绘得柔情万种。

由雅尔塔往巴赫奇萨拉伊要翻越克里米亚山。汽车沿着密林间的公路盘旋向上，及山顶，竟是一片宽阔的塬，绿草杂花铺展在蓝天下，时也见三五只羊儿点缀其间，让人恍然如入内蒙古草原。如此渐行渐低，至克里米亚河谷一带，大片大片的罂粟艳艳如火，与刚刚抽穗的麦子相伴而长，美得令人讶异。萨沙说这是野罂粟，不能制作毒品，农人觉得好看，便留了下来，宁可少收些庄稼。"我曾在罂粟和百合花上，度过了慵懒幸福的时光"，这是普希金的诗句，如此美艳的景色，那时就有了么？

巴赫奇萨拉伊就在这不远处。仅仅两百余年过去，昔日威震基辅罗斯和莫斯科公国的克里木汗国都城，已退化为一个仅两万多人的小城镇。克里木汗王宫是小镇中最重要的建筑，有不太高峻的宫墙，也有卫河，但自外面望去格局不大，不仅不能与元大都相比，就连印度莫卧儿王朝的阿格拉红堡也比它宏伟许多。我有些失望，转思也觉得合理：1985年秋我带中国戏曲学院文学系学生去正蓝旗寻访元上都，但见蒿莱中颓垣断壁、碎瓦残砖，漫说当年夜夜笙歌的金銮大殿，连民居也没有一间。比较起来，这里的境况已是不错了。

及步入宫门内,又觉仍具有一种皇家气象。整体建筑明显呈现伊斯兰风格,绿荫匝地,清泉叮咚,形式各异的多棱宫以廊桥相连,回环往复,结构既繁复又精巧。向右进第二道门,见一片修剪整洁的花园,正对着觐见厅的雕花大门。当年罗斯各国乃至莫斯科公国每年前来朝贡的使者,就是在这里等候接见,因此被称作"大使花园"。而觐见厅的陈设也很有趣:克里木汗的御座既不高峻,也不华美,就那么一副普通双人沙发的模样;向前数步为几个矮凳,当是各公国首脑的赐座;再向外靠墙一圈沙发,据说是各国使节的座席。与我们的乾清宫比较,真觉简朴鄙陋;若以其先祖拔都汗在营帐随便地会见罗斯诸大公而言,便可以说是奢华了。巴赫奇萨拉伊汗宫营建于1529年,管理者却告诉我们这座王宫里一共有过四十九位可汗,平均每人在位五年左右,看来大多数都是匆匆的过客了。

然有一位汗王注定是不朽的,普希金称他作基列伊可汗。使他名垂青史的"泪泉",就在内廷的一个天井里,与可汗专用的珍珠清真寺相距不远。传说基列伊原是一个专注于马上征伐的暴君,残忍嗜杀,不懂得什么是爱,也从不把任何女子放在心上。可就在一次战争中掳来一位波兰郡主,每日在后宫哭泣,竟然让基列伊由怜惜而生出浓浓爱意。后来郡主遽然死去,留给可汗无尽的思念和失恋之苦。他命令在宫中为郡主立一块纪念碑,这就是声闻遐迩的泪泉。

大约在1821年夏月,流放南俄的普希金来到巴赫奇萨拉伊,而其长诗的写成却在两年后。诗人讲述了一段凄婉的宫廷情事,更为读者塑造了几个个性鲜明的文学形象：遭遇人生剧变、悲伤无助的波兰郡主玛利亚；为失宠和嫉妒所折磨的格鲁吉亚女郎莎莱玛；由暴虐到温情与深爱，又复归于暴虐的可汗基列伊。诗中写道：

> 唉！巴赫奇萨拉伊王宫
> 禁锢着这位年轻的郡主，
> 玛利亚在冷清的囹圄中
> 憔悴、枯萎、悲伤、痛哭。
> 基列伊怜惜不幸的姑娘，
> 她的眼泪、呻吟、忧伤
> 使可汗片刻也难以入梦……

也许就是这一个个不眠之夜催生了基列伊的爱情，这是一种单相思，是清纯美丽对爱的唤醒，"被俘的姑娘的忧郁的宁静，可汗自己也不敢惊扰"。玛利亚有福了？不。几乎所有封建王朝的后宫都是阴谋和罪恶的滋生地，是一种另类的残酷战场。清纯美丽的孤女陷入争宠的漩涡，不久便在一个夜晚告别人世。普希金以其特有的细腻笔触，把一场宫廷谋杀写得活色生香，甚至连莎莱玛的行刺也让人有几分理解。

普希金最深切的同情又只在玛利亚一人，在于可汗对这位波兰女囚最深切的思念，这是该诗的精魂："他常常在殊死的厮杀中，/刚刚举起马刀，却猛力一挥，/突然间呆住一动不动，/

精神错乱地四处张望，/脸色发白，仿佛惊恐异常，/口中喃喃自语；有时候/两行热泪还像河一般流淌。"诗人把克里木汗称为各民族的灾星，偏又让这个灾星泪水潸潸，令人动容。于是就有了泪泉——

> 在宫中一块僻静的地方，
> 为了纪念苦命的玛利亚
> 修建了一个大理石喷泉
> ……
> 在这笔画奇异的碑文外侧，
> 泉水在大理石中哽咽，
> 像清冷的泪珠向下滴，
> 扑簌簌，永远不会停息。
> 就像母亲在悲伤的时刻
> 为战死沙场的儿子哭泣。
> 在当地，这个古老的故事
> 早已在年轻姑娘中流传，
> 她们给这忧郁的古迹
> 起了个名字叫"泪泉"。

生活和历史都会有难以穷尽的丰富性，诗人择取的则常是那最能激发美好情愫的素材。巴赫奇萨拉伊汗宫的泪泉果真有这样一个凄艳的故事么？往事如烟，已无从质证了。我们宁愿去相信可亲可爱的普希金,相信他用爱和激情抒作的泪泉故事。"昔为横波目,今作流泪泉",李白《长相思》所染写的青春之殇在这里找到了同调;"雨湿寒梢,泪染龙袍,不肯相饶",白朴笔下的唐明皇也有了异国的知音。普希金写这首长诗时,还是个二十多岁的青年,作品中竟也满含着沧桑与悲凉。

经过几个世纪的厮拼和已消彼长,曾在罗斯草原、伏尔加河两岸驰骋叱咤的金帐汗国,早被雨打风吹去。其继承国克里米亚于十八世纪两次大败戈利钦大公的进攻,最终还是在1783年被沙俄吞并。国破山河在,巴赫奇萨拉伊宫必然要经历一番浩劫,那空旷萧索的宫室便是明证。唯泪泉仍完好地保存在多棱宫之侧,以汉白玉雕制成屏风状,上面刻着如刀如戟的阿拉伯文字,"纪念碑"便在这玉屏的中央。它看起来更像一方墓园,而那爱的纪念碑尤其像一个墓碑。与我国常见的石碑规制相仿,唯碑身不立文字,上方是雕成花瓣的泉眼,向下则是一层层云朵状的小池,共七级。洁净的水珠从花蕊中滴沥而下,酷似两行清泪;花瓣下的小池蓄满自溢,滴入第二级的两个小池;两小池再满再溢,汇入第三级的碑心小池……如此辗转向下。漂亮的女导游领来一群男孩女孩,向他们讲述遥远岁月的可汗和他那专制且专一的爱情。她说这泉水是可汗思念爱人的眼泪,小池则代表可汗的心;痛泪不干,点点滴滴在心头,而心中的痛苦又有深浅之别,所以才分为许多层,可汗是最深一层的悲伤。喧闹的孩子们安静下来,听得入神。"河水有冬竭,泪泉长在眸。"(梅尧臣)我知道爱已随着泪泉的故事,进入一双双纯真的眸子,进入这些孩子的心田。

是哪一位艺术天才创造了泪泉？又谁敢断言奉命之作不能出现艺术精品？克里米亚汗国曾长期作为土耳其奥斯曼帝国的从属，在文化上呈现突厥化色彩。但我还是认为：有了泪泉，昔日崇尚武功的庞大草原帝国，也就有了文曲星的闪耀。

泪泉的一侧，是以黑色大理石雕成的普希金像，面容清瘦而执着。诗人曾到过这座汗宫，自无疑问。但他曾亲眼看到泪泉了吗？该诗中"泉顶上基督的十字架，护佑着伊斯兰的新月一弯"，明显与实景不符，当是出于诗人博爱情怀的悬想。回国后查找史料，见普希金在一封信中写道：

> 一走进皇宫，我就看见了一眼被损坏了的喷泉；从一个生锈的小铁管子里一滴滴流着水。我怀着对那种使其因之而腐烂的漠不关心和对几个屋子的半欧洲式的加工的恼恨绕着皇宫走了一遭。N.N.几乎是强制地领着我沿着腐朽的梯子到了闺房遗址，走到可汗墓地……热病折磨着我。至于可汗所爱的女郎的纪念碑，如M所说到的，在我写我的长诗的时候我并没有想起它，否则，我一定会利用它。（《普希金文集》三，第249页）

历史中有那么多的遗憾，那么多无法弥补的遗憾。病中且心绪不佳的诗人与泪泉交错而过，伟大的诗人和匠心别运的爱情纪念碑竟失之交臂，夫复何言！普希金到来的日子，上距巴赫奇萨拉伊汗宫的沦亡近四十年，此间已被折腾得不成样子了。御苑荒芜，喷泉废弃，诗人触目伤怀，匆匆而去，就这样忽略了偏于一隅的泪泉。假如那日的普希金神清气爽，假如普希金曾在泪泉前细细端详……

离开泪泉，由第三道门向里走，便是后宫了。我们看到一座狭长的两层小楼，看到那别具特色的凉阁，一代代可汗的妃子们都会在这里嬉戏乘凉吧。宫室内真真是无甚可观。这也是普希金曾看过的所在，毋怪其诗中写道："被忘记、被遗弃的后宫／已不见基列伊的踪影／后宫中苦命的妃子／受冷酷的阉夫监视／逐渐老去……"是啊，一旦春尽红颜老，花落人亡两不知。有谁能够青春常驻呢？可"老去"这最自然最普通的人生法则，出现在诗人笔下，便生出一种彻骨的悲凉和伤感。

历史上那些煊赫的王朝也大多如此，不是吗？"眼见他起高楼，眼见他宴宾客，眼见他楼塌了。"又有几个外来政权能在异族的土地上长治久安呢？

有多少开国的英主，就有多少亡国之君。这是封建王朝的铁律。克里米亚汗国第一代可汗哈吉·格来，是拔都汗之弟秃花的后代，1430年定都于巴赫奇萨拉伊，又被称为"格来王朝"。而格来王朝的末代皇帝、由俄国人扶植上台的巴赫奇萨拉伊宫最后一位统治者沙希因·格来，亡国后仍不免被主子赶走，在罗德岛被砍头。他的死固然可耻可悲，却也标志着欧洲最后一个蒙古汗国的灭亡。二十世纪中期，二十余万鞑靼人在二战期间以通敌的罪名被集体流放，漂泊散布于西伯利亚和乌兹别克诸地，苦状一

汉白玉雕成的纪念碑（泪泉）与普希金塑像

言难尽。然泪泉幸存了下来。她也许是风云三百五十余年的克里米亚汗国在历史上的无意一笔，却因为爱而长存，至于永恒。

2005年夏月

于方庄小舍

普希金的1826

1826年，是十二月党人英勇起义的第二个年头，也是反对沙皇独裁统治的武装暴动旋起旋灭，溅血伏尸，大逮捕接着大审判的暗黑岁月。五位领袖人物被绞死，一百多位参与者流放西伯利亚。反叛者多是贵族出身的青年近卫军军官，其中有一些与普希金交往密切，常以他的诗鼓舞士气。揭发普希金的密报雪片般飞来，而当年9月，新皇尼古拉一世却在莫斯科加冕期间召见了年轻的诗人，随即解除了对他的禁锢。

一　流放外省的诗人

十二月党人起义是一次意图推翻沙皇独裁统治，废除农奴制和创建共和的军事政变，由一批向往自由民主的青年贵族军官策动领导，其中颇有普希金的朋友和在皇村的同学。1825年12月26

日上午，陆军莫斯科团数百官兵率先开进彼得堡枢密院广场，接着海军陆战队和榴弹兵团都有大批人先后赶来，约三千名沙俄近卫军排列成战斗方阵，高呼"宪政万岁"等口号。他们多次击退冲过来的沙俄骑兵，直到夜晚才被大炮轰散，数百人尸横广场和冰封的涅瓦河上。此时普希金远在二百八十俄里外的米哈伊洛夫斯克村，那是他母亲的领地，父母姐弟皆在焉，可诗人过得并不快活。

如果说真有天纵诗才，那我们的李白、俄国的普希金应当仁不让，而后者晚出千余年，更具有自由和宪法精神。十八岁时，刚入职的外交部小文官普希金已颇有诗名，思想上可谓激进，初生牛犊不怕虎，在一次沙龙上即兴吟成著名的《自由颂》：

> 来吧，揪下我头上的桂冠，
> 把这娇柔无力的竖琴砸烂
> ……
> 我要向世人歌唱自由，
> 我要抨击宝座的罪愆。

诗人百无禁忌，写了断头台上的法王路易十六，"在不久前的喧闹的风暴里／你帝王的头为祖先而牺牲"；写了俄皇保罗一世的被弑，"在黝黑的夜里，两扇大门／已被收买的叛逆的手打开"；更对拿破仑抛去谴责和诅咒，"你这独断专行的恶魔／我憎恨你和你的宝座／我带着残忍的喜悦看见／你的死亡和你儿女的覆没"。而贯穿全篇的，是对专制权力的强烈痛恨，呼唤"强大的法律与神圣的自由牢结在一起",呼唤"劈向沙皇的雷霆"。青春期的诗人只管说得痛快,全不识君权才是飙风雷霆,若是在大清,决然可定为逆诗,死罪难逃了。

单是这首诗的名字就足够敏感,普希金应是故意以此为题。在此的三十多年前,俄国启蒙主义学者拉吉舍夫写作了长诗《自由颂》,后来收入《从彼得堡到莫斯科旅行记》,直指沙皇为双手沾满鲜血的头号罪犯,将农民剥夺得只剩下空气。叶卡捷琳娜大帝恨得咬牙切齿,将其放逐到西伯利亚。普希金本也是要被押往西伯利亚的,很多人为之求情,一直求到皇太后那里。自知闯祸的诗人也吓得屁滚尿流,检讨、乞怜加保证,亚历山大一世总算开恩,下令将他遣往南俄英佐夫将军属下做一名编外文员。

这实质上就是流放,长达四年多。所幸普希金常能遇难呈祥:英佐夫总督颇有长者之风,宽厚宽松,在向彼得堡的例行报告中尽量美言,甚至为他争取到一份微薄薪资;而在基辅遇上的拉耶夫斯基将军一家,更是给以诸多照顾,带上他游历高加索和克里米亚,以此催生了《高加索的俘虏》《巴赫奇萨拉伊泪泉》等一批长诗。普希金享受了不少愉悦时光,但在更多的日子里,仍痛感生活中无处不在的匮乏,缺少朋友,缺少钱,也缺少衣服……他那些为人讥嘲的伤风败俗之举(如出席宴集时穿一件质地稀疏的宽大长裤,且无内裤),或与那如影随形的匮乏艰窘相关。但他从不缺少追逐女性的热情,不缺少女友和情人,年龄不限,胖瘦咸宜,身份也无所谓,先拿下恩公的娇妻,又挂刺上新总督的夫人,导致被开除公职,押解至父母居住的米哈伊洛夫斯克村监管。

那也是十二月党人密谋政变的时期。正因为其性情轻率和作风不检点，秘密组织不光不接纳普希金，还特地向南方协会发出警告，要求与他接触时严守机密。这真是一种无解的悖谬。普希金书写了许多激情澎湃的诗行，谴责暴君和恶政，倡导自由与法治，在很大程度上鼓舞了酝酿变革的十二月党人，却不属于革命者行列。他有不少朋友在地下团体中，知道有反叛组织的存在并渴望参加，但不被接受。1820年11月，普希金在乌克兰的卡门卡庄园做客，"热烈地论证着一个秘密社团可能会给俄罗斯带来的种种好处"，座上有不少十二月党人，其中雅库什金问他："如果现在一个秘密团体已经存在了，你肯定不会加入，对不对？"普希金说："正相反，我一定会加入的。"雅库什金向他伸出手，普希金立刻就要去握，未成想那哥们呵呵一笑，说是逗着玩儿。比尼恩《为荣誉而生》写了普希金的窘急羞怒：

> 在此之前，他确信无疑地认定，一个秘密社团已经存在了，或者马上就会出现，而他将是其中的一员。当普希金意识到这结局只不过是个笑话的时候，便站起身来，脸涨得通红，眼泪汪汪地说："我从来没像现在这么不高兴过——我已经看到自己的生命得到了升华，一个崇高的目标已在我面前降临，没想到这一切竟只是个恶毒的玩笑。"

即便普希金如此真诚，对方也没有接受他。作者记录了这次恶作剧，也表示完全理解，认为普希金是"一个精神癫狂、办事草率、行为放纵、生活不检点的年轻浪荡子"，"很难想象一个严肃的以推翻绝对君权为己任的秘密团体的成员会希望征召一个像普希金这样的人一起共事"。应该没有人担心他会变节出卖，所担心的是他那个大嘴巴，从来不懂得啥叫保密。

普希金在米哈伊洛夫斯克村待了整整两年。这是亚历山大一世细细斟酌后的决定，也是一项煞费苦心的保护性措施。沙皇批准将普希金从外务部开除，又不愿他破罐子破摔，再写出大逆不道的作品，导致不得不处以极刑，便想出这么一个"在家流放"的招数。游子还乡，受到父母姐弟与奴仆们的欢迎，可老普希金很快将长子视为寇仇，视为家族的耻辱和灾星，不仅努力配合当局的监控，还动不动向他大发雷霆。父子间的冲突越来越激烈，普希金甚至背上"企图向父亲动手"的恶名，曾离家出走，到后来竟是父亲受不了而离开。另一方面，毕竟是回到了家中，不再如漂泊南俄时缺吃少穿，不用再寄人篱下，有一个真心呵护他的老奶娘，普希金进入创作的丰收季节。他写了一批新诗，如长篇讽刺诗《鲁林伯爵》，完成了在南俄开始写的长诗《茨冈》，尤其是基本补足了伟大的《叶甫盖尼·奥涅金》。遣返回乡之时，普斯科夫省总督要求普希金签署一份保证书，承诺老老实实呆在父母的庄园里，"行为端正，不写有失得当的诗歌，不发表错误观点"。他在政治上还算守规矩，尼古拉一世即位后曾命密探前来调查，也没挑出什么茬儿；而他的日常行为依然乱七八糟，朋友来了有好酒，喝得醉醺醺便要谈论和追逐女性，风流韵事一件接着一件。好在俄廷自身秽乱,也不太计较臣下的生活作风问题,听到大约是嘻嘻一笑而已。

二 不在现场的参与者

普希金本来极有可能出现在枢密院广场的造反人群中,却鬼使神差地躲过一劫。

得悉亚历山大一世猝死的消息,普希金觉得结束流放的时机来了,急不可耐地想去彼得堡。他借用邻村一位农民的名字(与他的相貌近似),伪造了一份"通行证",打算潜入首都,后因避免给别人惹事而作罢。他仇恨禁锢自己的亚历山大,但对其二弟康士坦丁印象颇佳,认为爱美人不爱江山的康士坦丁会做出赦免,频频写信给好朋友催促推动此事。久等而无任何信息,普希金焦躁不安,决定亲身去彼得堡看看。可就在向邻村友人辞行时,来回途中都遇到野兔在面前穿过,第二只还做出抵耳伸腿的僵死状。他素来有几分迷信,回村又见拟陪侍前往的仆人病倒,更生疑惑。更换仆人后乘车出发,白雪皑皑的路上,迎面来了一位通身黑袍的神甫,普希金顿觉崩溃,即命车夫调头回家。冥冥之中果有神灵护佑?否则诗人会在事变前一天抵达,依照他的个性,次日在枢密院广场应有一番活跃表现,那可就凶多吉少了。

彼得堡的十二月党人起义被镇压后,南方协会不甘失败,在普希金流放时曾到过的基辅附近,又爆发了车尔尼哥夫团的起义,也因孤立无援被镇压。全国性的抓捕和审判遂即展开。昔日的青年贵族军官一个个被抓获，贵族身份与军阶被剥夺，当众遭到羞辱，然后是冰冷地牢和一轮一轮的审讯。曾经燃烧的激情多被雨打风吹去，推脱和转嫁罪责成为懦弱者的救命稻草。不少人在认罪书上提到普希金，为了自证还当庭背诵他的诗，表示是受了那些提倡自由思想的诗句的蛊惑。特罗亚《普希金传》征引了部分供词：

> 彼得·别斯土舍夫对调查人员说："我是在朗诵了几首手抄诗之后，开始产生了自由思想。如《自由颂》《乡村》《我的阿波罗》，还有几首讽刺诗，就是曾叫著名诗人普希金吃过苦头的那几首。"
>
> 迪沃夫在供词中说："我的自由思想是从某些作品中得来的，特别是普希金和雷列耶夫的颠覆诗。"
>
> 别斯土舍夫·留明则说："我听见到处都有人朗诵普希金的诗，我逐渐对自由思想也产生了爱慕之情。"
>
> 斯坦吉尔伯爵在地堡中写道："在有文化的青年人当中，谁没有读过，又有谁不赞赏普希金的自由诗歌呢？"

这些供词当然有推诿的成分，但基本真实。另一种真实则是：十二月党人尽管不接纳普希金加入组织，却把他的诗当作自由的号角；政变之前与暴动现场，普希金那些呼唤自由的嘹亮诗歌，一直在激励着反抗暴政的志士。

尼古拉一世在审讯中亲自登场，逐一讯问那些个要犯。他深知政变者对自己的特殊憎恨，感觉到政变成功将难逃一死，仍希望问出个究竟，即是谁领导了这个阴谋集团，想以何种方式对待皇室。这是一个严厉冷酷的帝王，也是一个有着骑士情怀的军人，即便在审讯时也不乏单纯和真诚（并不像某些书中所说的，只是装假和表演）。面对在广场悍然击伤彼得堡总督的卡霍夫斯基，说到俄国现状与未来命运，沙皇竟然痛哭失声；雷列耶夫家庭经济困难，他慷慨应允赐给两千卢布，使这位诗人革命家感动之下，原原本本做了交代（当年普希金与之有数通书信，应也在坦白材料中）；沙皇表示要亲自给奥波连斯基的父亲写信抚慰，赢得了这个硬汉的臣服……更多的，则是主动的认罪与哀诉乞怜。如起义总指挥近卫军上校特鲁贝茨科伊，紧急关头临阵脱逃，被捕后"跪倒在地，吻沙皇的手，请他饶恕自己的罪过"。我不忍卒读，亦不忍加以指责。未曾经历过炼狱的人，未曾经受专制制度的幽禁、拷打与熬审的人，无法体会做阶下囚的滋味，不解汉开国功臣周勃感慨"狱吏之贵"的悲苦内涵。

但自古都有勇于为信仰献身的铮铮铁汉，为数不多，才显得难能可贵。尼古拉一世许诺可赦免别斯土舍夫·留明，条件是今后效忠皇室，留明指出政变的原因正是沙皇的独裁，拒绝了活命的机会。普希金的好友普欣和雅库什金也都立场坚定，不为赦免的诱惑所动。判决下来了，俄廷在这方面颇与大清相像，最高刑事法庭拟定特等罪五人为分尸刑，一等罪三十一人为绞刑，以下二等至十一等为流刑，尼古拉一世皇恩浩荡，改特等罪为绞刑，一等罪之下皆流放。

从一个恰好到彼得堡办事的家仆口中,普希金很快得悉起义失败的消息,先是牵肠挂肚,接下来惊恐不安,欲逃还留,烧掉了珍贵的自传手稿,烧掉了流放南俄时的日记和书信。但闻知雷列耶夫等人被绞死,他还是控制不住自己的感情,就在写作《叶甫盖尼·奥涅金》的诗页上端,用钢笔勾画了一个黑色的绞刑架,五道绳索,系在五个人的颈上,上方有两句诗:

本来我也可能

像个小丑似的挂在……

这应是普希金最真切的感受,略带侥幸,更多的却是为朋友悲伤。他在这页纸上一遍一遍地为逝者画像,全不顾已有的诗行,并于底部再画城堡与绞架,依旧是五个黑色小人。他们是"小丑"么?不,恰是普希金心中的英雄。而不管怎样的英杰,一旦挂上绞架,都会被多数观者视为小丑。

有些人巴不得将普希金也吊上绞架,至少是逮捕流放,其中有职业侦探,有文学同行中的告密者,也有他的昔日朋友。一个密探在报告中表示:普希金的思想尽人皆知,若说他没有卷入阴谋之中,简直令人难以相信。二流诗人兼剧作家维斯科瓦托夫向特别审讯委员会举报,说普希金在亚历山大一世驾崩、举国悲悼之际,居然写下"暴君终于收场,而他的家人肯定也活不长"。在南俄时结识的朋友普希钦少将本身为南方社团的一员,退役后所居离米哈伊洛夫斯克村不远,蒙沙皇开恩赦免后急于报效,向第三厅报称普希金写了一些"蛊惑农奴起来造反的反动歌谣"。博什雅克,一个能写小说的功勋级卧底,曾深得叛乱者信任的密探,奉命带着逮捕令和一名宪兵前往调查。他假装成植物学家,潜入普希金的家乡,向方方面面的人,包括告密者普希钦的家人了解情况,没有得到任何真凭实据。是家乡人有意保护诗人吗?应该说有这方面的因素,但更主要的,还是他并没有煽动过农奴造反。

一波未平,一波复起。对政变领导者宣判和屠杀几日后,一首题名《十二月十四日》的诗在莫斯科流传,这一天是俄历的北方十二月党人起义日,作者署为普希金,诗中写道:

> 我们推翻了国王,
> 但却推举凶手成为皇上,
> 让刽子手们称霸称王,
> 这是多大的耻辱,何等的荒唐!

该诗很快摆上秘密警察头子本肯多夫与尼古拉一世案头,可以想象他们的震怒。本肯多夫立刻下令追查,对所有传抄者严加审讯,很快抓住了两个年轻军官,一番严刑拷打,两人坚持供认出自普希金之手。

枢密院广场的烈士血痕很快被冲刷净尽,整个帝国开始筹备新皇的盛大加冕仪式。沙俄实行两都制,加冕典礼照例在莫斯科举行。百忙之中,尼古拉一世并没有忘记普希金这档子事,下令派一名侍卫官前往普斯科夫,把普希金带到莫斯科来。

三　从实话实说到感恩戴德

接到沙皇旨意，普斯科夫总督派一名宪兵军官，火速赶往米哈伊洛夫斯克村。那是1826年9月3日夜晚，懒洋洋坐在壁炉边的普希金听说宪兵来敲门，立刻跳起身，抓起桌上的一沓诗稿，投入炉膛内。老奶妈阿丽娜开始放声大哭，普希金故作镇静，穿上燕尾服，还想带上手枪，却被讥讽不必了，逼他即刻上路。他感觉大事不妙，传说很久的惩处来了，审讯与流放正等着自己。他颇有几分恐慌，同时也感到踏实，该来的毕竟要来，能到西伯利亚与十二月党人在一起，"为了同一事业去忍受同样的苦难"，不也是良知之所在，是对信仰、对朋友的一个交代吗？

普希金先是被带到普斯科夫城，见到总督大人，也读了总参谋长迪比奇元帅记录的沙皇口谕："陛下召普希金前来此地，派一名军事情报员陪伴他同行。普希金可以坐着自己的马车自行选择行进路线，由军事情报员负责监护，但不是作为罪犯。普希金须即刻前来见朕。将这个意思转达普斯科夫省总督。"他心神稍定，写信让友人放心，然后就乘车出发。此地距莫斯科约七百俄里，通常需要五天，而他们只用了四天。普希金在抵达后希望到旅邸换洗一番，告以不必，就这样风尘仆仆地直接被带入克里姆林宫，也有说带到沙皇临时居住的丘多夫修道院。

沙皇在书房接见了普希金。这也属于一次历史性会见，一位专制君王与一位自由诗人的会见。尼古拉一世被誉为"全欧洲最英俊的男子"，"身高六英尺多，头总是高高昂起，有着略微的鹰钩鼻子，小胡子下是紧实、线条完美的双唇和方下巴。一张令人难忘的威严脸庞，高贵有余而温柔不足……有些像阿波罗，也有些像丘比特"；而普希金则"身材矮小，肤色黝黑，貌似猿猴"，加上长期流放与这一次的旅途劳顿，精神萎靡，与神采奕奕的沙皇形成巨大反差。普希金笔下几乎没有对这次召见的记述，只在一封信中说了句"皇帝以最和蔼的方式接见了我"。而尼古拉一世几年后忆及此事，是这样叙述的："当他从流放中被带到莫斯科来见我，他看起来是非常病态的，身上带有毒疮（来自一种声名狼藉的病）。"所说毒疮暗指梅毒。据说尼古拉也得过这种病，以故一见就可以判定。

沙皇的召见原拟半小时，而两人交谈了一个多小时，涉及诸多方面，最关键的还是普希金作品中的反政府色彩，以及他与十二月党人的关系。尼古拉一世只记下自认为重要的内容，如下面的问答：

"如果你12月14日在彼得堡的话，你将会做什么？"其中我问了这样一个问题。"我将会在造反派的行列中。"他回答道。当我又问他的思考方式是否有所改变、是否能够保证今后改变行为，如果我将他释放的时候，他犹豫了很长一段时间。在长久的沉寂之后，他向我伸出了手，发誓会有所改变。

所有的回忆录都难免遗漏和添枝加叶，但尼古拉这段叙述显得比较靠谱，以故征引也多。骑士精神是普希金的性格特征之一，也深为尼古拉所追慕，竟有些喜欢上这个捣乱分子。会见结束后,沙皇亲自将诗人带到接待室,兴奋地对着一众大臣说:"先生们,这是我的普希金!"在当晚的一个舞会上,尼古拉再次说起与普希金的长谈,称之为"俄国最聪明的人",定性殊不准确,可谁都听得出那份欣赏之情。

特罗亚的《普希金传》为克里姆林宫的召见编排了一大段对话,多出于悬拟,但有一个情节很有意思:尼古拉从御案上的纸堆中翻出《十二月十四日》,要他解释,普希金反而舒了一口气,告知是几年前所写《安德烈·谢尼埃》的片段,指的是法国革命中的恐怖分子,并讲述因审查未通过的遭遇。尼古拉也跟着舒了口气,最大的疑点祛除,他欣赏诗人的实话实说,脸上露出满意的笑容。

在封建皇权的专制体制下,实话实说是很难做到的。有道是忠言逆耳,实话比忠言往往还要逆耳。多数人知道实话实说的代价,作为天才诗人的普希金亦然。个人品德要求他即便在沙皇面前也要直言无隐,而他的确也做了最坏的准备,一个诗人所能有的选择——兜里装着一首新写成的小诗《先知》:

俄罗斯的先知,挺起了腰,
在可恶的刽子手面前,
穿上耻辱的祭袍,
脖子上系根绳套。

在赴莫斯科的驿路上,普希金必然会一遍遍猜测未来命运:

再次流放南俄？或者是发配西伯利亚？如果真是那样，他就礼貌而冷漠地拿出这首诗，递给沙皇，然后鞠躬离开。哈，年轻的诗人热衷于在长诗中呈现戏剧性场景，也为自个儿预设了精彩一幕。

由于多年来遭受的严厉管制或冷嘲热讽，对于尼古拉一世的宽容与善意，对其表达出的信任和期待，尤其是那种发自内心的欣赏，普希金完全出乎预料之外。他心地单纯，易被激怒也易被感动，离开克里姆林宫之际已是热泪盈眶。他对尼古拉一世充满尊崇感激之情，在莫斯科的各种场合都如此表达。就连主管第三厅的秘密警察头子本肯多夫也没有得到负面情报，在当年末上奏："从政治上看，诗人普希金还是很好地恪守了自己的本分。"其助手福克在汇报中写道："他衷心爱戴君主，甚至说他的生命也全亏了君主，因为被流放与终身监禁已经让他对生活极其厌烦，想自杀。"福克举例说，在一个参与者必须说真话的文学宴会上，普希金真挚地讲："我应该被叫作尼古拉耶夫或者尼古拉耶维奇。因为如果没有他，我现在已经不在人世了。他给了我生命，还有比这更多的，那就是他给了我文学，沙皇万岁！"这是故作姿态或逢场作戏么？至少不完全是，其中有一种真实的感恩戴德。

四　颂诗与真诗

就在被尼古拉一世召见的当晚，普希金扩充改写了那首《先知》，原来的叛逆与高傲大多一扫而光，代之以无尽的崇敬和驯顺，兹略引几句：

> 我的心灵,饥渴难耐,
> 独自在阴暗的荒漠里徘徊。
> 突然一位六翼天使,
> 顺路边向我走来。
> 他的手指轻似浮云,
> 轻轻搔动我的情怀……

"先知"一词来自《圣经》,指可以预测未来的神人,普希金常以此自况,甚至以"预言了亚历山大一世的死"沾沾自喜。原打算交给尼古拉的小诗,展示的是一份决绝和抗争,是不惧牺牲的执拗,而今则把沙皇喻作六翼天使,赞美他从嘴巴到心脏重塑了自己,赐予一次新生。于是,在重获自由的意外与无边喜悦中,一首逆鳞之诗,被翻写成颂歌和忏悔诗。

普希金还专门创作了一首《斯坦司》,将尼古拉一世喻作创造辉煌的彼得大帝,并特别提到"彼得的光荣岁月的开始/被叛乱和酷刑搅得暗淡无光","他用独断专行的手/勇敢地散播着文明",直接为尼古拉镇压十二月党人起义开脱,也为独裁统治张目,引起不少友人的失望和不满。但在最后一小节,他在盛赞彼得大帝"永远充当皇位上的劳工"之后,曲终奏雅,点明写作主旨:

> 请以宗室的近似而自豪吧,
> 请在各方面都像祖先那样:

> 像他那样勤奋而又坚定,
> 也像他,能给人以善良的印象。

通常认为诗人是在劝谏,希望尼古拉能赦免流放中的十二月党人。但沙皇会听他的吗?会喜欢倾听他的呼吁吗?普希金开篇所称"殷切期待着光荣和仁慈",与最末一句"能给人以善良的印象",皆内蕴着一些潜台词,尼古拉岂能读不出来!

最高统治者的召见与夸赞,从来都意味着海啸般的轰动效应。普希金很快成为莫斯科社交圈的明星,无数的沙龙、宴集向他招手,许多贵族女性开始关注他的举手投足,一些重要的报纸期刊纷纷约稿……其中有沙皇的称扬之力,最主要的还是诗歌的魅力。他的《奥涅金》,他的《高加索的俘虏》,其新创作的诗剧《鲍里斯·戈都诺夫》,都激起人们的由衷赞美;而他在一些小圈子亲自登台吟诵,吟诵时的沉浸与狂放,也令在现场者如痴如醉。《夫人报》的消息这样说:"几乎莫斯科的所有夫人都认识《奥涅金》的作者,她们津津有味地阅读这位大诗人的新作。"

普希金沉醉于众星捧月的氛围中,在遭受围猎时乘机猎艳,却也未曾忘记远方的流放者。在起义失败后,尼古拉专门颁布一项法令,准许政治流放犯的妻子提出离婚(沙俄法律规定贵族女子不得离婚),以在精神上摧垮那些反叛者,未想到绝多案犯之妻不光不感谢皇帝的恩典,还联名上书请求去西伯利亚。俄廷随即宣布,凡是甘愿去追随丈夫的,一律褫夺贵族身份,不许子女随行,并且不得再回首都,结果签名者反而更多了。接近当年岁尾，在莫斯科名媛沃尔康斯卡娅府上，普希金见到好友拉耶夫斯基的妹妹玛丽娅——流放南俄时曾与她一家漫游高加索等地，留下美好记忆。玛丽娅在1826年嫁给此间女主人的哥哥、近卫军上校谢尔盖·沃尔康斯基，丈夫因参与叛乱活动被流放，而她将新生儿托付给家人，毅然奔赴冰封雪覆的远东。普希金受到巨大震动，忆起与她一起戏水散步，看当年的欢乐少女笼罩在忧郁之中，待听到她小声央告歌者"再来一个，再来一个，要知道我今后永远听不到音乐了"，泪水不禁夺眶而出。他向前握着玛丽娅的手，有些语无伦次，赞赏她的勇敢忠贞，表示将会去那里看望她，很想当场为之写一首诗，却是思绪纷纭，也可能是畏惧那无所不在的密探，无以成篇。

几天后，普希金又遇见赶往西伯利亚的穆拉维约娃，这是另一个著名的十二月党人妻子，年仅二十一岁，出身于显贵世家。她的丈夫尼基塔·穆拉维约夫为北方协会负责人之一，起草了《共和宪法》，武装起义时虽不在首都，仍被判处二十年流刑。穆拉维约夫从流放地写信给妻子，为隐瞒参与秘密组织之事致歉，穆拉维约娃当即回信——那封感动了无数人的信：

> 爱情中有天堂，也有地狱，别悲伤绝望，这是懦夫的表现。也别为我担忧，我能经受住一切。你责备自己把我变成了罪犯的妻子，而我却认为自己是女人中最幸福的……请等着我。你的泪水和微笑，我都有权分享一半。把我的一份给我吧，我是你的妻。

紧跟着玛丽娅的坚定步履，她也是割舍年迈双亲与幼小子女，也是急切地不顾严冬季节，冲风冒雪踏上漫漫旅程。

不知道普希金是否与她的家族熟稔，穆拉维约娃路经莫斯科时，两人有过秘密的晤面，并交给她两首新写成的诗。一首致皇村同学普欣，满含真挚情谊，"但愿它以母校的明丽光景/照亮你那幽暗的监狱"；另一首据说是带给玛丽娅的，实则应是向所有政治流放犯，以及那些忠诚圣洁的妻子致敬——

> 在西伯利亚矿山的深处，
> 保持住你们高傲的耐心，
> 你们的思想的崇高的意图
> 和痛苦的劳役不会消泯。
>
> 不幸的忠贞的姐妹——希望，
> 在昏暗潮湿的矿坑下面，
> 会唤醒你们的刚毅和欢颜，
> 一定会来到的，那渴盼的时光。
>
> 爱情和友谊一定会穿过
> 阴暗的闸门找到你们，
> 就像我的自由的声音
> 来到你们服苦役的黑窝。

> 沉重的枷锁定会被打断，
> 监牢会崩塌——在监狱入口处，
> 自由会欢快地和你们握手，
> 弟兄们将交给你们刀剑。

真应为诗人庆幸，也为穆拉维约娃庆幸！他与她都是密探和宪兵死死盯住的敏感人物，却能成功地避开监视，不显山不露水地转交了这首反诗。我们不知道，穆拉维约娃如何走过她的万里长征？所知道的是，这首诗被一个纤弱女子随身密藏，经过重重关卡，终于带到尼布楚的矿山，给苦难中的十二月党人以巨大精神抚慰。政治流放者中也不乏诗人，奥陀耶夫斯基很快回赠一首，其中"星星之火必将燃成熊熊的烈焰"，后来被列宁作为发动革命的口号，并将所办报纸题名为《火星报》。

生活中的普希金，从来都是多棱面的，而在1826年尤其如此。如果说那不多的颂圣之章中也有些诚意，则诗人歌吟时添加了过多的佐料——意外惊喜，感激涕零，虚荣，对威权的仰慕，以及潜藏内心的深深恐惧等。这首《致西伯利亚的囚徒》，则是普希金自然呼出的诗行，闪耀着他的至性真情，闪耀着精神与良知之光，这才称得上"俄罗斯的太阳"，才是我们永恒的普希金。

2018年夏月
于京华北山在望小馆

胡马雍寝宫前的祔葬棺

当莫卧儿帝国一代母后泰姬突然间撒手尘寰,当自号"世界的统治者"的沙杰汗再也唤不回爱侣的芳魂,一个精美绝伦的墓园便在亚穆纳河畔开始兴建,它的最后完成用了二十二年。大莫卧儿第五代皇帝沙杰汗是一个情种么?这样设问大约会失之于简单。然其在东征西讨中始终关注着泰姬陵的营建,既是追求尽善尽美的总设计师,又是严苛的工程总监。而其心中的寝宫蓝本,是曾祖父胡马雍的皇陵。

泰姬陵是瑰丽的,是初去印度者必看的。若能在感叹赞美之余再去胡马雍陵,你就会将这一文化史、建筑史上的奇葩归于其时代:莫卧儿人血与剑的入侵,印度次大陆又一个异族王朝的草创、确立、鼎盛和衰微;你就会发现两者之间不光有形式的继承和发展,还有许多粘结在一起的故事。

泰姬陵的兴建,在于三十九岁的泰姬死于难产,带给沙杰汗无尽的痛惜；而胡马雍皇帝的死更为猝然，遗孀哈米达为丈夫兴建了帝陵。这是又一曲帝后主题的爱情绝唱，而寻觅叩问之际，无意中撞入笔者视野的，却是散布于寝宫高台上的衬葬棺。为什么会有这些与整体建筑极不协调的棺椁？而那大小不一、饱经风雨剥蚀的石棺，盛殓的是些什么人？内藏着多少大莫卧儿帝国的秘辛？

一 "流浪的冒险家"胡马雍

胡马雍，沙杰汗的曾祖，莫卧儿帝国第二代皇帝。据说其名字寓意为"幸运"，当是寄托着乃父"老虎巴卑尔"对儿子的希望和慈爱。未成想杀戮一生的巴卑尔在开国不久便英年早逝，国基未稳，国运多舛，胡马雍苦苦支撑，十年间浴血百战，无奈也只有亡命而去。辛哈、班纳吉《印度通史》第二册第十六章：

> 他从最近还由他统治的每一个地方被驱逐出去，深恐自己可能落到他弟弟的手里，他决定放弃他父亲的帝国出奔，把自己的命运委之于一个陌生人的可疑而未经尝试过的慷慨去了。

一段话生动地写出胡马雍的狼狈情状和生存绝境。一共活了四十八岁的胡马雍，竟有十五年在逃亡或寄人篱下中度过，逃往印度河下游的信德，逃往东部的腊其普德，逃往西北大沙漠……

万般无奈，最后逃到了波斯。

胡马雍英才卓异，十八岁即为军中副帅，随巴卑尔从喀布尔一路杀入印度，在班尼帕特的血战中独当一面，并乘胜拿下阿格拉。1530年，积劳成疾的巴卑尔一病不起，二十三岁的胡马雍继位为莫卧儿皇帝。次大陆上的烽烟远没有消散，巴卑尔也知帝国基业未稳，临终前殷殷叮嘱：

我去了，儿子，我要你好好照看你的三个弟弟。

巴卑尔深知创业之艰危，其遗嘱不仅出自一个父亲的爱心，也出自数十年马上杀伐的生存体验。胡马雍谨遵父训，对三个弟弟慷慨赐予权力和土地，令他们篡位或自立的野心在暗地里疯长。帝国的军队在对外交战时溃散，皇后和女眷皆被掳去，而危难之际，各拥雄兵的弟弟则千呼万唤不过来，尤其是那位担任喀布尔总督的二弟卡姆兰，竟至于刀兵相加，险些要了胡马雍的命。

流亡的帝王都有一部心酸史，生性豁达乐观的胡马雍却不尽然。忠于他的将领一个个战死，随行的队伍一天天缩小，最后仅剩数十人，他仍能苦中求乐：又娶了妻子，生了儿子（即阿克巴大帝，印度历史上最伟大的帝王之一），他在波斯研究音乐和绘画，还结交了不少艺术家朋友。如此过了十余年，一旦风云际会，胡马雍又率军杀回印度，再登帝位。这时的他是极其幸运的，恢复河山，重建帝国，还在流亡生涯中涵养浸润，修成了半个艺术家之体。然天有不测风云，七个月后的一天晚上，月明星稀，德里老堡皇宫图书馆的顶台上凉风习习，胡马雍结束了与星相家的玄谈，起身往皇家清真寺做祈祷，不料在楼梯上一脚踏空，竟尔就此撒手尘寰。

二 一个清单和一串秘密

莫卧儿，即波斯语"蒙古"；大莫卧儿帝国，亦即"大蒙古帝国"。胡马雍辞世的1556年，乃明朝嘉靖三十五年，被逐至漠北的成吉思汗后裔不断内扰，成为明帝国的心腹大患。而远在南亚次大陆，一支蒙古-突厥军队也同样是四出攻掠，以图再建庞大的帝国。胡马雍的非正常死亡，又一次给莫卧儿蒙上阴影：长子阿克巴才十三岁，且在旁遮普任名义上的总督，帝国的统治极不稳固。阿克巴入继大统后，实际掌权的是其保护人培拉姆汗，开始了四年的"摄政时期"。年轻的皇后一夜之间成了皇太后，她要维护皇统，要保护儿子，要睁大眼睛提防朝廷政变和后宫阴谋……这一切都使她难以立即为亡夫修造陵寝。

九年过去了，阿富汗人争夺德里王权的斗争彻底失败，专横的摄政大臣被驱逐，阿克巴养母等一干外戚的乱政被清除，少年皇帝成长为一代英主，哈米达太后也开始营建胡马雍陵，这也是一个凝结着爱与思念、体现着皇家气派与财富的建筑群。整个陵园肃穆雅洁，进入正门，一条宽阔平展的神路通向宏伟的寝宫，神路中间的笔直水道和方形水坛显得澄澈明净。主寝宫以红砂石和白色大理石建成，寝顶平台上的圆形小穹顶饰有蓝色琉璃瓦，而正中白色大穹顶上的黄铜顶尖竟高达六米。寝宫坐落于高大宽敞的红砂石台基之上，令人肃然而生敬畏之心。本文开篇时所说的祔葬棺，就散布在寝宫正面右侧的台基上。故此一登上高台，就能看到这些参差错落的石棺，与宏丽庄严的寝宫很不协调。

"这是些什么人？"

"他们的墓棺为什么要在这里？"

"莫卧儿其他帝王的陵寝有这种情况吗？"

……

我发出一连串疑问，陪同的印度朋友语焉不详，只好又找来陵园管理人员，终于基本弄清墓主的大致身份，请看这份清单：

紧挨着寝宫右前墙的一排五棺，是胡马雍陵的五位主要的建筑设计师；

由此向前（即向东），最靠外同一底座上并排两棺，是胡马雍的两个孙子；

再向南，成品字形三个各自独立的白色大理石棺，是沙杰汗的三个儿子；

与三棺相近略北的两个白色小棺，是莫卧儿末代皇帝巴哈杜尔沙的两个儿子。

得到这份清单也算不易，却更使我疑窦丛生，频频发问，让接待者难以应付。所谓"还历史的本来面目"，本来就是一个高难度命题，那么多的烟云模糊处，都会成为历史学家毕其一生的难解之谜。胡马雍陵也不例外，谁又能担保这份清单会准确无误呢？陵园的说明文字中有这样一段：

悲伤的哈米达·芭奴·贝菇姆皇后为她的亡夫胡马雍皇帝修建了这座陵墓。作为泰姬陵造型的先驱，胡马雍陵的寝宫高47米，占地12000平方米，是最早受到波斯风格影响的印度建筑。胡马雍陵区内分布着100多座墓穴，因此又被称为"莫卧儿王朝的寝宫"……

胡马雍辞世时至少还有两个妻子：长妻哈吉·贝茹姆和哈米达·芭奴·贝茹姆，是谁主持修建了这座花园式陵寝？此处说是哈米达，其他书中则有的说是哈吉，也是难以究根问底了。一件功绩难确定主持人，而一桩罪案也难觅真凶：解说者指着那齐密密排列于寝宫墙下的五棺，说是胡马雍之妻不愿后世再有如此轩朗宏丽的帝陵，令杀建筑师以殉。对亡夫爱之深挚，视他人生命则如同草芥，有情与无情、忠贞与冷酷同出于一体，真让人难以置信！

胡马雍仅有一子，即阿克巴大帝。阿克巴有三个儿子，长子查罕杰继位，次子穆拉德和三子丹尼雅尔都先于乃父而死。这便是胡马雍陵高基上的连座二棺，却不知是谁、在何时将他们葬在爷爷的寝宫前？

三　奥朗则布的反叛与谋杀

泰姬十九岁嫁与沙杰汗，先后生育了十四个子女，存活下来的有四男二女，这与其生活的不安定应有极大关系。辞世之日，这些孩子年龄尚小，泰姬最放心不下的就是他们。二十二年后泰姬陵最后竣工，所有的孩子也都长大成人。四个儿子应说都是豪杰：长子达拉是阿拉哈巴、旁遮普和谟尔坦的副王，亲领数万骑兵，被指定为皇位继承人；次子苏查已担任了十七年的孟加拉总督；三子奥朗则布是刚刚征服的德干地区四省的副王；最小的儿子穆拉德是古查拉特总督。莫卧儿帝国趋于空前稳定，沙杰汗大兴土木，陵工未完，又在德里新建皇宫和大清真寺，随后把朝廷迁往德里，传说是不愿意每天看到能引发无限伤感的泰姬陵。

1657年秋天，沙杰汗突然病倒。达拉迫不及待地行使权力，以皇帝的名义处理一切公务，并计划对各省进行改组。他的三个弟弟也马上联合起来反对达拉，各自引军杀向首都，口号则是要把父皇从达拉的挟持下解放出来。《印度通史》第十八章：

> 在帖木儿帝国的历史上，继任王位之争与其说是例外，还不如说是一种常规。可是这时开始的战争比以往的王位纠纷更见残酷，因为这些竞争者几乎是势均力敌的，"他们每个人都有一群拥立的人"。

权力的确是如此残酷。胡马雍的"兄弟在他生平最危险的时候都抛弃了他"，其在杀回印度时也毫不犹豫地弄瞎了二弟卡姆兰的眼睛；阿克巴只有一个异父的弟弟哈基姆，担任喀布尔总督，也曾经兴兵作乱，书称阿克巴"看他的兄弟就像鹰看蚊子一样"；查罕杰继位时两个弟弟已死，却因亲生儿子有争位之举，弄瞎了他的眼睛；而沙杰汗则是谋杀亲兄，违抗父命，让查罕杰伤透了心。

现在轮到沙杰汗渐渐老去，在暮年的衰病中伤感了。

两个月后，沙杰汗恢复了健康，可这个时候他的四个儿子已杀得天昏地暗，无法制止了。穆拉德首先在阿马达巴德称帝，紧接着是老二苏查在孟加拉称帝，搞得达拉穷于应付。而最有心计也最有实力的奥朗则布却是暗地里行动，紧锣密鼓地与朝中政要、军队大将勾结联络，挥军北上，直取阿格拉和京师。

那可真是一种血战，真可称骨肉相残啊！而且一战再战，不死不休。莫卧儿帝国最优秀的将领在内战中无谓地牺牲，帝国最精锐的部队受到重创，数万名士无辜死去。奥朗则布成为胜利者，并乘势进占德里，进驻皇宫。达拉亡命而去，试图重走先祖胡马雍的逃亡之路，到波斯去避难，却在途中被出卖，缚送京师。

据说达拉是一个爱读书、懂艺术、提倡宗教宽容的具有学者气质的王子，他心胸开阔，心地善良，极得父皇沙杰汗宠信，同时也深受百姓爱戴。这些与胡马雍有几分相像。1659年8月30日，对达拉极尽羞辱的游街示众在德里引发骚乱，奥朗则布下令处死达拉，并把这位亲哥哥葬在胡马雍寝宫前。此时，他的长子正率军在孟加拉追击苏查，而就在一年前的夏天，他将父皇幽囚在阿格拉堡，接着又在瓜略尔监禁了弟弟穆拉德。

奥朗则布诚一世之奸雄也！他在位的五十年（1658—1707）与清朝康熙帝约略同时，其心狠手辣却与雍正在伯仲间，甚至过之：1661年，穷途末路的苏查在阿拉干被杀；而曾与他联手进军的弟弟穆拉德，在这年底被钦命斩首；再过一年，达拉的长子、与小叔一同监禁在瓜略尔的苏莱曼被毒死；而奥朗则布自己的长子和女儿也因有异议和异动被投入监牢，囚禁至死……

所幸的是，所有这些，泰姬都看不到了。她不用为亲生儿子之间的厮拼心如刀绞，也不用像雍正之母那样在儿子面前以头触柱，碎首沥血。谁能说早死就是不幸呢？三十年前已死去的泰姬真是太幸运了，她静静地躺在奢华无伦的寝宫里，面容永远是那么秀丽娴雅，对子女永远充满着怜爱和期待，早死的泰姬真是幸运哦。

奥朗则布应也是爱母亲的，把一母同胞的三个兄弟葬在德里的胡马雍陵中，宁愿让其在高祖寝宫前餐风呓露，也不许他们进入生母的墓园。是怕他们的哭诉搅扰了母亲的清梦？还是怕泰姬万一醒转，看到这惨不忍睹的情状？

四 大莫卧儿皇族最后的血

奥朗则布是莫卧儿历代帝王中最冷酷的一位，对父亲、兄弟和儿女尚且如此，遑论其他！他的铁血统治最大地扩张了帝国的疆域；其暴政也使得本已缓和的民族宗教矛盾迅速激化，为莫卧儿帝国的崩溃埋下伏笔。1707年，年届九十的奥朗则布仍在德干地区镇压叛乱，他感到末日的临近，写信给自己的儿子：

现在我衰老极了。我赤裸裸来到这个世界，而在离开时却只带着自己的罪过！……我不知道真主将怎样处罚我，希望能得到真主的饶恕。可是我所做的令我战栗。啊，做的事情已经做了，追悔何及！再会了！再会了！再会了！

这时的奥朗则布会回首往事吗？会为曾经的囚父弑兄愧悔吗？答案当是肯定的。他在遗嘱中命三个儿子和平地瓜分帝国，那又怎么可能呢？奥朗则布一闭眼睛，新一轮的兄弟阋墙、同室操戈又告开始……

大莫卧儿的盛世就这样过去了。到处都有人揭竿而起，先后涌现出数百个大大小小的王国。波斯军队乘虚而入，势如破竹，蹂躏了德里和莫卧儿皇宫，饱掠而去。然后是阿富汗人来了，葡萄牙人来了，荷兰人和法国人来了，而最后是船坚炮利的英国人来了。一个衰微的王朝真可称"百事哀"啊！当年纵马杀过开伯尔山口的巴卑尔绝不会想到会有这么多的不肖子孙，有的昏庸无能，有的沉溺于酒色，有的乞怜于入侵者，甘当儿皇帝，"内战内行，外战外行"，在帝国日渐残破的舞台上走马灯般闪过。曾几何时，幅员辽阔的大莫卧儿只剩得近畿之地，而莫卧儿王室也混到要靠英国东印度公司发工资度日了。

1856年秋天，第二次鸦片战争在广州打响，而次年在印度的广阔土地上正在暗中酝酿着一次民族大起义。"荷花与薄饼"成了起事的信物，几千朵红色的荷花在印度士兵团队中传送，神秘兮兮的薄饼也迅速传遍几十万个村庄。约定的起义时间是1857年5月31日，莫卧儿王室悉知此事，只有英国人被蒙在鼓里。设在加尔各答的东印度公司正关注着侵华战争。那里无疑是英国侵华的一个主要基地，清朝内阁大学士、两广总督叶名琛被俘后便是被解往此地囚禁，后绝粒而死。

起义的第一枪提前在美拉特打响，两千名印度骑兵首先进入德里，为数不多的英军很快就被欢呼响应的军民杀死，参与兵变的陆军和炮兵也随即赶到，德里升起了大莫卧儿帝国的绿色皇旗。自此，德里成了万众瞩目的革命中心，而这面绿旗便成为民族独立的象征。起义的队伍一批批从各地赶来，开进莫卧儿皇宫，向末代皇帝巴哈杜尔沙致敬。史书称八十余岁高龄的老皇帝对士兵们说："我的财产都没有了，我哪里有钱给你们发饷？"

起义士兵们回答："我们会把全印度的英国人的财产都搬来献给您。"

这是莫卧儿王朝最后的辉煌。年迈的巴哈杜尔沙成为全国起义的精神领袖，他也尽一己之所能，发布了一道道激励民心的文告，呼吁不同宗教和族群的印度人"在圣战中拔出刀剑"，"从危难中拯救我们爱之胜于生命的宗教和祖国"。在德里被围的日子里，巴哈杜尔沙骑上大象，到各城门去鼓动散乱嘈杂的义军奋力抵抗。然起义失败了，德里城最终被攻破，皇宫所在的红堡笼罩在炮火中，胡马雍陵成了莫卧儿皇族最后的庇护所。由于叛徒出卖，巴哈杜尔沙及其子孙在这里成为英军的俘虏，杀红了眼的胜利者在屠戮百姓时，也毫不迟疑地屠戮着皇族。老皇帝的众多子孙（不管是否参与了起义）一个个被枪杀或绞死。孙德拉尔《1857年印度民族起义简史·王孙们的头颅》：

> 他们（指英军）把王孙的头颅割下送给巴哈杜尔沙皇帝。在送上这些头颅的时候，韩德逊（东印度公司所属英军上尉）对巴哈杜尔沙说道："这是公司送给你的贺礼，已经好久没送了。"
>
> ……巴哈杜尔沙皇帝看见自己的年轻的儿子和孙子的头颅时，令人惊异地克制住了自己，把头转过去说道："感谢真主！铁木儿的子孙没有玷辱自己的先祖！"

血流漂杵，血流漂杵啊！印度有关史籍不止一次袭用我国周革商命时"牧野之战"的这一形容词，似乎非此不足以描绘当时之惨状。昔日的大莫卧儿都城变为鬼蜮之城，变为血漠，皇族的血与百姓的血、穆斯林的血与印度教徒的血、高级种姓婆罗门刹帝利的血与贱民的血混合汇流，刽子手的刀枪使这块土地上原有的一切阶级、宗教与族群区分一时泯绝。

英军本来也是想将巴哈杜尔沙"斩立决"的，考虑到各地的起义仍风起云涌，便将他及皇后、太子解往仰光囚禁。大约五年后，巴哈杜尔沙死于仰光狱中。至于他的坚定支持者姬娜德皇后和皇太子贾汪巴达为何在当时苟全了性命，又如何死去，则不得而知了。笔者在回国后恶补有关莫卧儿的知识，才知道巴哈杜尔沙也葬在胡马雍陵中，可惜已不能前去凭吊，也不知他是有一个小小陵寝，还是如前所叙那样裸裎的石棺？

胡马雍真是一个宽和慈爱的先祖，是他为莫卧儿确立了在印度的统治，也是他收留了一代代"非正常死亡"的子孙。作为

"莫卧儿王朝的寝宫",它为黄金家族的一个支裔提供了最后的归宿。亚穆纳河畔的胡马雍陵,是一座绚丽丰厚的文化殿堂,是一部冤魂幢幢的宫廷史,是铁木儿子孙搏击侵略者的战场,又是大莫卧儿帝裔亡国灭门的伤心地。

2006年春月

于慧心斋

挪威的国旗

1998年夏月的一个黄昏，准确地讲是那年夏至的两天后，我与鲁纳（一个对中国很有感情的汉学家，我称他"纳教授"）由北挪威的罗弗敦群岛乘船，返回奥斯陆。挪威海的西峡湾波澜不兴，碧沉沉铺展开去。驶近博德港，见海堤和附近小山上满是消夏的人，有的忙着烧烤，更多的人则站起身，友好地向船舷内的我们招手。北挪威地旷人稀，大家都乐于同他人打招呼，尤其是已在岛上一个寂静的小海湾待了一段时光的我，一下子看到这么多人，还真有点讶异。

此日是挪威的"圣约翰日"，挪威人多要全家出游和烧烤，往往会燃起很大的篝火。我看到海堤上有一个男孩，年龄不过十岁的样子，擎着一面挪威国旗，跑上跑下地向海轮舞动，周围的人以掌声鼓励他。那是我第二次到挪威，与鲁纳由奥斯陆开车沿欧洲6号公路，经过许多峡湾、中部冰原、北极圈，到达罗弗敦群岛的风湾。多年前，鲁纳和他的朋友特里穆（一个可爱的摄影家，以北挪威的风物为自己拍摄的永恒主题）到这里游玩，玩笑似的以两千个克朗购买了一栋旧楼，从此几乎每个夏天都要来此小住，兼做必要的维修，一次更换墙板时，竟然在夹层里发现了一面挪威国旗。鲁纳说二战时德国占领军不许挪威人悬挂自己的国旗，到处收缴和销毁，这面国旗应是在那时藏入夹壁。看到这面被珍重地镶在镜框中的旗，污渍斑驳，锈蚀片片，我心底涌起深深的敬意。正是这个仅数百万人的国家，二战期间击沉德军军舰，破坏敌人设施，尤其是游击队炸毁了纳粹德国试图制造核武器的重水基地，给敌人以致命一击。打第一次到挪威，我就对挪威人的独立精神和自由天性留下了深刻印象。

那一天是世界杯挪威队与巴西队比赛的日子。海轮靠岸，我们将车从底舱开出，纳教授的第一件事就是打开收音机。"你认为你们会赢吗？"我有一点儿调侃。"难。"他撇撇嘴，很认真地回答。在一个小店买东西时，我们把脑袋凑向正在播放比赛实况的电视，见人高马大的挪威队员动辄被脚法灵活的巴西人甩在身后，店主告说对方已进了一个球。纳教授有些沮丧，嘴里念叨着"我们不行，我们不行"，可回到车上，还是不肯关掉收音机。里面唧唧呱呱地说着，我一个字也听不懂，却能从解说员不时发出的时长时短、或高或低的叹息声中，分明感受到场上局面对"海盗"（我对挪威队的昵称）不利，也分明感受到"海盗"们仍在做困兽之斗。

时间在一分一秒地过去，鲁纳仍在边开边听，意态从容，完全没有我在国内看中国队比赛时的那份焦灼,只是在从容中残存着一点点幻想。夜已然深了,正值极昼,一轮晕晕乎乎的大太阳挂在半空,山川峡谷和村舍林木均历历在目。车子蜿蜒地驶向高原,北挪威的山真堪称峭拔,由山根向上,林木也渐矮渐稀,至顶部则是皑皑白雪,与仲夏夜的太阳相映成趣。也许是久听无聊,鲁纳讲起这位足球解说员年轻时是一个"毛分子",后来成为挪威足球队的教练,再后来干起了足球评论,成了该国的名嘴。所谓"毛分子"即信仰毛泽东思想的人,主要是青年人,也成立了类似红卫兵的组织,有过不少狂热的举动。他说那幅著名的《毛主席与亚非拉各国青年朋友在一起》的照片,紧挨毛主席身后的三个青年就是挪威人。他们回国后闹起了革命,一时应者云集……

车子开到了北极圈的标志地,这里已是冰雪世界,不远处是继续向北的铁路,小广场上立了一块方尖碑,镌刻着纬度和经度,还有一个蘑菇形的大房子,做一些展览和出售纪念品,一侧雪大阪下则是温暖的咖啡屋。来时我们曾在此休息,我买了些明信片。此刻的这里很寂静,四围山色,弥望皆白,连一盏亮灯也不见。我让鲁纳停下车,跑去将明信片投入邮筒,就那么一小会儿的工夫,未及折返,只听得鲁纳且惊且喜地喊道:"嗨——我们也进了一个!"

收音机里闹成一片,"毛分子"解说员的声音似乎已经提高了八度,还真像有些革命激情,鲁纳面有得色,我也颇受感染。车子开始下行,所过基本上是无人区,连车也遇不见一辆。但人逢喜事，行车也觉得轻快。鲁纳和我心情愉悦，有唱有和，选择的歌曲竟然是《毛主席的战士最听党的话》。我们俩离开奥斯陆时，锁芬师妹找出了一组中国碟片，其中有邓丽君，也有这首歌。来时一路走了十五个小时，翻来覆去地听，连纳教授也学会了。歌词的坚定决绝和乐音的铿锵，既符合车外的荒远苍凉，也能印证我们俩的心绪。是啊，一帮子踢人比踢球更专业的北欧海盗的后裔，能与强大的巴西队踢平，怎不让人兴奋呢！

收音机里又传出高分贝的声音，"毛分子"的解说简直成了嘶喊，鞭炮般一连串嚷嚷个不停。纳教授说："我们又进了一个！"他的声音有些颤抖，似乎连自己也不敢相信，随即又跟着解说呵呵地笑。我请他翻译来听，有道是："他妈的，我真不知道该怎样说爱你！"

球赛在继续进行，挪威队最后以2:1的结果胜出，我们也辗转开到了山下。树林渐密，山色暗转，蓦然从一个岔道上开来一辆敞篷吉普，驾驶者为一金发女郎，其侧站立着一壮硕青年男子，高举着一面红白蓝三色的挪威国旗，在夜风中猎猎飘扬。

纳教授摇下车窗，与他们互相致意欢呼，而我则觉得眼睛湿润，忘记了自己是一个外国人。于是"单骑"变成了双驾，挪威国旗前导，我们随后，一路飞驶，车速加快了许多。后吉普离开主路，拐向一个小镇，纳教授竟也紧随不舍，跟到了一个小小广场。这里已聚集了数十众人马，开着各种各样的车，擎着大大小小的旗，当然，都是挪威王国的国旗……时隔数年，我已经忆不起两人是怎样离开的，但荒原上那随着疾驶的吉普飘飞直前的国旗,那极北之地小镇上的忘情欢会,都永远鲜活地深印在我脑海中。

爱国是一种人类共通的美好情愫,浓重热烈的国旗情结绝不仅限于挪威人才有。我们中国人对五星红旗的热爱,也有着大量动人的实例。或也正因为如此,这样的情形才格外令人感动。

每一个国家的国旗都有她的故事,都蕴含着一部国家和民族的历史。挪威的国旗亦然。公元十四世纪,挪威开始成为丹麦的附属国,一过就是四百多年。挪威国旗上的十字图案和红白二色,便来自丹麦国旗。1814年,丹麦把闹独立的挪威割让给瑞典,挪威人又在新的宗主国控制下生活了九十一年。这个时期的挪威国旗,必须印上宗主国瑞典的图样,否则便是违法。2005年是挪威独立一百周年,挪威立宪日亦即国庆日在5月17日,奥斯陆成了国旗的海洋。"你真应该在那个日子去挪威。"听了我讲的这段经历后,另一位挪威汉学家、奥斯陆大学的艾皓德(我称他"爱教授")告诉我说。

爱教授也记得那个胜利的足球之夜,习惯于书斋和静坐的他,那个夜晚也手执国旗走上奥斯陆街头,在人与旗的洪流里身不由己。而我们在次日回到奥斯陆,锁芬说昨晚她也和几个朋友赶到市中心,但留下的印象却是乱糟糟的一大哄,"你们的感觉也太好了,还真以为自己的球队能超过巴西?"我这位师妹尽管已加入挪威籍,在这种时候常会发出不同的声音。

"可是我们赢了。"纳教授一本正经地回答。

这个胜利真的使挪威人信心爆棚。第二天，几乎所有的报纸在夸赞本国队员的同时，都开始分析下一个对手意大利队的种种弱点，而一个重要的参照系便是"连巴西队都输在了我们脚下"。几天后的挪—意对决，士气高昂的挪威队很不幸地输了，挪威的报纸，还有纳教授都有些沮丧，而我为之总结的是："踢球太多，踢人太少，偏离了海盗传统。"纳教授苦笑着表示有些道理。

2005年秋月
于方庄小舍

风湾纪事

罗弗敦在哪里?
在天之涯,在海之角。

昊天无涯,
瀚海则有角,
海角是罗弗敦的山。

当高山与大海相拥相亲,
便出现了岛,营造了湾。
湾里长留着山与海的温柔,
最难忘:小小风湾。

风湾小史

罗弗敦是一个五岛连缀的群岛，有无数宁静幽雅的小海湾，风湾为其中之一。我的朋友、奥斯陆大学汉学博士鲁纳在此拥有一幢别墅，紧靠着海面，四周则是紫的苇和各色的花。小湾向北延展一二里，错落有致地散布着约二十幢房舍，像一个世外桃源。湾的尽头，是一道横岭，将风湾与北面的大西洋分开，岭两端巨峰指天，西曰平顶山，东侧的则叫地狱山。

我已经两次来到风湾，都是在夏秋之间。这是风湾最美的季节：峰峦间仍可见皑皑白雪，山坡则茂草乱花，挤挤簇簇直拥向海岸。走在风湾的蜿蜒山径上，吞吐吸纳山风海韵，但见周天澄碧，四围幽寂，鸥起鸥落，潮去潮回，连鸥鸣与潮涌都觉轻灵柔和，仿佛怕惊扰游人那如醒如醉的梦。

即使在夏季，风湾的游客也不多。这里位于北极圈内数百里处，由奥斯陆来此，要经过中挪威的高原、北挪威的峻岭，漫长且寒冷的旅程逐渐隔阻了不坚定者。但每年还是有一批批各国游人来到罗弗敦，再从莫斯法乃斯镇乘小汽轮来风湾。所来大多为青年人，一对对背着行囊的各国青年，爱嬉闹和喧哗的青年，然一踏上风湾的土地，便似乎为这静穆峻拔的山与幽蓝澄碧的海所震慑感染，变得沉静与平和。

风湾自有记载其文明足音的史页。历史上的风湾曾是热闹拥挤的，海面上桅杆如林，白帆片片，到处是年轻人的活泼身影和无忧无虑的歌声，是一个充满生活气息的港湾。据说风湾在公元十六世纪已有了居民。人们仰赖于大自然的赐予，冬日出海捕鱼，夏日则在山上放牛牧羊，因而是渔夫兼樵牧的。这里虽处在极北之地，却得北大西洋暖湿气流影响，并不太冷，水草丰美，适于放养牛羊，而渔业和畜牧业正是挪威传统的支柱产业。鼎盛之时，风湾中有好几十户人家，炊烟相接，鸡犬相闻，有孩子们的学校、青年人的俱乐部。邻居老人忆起当年仍色飞神外：年龄相仿的男女青年有三十几人，大家愣是将远处高山湖畔建水电站时工人遗弃的房屋拆开，抬下，用船运来，在风湾建立自己的俱乐部，每周末跳舞唱歌……他与妻子就是那时相爱的。前年我来时仍见到那位年近古稀的老妇，她性格开朗，对来人有着真诚的欢迎，此次再来，已往生天国了。

在二十世纪的百年跋涉中，挪威王国可说经历了沧桑巨变。世纪初的饥饿谋生的艰辛，使大批挪威人纷纷出国，据说美国的挪威后裔比国内还多，这种移民狂潮也影响到罗弗敦。后来又经历了德军的占领，为保证海运线的畅通，德军在北挪威派员甚多，连风湾都有入侵者驻扎。二战后挪威经济渐渐复苏，尤其在六十年代北海油田的开发，使挪威日渐富足，成为一个福利国家。

然风湾却快速走向衰落。现代化与工业化使城市中有了更多的就业机会，也使传统捕鱼业与畜牧业日渐萎缩。抬木头为自己建造俱乐部的青年一个个走了，未走的也无法留住自己的子女。青年渐变为老人，许多房子只剩下了老人，而随着老人们一个个逝去，又成了空宅，于是风雨剥蚀，一个接一个地坍塌了。想象在七八十年代，伴着挪威现代化的进程的，是许多像风湾这样的小渔港衰败甚至消失。

风湾经历了它的寥落，当年笙歌飞扬的青年俱乐部，空立于巨崖之下，终于在某日坍塌；而靠近码头的小学校，最后一位教师也早已离去。整个风湾的原居民中不再有青年，更没有儿童，仅几户人家的老人坚守在这里，恋着老宅，也恋着那青春的回忆。现在的风湾硕果仅存的两户人家仅有三口人，谋生用的渔船已换成作为交通工具的快艇，养羊打草也成为生活中的点缀，然正是他们对故园的坚守，使风湾作为一个居住地得以保留。

富足的国民们开始旅游，渐渐地游客们发现了风湾，爱上了风湾。这里峭拔的山峰激起青年人攀登挑战的勇气，而那沁人的清幽雅静更吸引了学者们。鲁纳·斯瓦尔韦鲁德在1983年与一位搞摄影的朋友来此游览，以两千克朗向镇政府买下这幢滨海的别墅，以后每年来此，每次又常与朋友同来。于是风湾的许多旧房换了新主人，有心理学博士、医学教授、物理学家、画家，至少有三位汉学家。这些房子大都用作休假别墅。风湾的夏季重新热闹起来，专家与学者来此休息或写作，有的还带来了学业上的同道，其间也常举行晚会，手执咖啡或啤酒，谈天说地，好不适意！

有意思的是风湾的后辈也渐渐回来了，修葺祖上的住房，携妻将雏，来度短假或作长休。学校被新居民们重加整修，成了新的俱乐部，天南地北的孩子们在此会合玩耍，还架了一张乒乓球桌。风湾的小码头和内沙滩开始有了孩子们嬉水堆沙的身影。新居民和风湾的老人相处和谐，交谈的话题则多不离罗弗敦与风湾。

风湾的夏和初秋都美得令人窒息，然这里自10月起就会觉得日子难熬。罗弗敦的渔民几乎为所有的山峰、湖泊与海湾都取了名，略如主教帽子山、小房子半岛、八点钟山、天使半岛等，各有其来历。与风湾相邻的两个海湾，西侧的有一条常年悬挂的飞瀑，因称"瀑布湾"；东面的名"教堂湾"。我同两位汉学教授进湾探寻，却不见教堂的影子，因指点周边群峰，说这个像教堂，那几个又像做祈祷的信徒，终不得要领而归。风湾的得名，则是因为来自大西洋的狂烈风暴。当冬季极夜来临，海风裹挟着冰雪与沙砾由两峰夹峙的横岭呼啸而入，风湾便成为风魔肆虐的舞台，地狱山的确名实相符，此时生活真如地狱也。

这个时节，奥斯陆来的学者教授们、外地来寻根的风湾晚辈们都已结束度假，如候鸟般飞去了。风湾又只剩得三位原居民，三位沧桑老人，来忍耐那白昼如墨的漫长冬日，咀嚼那陈年往事和夏日留下来的"新闻"。

此时的风湾，只属于三位真正的风湾人。

女人路

一道横岭将风湾与大西洋隔开，然一条越岭而过的山路，又将风湾与大洋系结在一起，这就是名闻遐迩的"女人路"。

女人路，即女人修筑的路。不知这条路始修于何年？亦不知修成这条路共用去几月或几载？但见这路用一块块石头砌出两米许宽的路基，越沟穿堑，由风湾直修到横岭之脊，再曲折伸展向外沙滩。

为什么要修这样一条路？

为什么要由女人修这条路？

这样的问题，扯着我们回到渔牧时代的挪威。那时，男人们要开船出海捕鱼，常一连数月不能归家，所有家中的事体便由妇女承担：照料老幼，饲养牛羊，还要心悬着大洋风暴中的丈夫或儿子。于是横岭便成了女人们站立远望的地方，而即便是看到了亲人的捕鱼船，待船儿绕过风急浪高、急湍涌涛的罗弗敦角，再由西挪威湾的内海划回风湾，则还要两三天光景。这是怎样的一种牵肠挂肚的等待，怎样的一种精神煎熬！

不知在哪一天，亦不知哪一位妇女突发奇想，提议要修一条穿越横岭的路。经这条路将渔船由风湾的内沙滩拖上横岭，再推至大洋。横岭虽不陡峭，但乱石错立，沟沟壑壑，两沙滩亦隔着数里之遥，修路又谈何容易！可风湾的妇女们毅然干了起来，在凛冽的冬风中，在劳作了一整天后的夜晚，肩扛手搬，硬是在横岭上凿出了条路来，这条路被称为"女人路"。

没有人记录当日风湾妇女怀着爱心修路的情景，没有流传下可歌可泣的巾帼英雄的事迹。老人们告知的是：女人路修成后，风湾的渔船可由一种矮轮车拉过横岭，直接由外沙滩进入外海。既可以大大地缩短航程，有利于赶上鱼汛；又便于在近海捕鳕鱼的渔民归家吃饭和运回捕捞品。女人路竟成了最便捷的陆上出海口，甚为岛上其他海湾居民艳羡。

近百年挪威的现代化进程，使传统的渔船迅速被淘汰，代之以快速机动船，出洋时间被大大缩短了，再用不着将船"杭育杭育"拖过大岭。可是风湾萎缩了，女人路更先于风湾被废弃：从内沙滩向上的一段已被草地掩覆，而岭北向外沙滩的部分更杳渺难辨。只有横岭上还保留着不足一里的一段。我曾在这残存的女人路上徘徊沉思，当年路面上的沙土早已为冬风扬去，裸裎的路基由碎石构成，更见出修筑的艰辛。时在夏秋之交，那来自大洋的风已颇觉冷冽，况在那暗无日阳的长冬？在那沙砾与雪末共舞的寒夜？我幻设着当日筑路的挪威女人：狂风裹去了她们的头巾，冷石割破了她们的手臂，是怎样的爱心，又是怎样的坚韧支撑着和鼓舞着她们？

据说北挪威妇女素以个性解放著称，或是生活和苦难磨砺出这种个性。就在风湾，我遇到一位名叫海伦的女士，有着三个孩子的海伦在罗弗敦群岛开办了第一家女子银行，曾去我国北京参加过世界妇女大会，现在主持着一个专为女人提供就业咨询的公司。她和丈夫在风湾购买了别墅，假日里常来住住。然即使这时，海伦也不放弃工作，她将小学校的原校长室辟为自己的临时办公室，接通了网络和电传。几日间我已与她的先生（因一脸白须，我们称其为"胡子"，他也乐意接受这个意味着强悍的中文名字）相熟，也去海伦的办公室偶作逗留。引起我兴趣的是门上钉着的一张纸条，上面是一位传统罗弗敦老妇的素描像，一脸的沧桑与坚毅，头像下有几句诗，译成中文，略为：

> 我比较相信女人，
> 她们情感丰富，劳作辛勤，
> ……

外沙滩

风湾为两山夹峙，又可称作峡湾。西山虽高却顶部平坦，因而取名平顶山；东山则壁立万仞，峰脊如削，怪石嶙峋，唤作地狱山。两山相连处形成一座横岭，将风湾与大西洋分割开来，也使风湾有了两个沙滩：内沙滩在岭之南亦即湾的最里面，经过万千年浪与潮的淘洗，涌成一片扇面形分布的细沙；外沙滩则在横岭之北，面向浩渺无际涯的大西洋。立于横岭之上观赏比较，眼帘中交替出现的是两种海景：内沙滩平坦温和，与静谧的小海湾相映相衬；而外沙滩则浪潮层涌，涛声轰传，给人以强烈震撼。

我喜爱内沙滩，虽因天凉不敢下水游泳戏沙，远远观去，亦觉惬意。然我向往外沙滩，向往那海涛的激撞澎湃，向往那大洋的浩瀚神秘。因也翻过横岭，去踏访，去进行实地的感受。横岭看去虽缓，由湾内攀越也有一段艰苦的路，却也更增加了踏访的意趣。

确切说来，外沙滩所在也算是一个海湾。地狱山与平顶山各以一角钳住大海，便形成了一个浅弧形的湾和半月状的滩。滩上亦有细软的沙，沙中却时可见大洋的馈赠：据说来自俄罗斯的巨大圆木横七竖八地躺着，有一些已被虫蚁咬啮得不成样子；冰岛的大木桶则半埋入沙，费好大力气才挖出来，见桶底已脱；几个簇新的舰用硬塑方筐上刷有英国海军的警示："非经许可，任何人不得使用本物"；而更多的则是鱼漂与网绳，成堆成团，散布在沙上或礁石间……

据说曾有两只巨鲸来到且死在了外沙滩上。先一只年代久远，我在一位奥斯陆物理学家的小院树荫下，见到了其脊椎骨的两节，洁白如玉，坚硬如石，似乎被用来做拴羊或狗的坠石。另一只死于去年夏，死之前曾残喘数日，游人在沙滩上就地为它挖了浅浅的葬穴，我们去看时，仍可见其隆起的背脊，软软的，尚未腐净。同来的艾皓德教授说鲸是有灵性的，其自觉死期临近，便游向海岸，寻一个长眠之所。唯不知这鲸由何处游来？又为何选择了外沙滩作为生命的最后驿站？

在罗弗敦的地图上，平顶山伸向大海的突出部分被标称为"小房子半岛"，因此外沙滩也应称为"小房子半岛沙滩"。就在沙滩之西的小山坡上，原是有两户居民的，比邻而居，其生业亦如湾内居民一样，也是捕鱼和养羊，所多的当是在沙滩上拣取海潮的馈赠。然大洋有时也漂送来危险与灾难，二战后不久，一只鱼雷从海上漂到外沙滩，被海潮渐渐推到小房子附近，撞礁后轰然爆响，其中一家不幸被击中，房屋焚毁，男主人罹难，上演了外沙滩上最悲惨的一幕。这之后，两户人家都迁徙别处。我们凭吊了那不祥之地，荒草间房基仍依稀可辨，梁柱与板片横竖其旁。而另一家的"小房子"仍屹立于山脚，以铁索缆系，木桩支撑，勇敢地面向大洋。虽人去室空，由窗外视内，仍可见其后人曾来休憩小居的迹象。

当出洋捕鱼作为北挪威人生活的主要依赖时，外沙滩必也有一种热闹景象。"小房子"是历史的见证，如今则成了历史的遗迹。也正由于它的存在，外沙滩不显得太寂寞，仍可以称名"小房子半岛沙滩"。

关于海盗

四年前第一次到挪威时，奥斯陆的几位朋友最先带我去的是海盗博物馆。两年前第一次来罗弗敦群岛，首先去看的又是这里的海盗博物馆。我开玩笑地问挪威人是否有一种"海盗情结"，他们也跟着笑逐颜开，不掩得意地说"也许吧"。

昨日由风湾开船去对面的小镇购物，同时买来一份报纸，除了大版的关于一艘俄罗斯潜艇陷入深海的报道，较醒目的又是有关海盗的消息。报载：一位英国教授正在进行一种基因的比较，其在英格兰、苏格兰、爱尔兰及威尔士的二十五个地方各采集一百名男人的血样，又委托挪威卑尔根市一家医院分别采集二百五十名挪威男子的血样，以验证当代英国人中究竟有多少古海盗的血裔，许多挪威人踊跃应试。英国的BBC要据此制作一部五集的专题片，名字就叫《维京人的血》。

北欧海盗，在历史书上又称作"维京人"，对于英格兰、爱尔兰及许多欧洲国家是一种永难磨灭的可怕梦魇，尽管他们今天已能够比较冷静客观地来对待这段民族痛史；然对于北欧尤其是丹麦、挪威和瑞典人则不同，那是一个尚武与征服的辉煌时代，是杂糅着神话与英雄传说的时代。挪威著名戏剧大师易卜生的早期剧作便竭力讴歌这个时期海盗的领袖，如《武士冢》《海尔格伦的海盗》等，将海盗首领无一例外地塑造得颇具英雄气概和性格魅力，有点类似中国的侠客。

欧洲史书将海盗横行肆虐的时期称为"维京时代"。通常认为这个时代的跨度为公元790—1066年。其时大唐帝国经"安史之乱"后由盛而衰，五代十国继起继落，终进入北宋王朝的相对安定。而欧洲却在经历着一种绵延二百七十年的血腥风暴。当贫穷且剽悍的北欧人发现掠夺比渔猎更容易致富，当满载珍宝归来的船队引起女人们的惊喜和其他男子的艳羡，出海抢劫便成为一份生业、一种时尚。"做海上生意"，一个心照不宣的语词，在当地几乎人人皆知其真实内涵。于是氏族的领袖也就成了海盗之王，零乱随意的抢掠开始变得有组织有计划，许多产业如造船与维修、打造兵器被拧在沥血的利益绳索之中……奥斯陆的海盗博物馆展出着一艘被发掘的海盗船的实体，那是一种底部宽平的巨型木船，船两端有如龙首高昂，颇似我国的龙舟，而众桨奋举、轻舟急进的场面或也与赛龙舟相似，其目的则是抢掠和杀人。

今人所知较早的海盗暴行，是公元793年袭击北英格兰的林德斯法尼修道院。而考古资料显示，挪威人在公元800年便已居住在英国外海的一个群岛——他们当然不是捕鱼来的。在海盗兴起的最初几十年里，爱尔兰遭受的袭击远比英国多得多，以至于海盗占领了大片的英爱土地并建立了自己的家园，并在公元840年建造了海盗国的首都——都柏林（即现在的爱尔兰首都），这个名字即出于丹麦语。到了公元920—970年，维京人进入了自己的鼎盛时期。

诚然，维京人对英伦三岛的入侵亦绝非次次顺利，其葬身大海或横尸滩头的片帆无归的事件亦时有发生。海盗们的武器通常是长柄斧头。这种简单的原用于渔猎的兵器施之于手无寸铁者固然锋利，在遇到劲敌时则不特别有效。我在博物馆看到一幅反映海盗登陆前心态的图画，船上的海盗们紧攥利斧，鱼贯且半蹲，头上的铁盔有铁片向下掩住鼻子，全身藏在木盾牌后，仅露的双眼中满是惊怖……

这幅画所记录的，当也是一种历史的或曰心灵史的真实。1996年我到过南挪威一个叫作海盗滩的地方，岸边惊涛乱石，激起千堆雪，又随处可见大大小小的石堆。挪威朋友说这乱石堆便是古海盗的坟墓，维京人把死去的同伴葬在大海之滨，是怕同族人见而却步？还是让死者在海风中接续那发财的残梦？

毕竟一千年过去了。

挪威人的这千年跋涉也可说充满了民族酸辛：十四世纪的黑死病吞噬了该国的上流社会和知识阶层几乎所有人，丧失了贵族和文化精英的挪威先后沦为丹麦与瑞典的附属国；而持续的贫困更使该国民众大量迁徙，往冰岛，往美洲，往一切可以谋生和吃饱饭的地方……自十九世纪始，在我国的上海、广州等城市，也出现了越来越多的挪威人和挪威船。

风流云转，当维京即海盗的后裔正正经经搞贸易时，新的海盗则成为他们的心腹大患。塞贝尔格等著《在长江龙昂首之地》中提到十九世纪初"中国沿海的海盗活动日趋增多，令人十分不安"，并记录了一些被洗劫的事件：

> 挪威船只索尔维根号遭到了海盗袭击，船长延恩托夫特在奋起抵抗时惨遭杀害，二副约翰森被击伤胳膊，而一副库努夫得以幸免。海盗能讲英语，他们抢到了价值两万美元的金子。还有另一艘挪威船桑德维根号和五艘挪威人任船长的中国船只，也遭到海盗袭击……

不是有一句"老革命遇到了新问题"吗？此时则可称海盗后裔遇到新海盗。延恩托夫特船长仍较多留有先辈的血气之勇，可新生代海盗手中却不是可与搏击的长柄斧。反抗引来杀身之祸，让人悲悯，让人慨叹。

鲁纳教授是《在长江龙昂首之地》的主撰人之一。坐在风湾的礁岩上，我与他和艾皓德教授多次谈起维京历史，问起北欧人对"维京时代"的认识和感觉，问起挪威人是否为这一段血腥历史而自豪，他们的答案是肯定的。

今天，维京时代的血腥早已消散，友爱平实的北欧人早成为欧洲乃至世界大家庭中的一员。足球场上时可见挪威、丹麦、瑞典队球员勇悍的身姿，人们以"北欧海盗"谑称之，包含的应多是善意和赞叹。现代学者亦力争更为历史地和客观地来认识和评判维京时代，以大量文献和考古资料证明：在那个时代不光有屠戮与仇杀，还有友善和睦邻；不光有劫掠，还有交流与贸易，考古学家们还在美国内地发现了古挪威人的定居点，则维京人的航海幅面竟远及北美，竟先于哥伦布踏上了美洲？

随着人类基因的破译，许多老故事被翻出来重新审视。英国这位基因学教授的调查在科学态度上或是严谨的，从人类文化学的角度看则有几分幽默和滑稽。是怎样？不是又怎样？BBC的节目制作人说：通过这项调查，我们想了解来到英国的维京人有多少？是否定居？是否带了自己的女人？想了解我们的血管里究竟有多少维京人的血？这或许能改变英国与挪威的历史书上的一些观点。

这些话当有着职业的夸张。一次验血能解决这么多问题？怕不能。参与这项调查的一位卑尔根医生则大开玩笑：希望能通过基因调查肯定英国人是挪威人的后裔，这样我们就有理由收回大不列颠群岛。

这位身穿白大褂的"海盗后代"，以海盗的语言方式幽了一默，又谁会把此话当真呢？

紫芦苇

在先并未曾想过要写芦苇，但到了罗弗敦的风湾，看了这里山坡川底乃至海边那茂密密长开去的芦苇，我便抑不住写作的念头，越搁越浓，索性放下其他书卷，来作一篇芦苇赋。

风湾的芦苇正开着花，四时之间，花的色泽颇觉捉摸不定。

我喜欢阳光下的芦阵，一派绯紫，就权且命名为"紫芦苇"吧。

记得还是在读小学四五年级的时候，语文老师常以一副对联告诫我辈，道来是：

墙上芦苇，头重脚轻根底浅；
山间竹笋，嘴尖皮厚腹中空。

这副联句，好像伟大领袖曾经引用过，老师谆谆教导的也是应好好读书的意思。但却使我对芦苇种下了最初的深刻印象，一个极堪轻蔑的印象。至于这"墙上"的特殊地理设定有没有一些不公，则自然不会去想它。

后来上山下乡、开矿炼钢，常常与芦苇相伴，然熟视而无睹，竟全无一些记忆。唯能想及的是在山东莱芜建设兵团独立三团所住简易房，三角铁为屋架，而墙则由苇箔糊上泥巴造成，"苇编三绝"啊，一下雨便到处淌泥进水……也是不好的纪念。

最先注意到芦苇之美，是在敦煌鸣沙山下的月牙泉畔。大漠之中，竟有这么一泓碧水，水畔除少数的树外，密匝匝而生的是芦苇，生机勃勃，劲节英挺，芦花雪白，给那孤零零的沙山下小泉平添了一种神采、一份卫护。同行的朋友不由得议起这芦苇来，我心中也生发出一种异样的敬重：咦！芦苇。后我在其庸先生的《瀚海劫尘》中看到月牙泉的冬景，冰封雪覆，苇阵已残，然残苇仍在冰雪与朔风中倔强地立着，有的苇花仍在，如帚如拂，颇有几分悲壮。

似乎从那时起，我开始关注芦苇，曾在白洋淀的芦海苇巷中穿行，听船夫们谈论当年雁翎队的事迹；曾在秦岭最高峰停车驻足，去赏鉴那南北分界处的芦苇，也意识到芦苇不仅仅是长在水边的；曾在京津高速路上向两侧的芦苇投去飞瞥，也体味着车速带给芦苇的独特姿致……至轻至贱的芦苇，不择地而生的芦苇，又是那不费人功、不事张扬的芦苇。

在黄山山麓，我看到长着红色芦花的芦苇，一路看去，红殷殷一片，艳得令人怜爱。未想遇着塞车，得以下去采集一束，真喜出望外。辗转带回北京，欲向女儿夸示时，却早失脱了在山野间的神韵——芦秆芦叶连同它的花蕊，是属于大自然的，因而也是不容采撷的。

风湾的芦花却是紫或棕色的：就近细看有点儿红，成片远观则似褐似黛，随海风翻扬不定。又由于这里的芦苇常延展向海边，便与那碧波相映相染，添了几分海韵，也可以呼作"海芦苇"的。罗弗敦是挪威王国北部海域一个群岛的名字，是该国著名的风景区，进入北极圈后还要北行数百公里，算是极北之地了。挪威多峡湾，其举世闻名的峡湾是海与山和谐共构的胜景，而这里的山峰更见奇崛与嶙峋，海也愈加渊深澄碧。或峭或缓的山每自海水中直接拔起，大约山脚也就是海底。山之阴凹处有常年不化之积雪，山坡与海水的汇合处，则是杂花与乱草，是与草与花丛生在一起的紫芦苇。

我从来没有见过如此纤细的芦苇。从许多方面看，风湾的紫苇都很像草，山坡上的羊儿是这样认识的，故与众草一体儿吃开去，无偏爱也无偏憎。而邻居老人与女儿开着割草机，也将紫苇与众草一体割下晒干，备为冬日饲羊之需。然芦苇与杂草确又不同：其秆虽细，却也节节分明，颇显得有几分骨气；且其花冠如帚，沉甸甸弯如稻谷。王侯将相宁有种乎？是古人对血统论的著名反诘。然芦苇却是有种的，苇种正在于芦花之中，我们又怎忍心去讥其"头重脚轻"呢？

造化无穷。但凡为大造所化，都必然内蕴着一种生命力，也外示着其生与存的价值。古人惜春悲秋，随物赋兴，常也会有几分偏执。如青松之受盛誉与芦苇之遭贬抑，便出于文人之偏。"大雪压青松，青松挺且直。"陈毅元帅以此称颂松的品格，让人叹美。然我在挪威南海岸见到了匍匐的松，那也是地道的青松，却因海风之力不敢立起，甫出地面即横长卧生，以枝兼根，紧抓着地表石缝。这匍匐的松亦让我钦敬，它的坚定执着，它屈而不挠的生存意识，它的适应能力，都令人感慨系之。且由那海滩向内行的半里一里之程中，我们逐次看到了半卧半蹲的松，短干虬枝的松，渐而至枝干挺立的松林——我相信这些松皆为同一个族属，竟也有如此的品相与姿态之别！

就生命力和适应性而言，世界上的一切动植物应是同样经受着考验的。物竞天择，适者竟存。芦苇，还有那更微贱的无名小草，其顽强的生存意识与优秀的适应能力丝毫无逊于松柏。芦苇很少受人类关注，既不媚人，又不自怜，管自活泼泼地生长着，一岁一枯荣。当北极的长冬吞噬了整个春天，芦苇也正在酝酿着涅槃再生，其以夏为春，扬花吐蕊，结实播种，从容不迫地完成自己的生命过程,也扩拓着自己的生存空间……

哦!风湾的紫芦苇。

猛禽海鸥

北欧人酷爱阳光,周末或假日遇有好天气,则男女老少齐集于阳光之下,左炙右烤,如沐春风。即在咖啡店和酒吧,向阳一侧密匝匝挤满,背阴处则空荡荡,偶有几人,似乎也多为亚裔。这也许解释了为何夏日人们要奔赴北部极圈之内——此时正极昼之季也。

然我们此番来罗弗敦却没有那么幸运,一周内几乎天天有雨,偶尔放晴,正准备穿衣登船,唰啦啦又下起雨来。大部分的时间只能在屋中:读书写作,累了就煮一壶咖啡,在窗前面海而坐,散淡地谈些什么;谈累了,就静静地坐着看海与山。岚气润蒸,白云叁狗,海湾的水面没有一片浪花,静得让观者欲入梦幻。海边多耸立着黑黢黢的礁石,礁石上常立着一只两只海鸥,如观海的我们,竟也会一两个小时寂然不动。

这时的海鸥,是一种美丽洁净的鸟。

自小生长在内陆的我,过去是将海鸥与鸽子一例看待的。看其雪脯蓝翅,翔回于海天之间,每能引发祥和纯美的联想。到风湾小住,始发现大谬不然。那是我们开小艇去湾外深海处钓鱼,选好水域后就忙活起来,不经意间我发现舷侧海面上游来一只海鸥,接着又是一只两只,不知其来何自,却相聚汇拢,绕船之前后左右静静地游着,其飞也不高,落也无声,如一群好奇的孩童,只拿眼睛打量着船和船上的人。我急忙拿起相机,咔嚓一通拍照。海鸥们也极为配合,不惊诧,不羞涩,安静从容,而对船的关注似不稍减。我大受感动,因从桶里拎出一条鱼儿向海鸥抛去——

一个绝未想到的场面出现了:安静的鸥群如风暴乍起,一个个飞射如隼,向这鱼的抛物线冲去,接下来是扑击与撕打,是欺凌与抢夺,以爪以喙,如狼如豕。这过程的完成总不过两三分钟,那可怜的鱼儿便到了一只长着黑翅的大海鸥口中。只见它傲然雄视,一条尺把长的鱼三吞五吞便活活入腹……

这竟是海鸥么?海鸥们复归于平静,然我再注视那如天使般游来翔去的鸥群,仔细察看其外示温柔的目光,竟感觉到那内蕴的欲望和残忍。

就在这一刻,我似乎重新认识了海鸥,这是一种猛禽,一种肉食者,一种为食物会如狼豕般撕打飞扑的肉食者。

我顿时觉得心底涌起一股寒意:时近夜半,海面上仅我们一叶孤舟,舟四围有如此之喙尖爪利的猛禽,鸥翅竟也展展,鸥视竟也眈眈……我问:"饿了的海鸥会袭击人么?"

引来的是一阵朗笑。

一般情况下,海鸥是一种很知道规矩的鸟,与人的相处是和平的。很多时候它们喜欢与人接近,在沙滩上接受孩子们的掷食,或拣吃人们的剩物。它们不会去人手中抢东西,即使对船中的鱼类垂涎三尺,也不去偷吃,只是静静地守候等待着,能吃到鱼头鱼肠便心满意足。它们的争夺似乎只是对食物的争夺，又多发生在同类之间。

大海通常是寂寞的，北极圈内的海尤如此。海鸥不独不畏寂寞，似乎更喜欢独处。海边和海中常可见一只孤零零的海鸥，在礁尖，在房顶，在灯塔之端，甚至在暂泊之船的桅杆上，面向大海。刻在奥斯陆市中心挪威国家歌剧院前广场上的易卜生铜雕一脸庄重深沉，唯额前肩后多是斑斑鸟粪，这里当也有海鸥的赐予。高处不胜寒，这寒亦不乏寂寒，海鸥是不怕的。

寂立独处的海鸥常又是眼观六路、耳听八方的。正因为其择高而立，视野便极为开阔。真可以静如处子、动若脱兔来形容之。一旦有食物出现，便见孤鸥飞赴，刹那间如结阵连营，场面蔚为壮观。我们也看到过闲适中的鸥群，海际岩端，或立或卧，或翔或凫，铺展成偌大的一片，这时的海鸥是平和的，不知是否饱餐过的海鸥？

我看到的最富于神秘感的集结发生在一次雨后，在邻居老人割净草的山坡上，但见数百千只海鸥齐整整站下，皆向着山顶的方向，静穆地立着，仿佛在进行一次祭礼。就这样站了几个小时光景，没有飞翔，甚至不见一只鸥移步，唯动也不动地肃立着。我戏称为"鸥盟"会议，却找不到盟主何在——所有的海鸥都向一个方向立着⋯⋯

海鸥有自己的族群自不待辨，其有首领与组织么？海鸥有自己的喜怒哀乐亦不待辨，其有信念和信仰么？

至少在一点上，海鸥与绝大多的兽和禽一样，与人也是相通的，那就是护犊之情。一次朋友指与我草窝间的鸥蛋，我前往观赏，但见其如鸡蛋般大小，外观则灰不溜秋。忽听几声鸥鸣，颇带急怒之气，仰首看时，两只海鸥正向我们俩俯冲下来。急躲开，二鸥如轰炸机般飞掠再拔起，竟洒下一串粪便，见我们狼狈远遁，这才罢了。如此母爱父爱，让人感动，但此间人士告知，海鸥是很喜欢吃野鸭的蛋的，而打不过它们的野鸭，则只有哀鸣的份儿。

说到海鸥的叫声，真真喑哑乖戾，无复可听。我见过两只海鸥并肩而鸣，那眉眼身姿像是在热恋中，其声韵亦毫无美感。据说孔子的高足公冶长是懂鸟语的，至南宋时竟传西汉有所谓《阴阳局鸦经》，以鸟语推定祸福。《红楼梦》中林黛玉称"人有吉凶事，不在鸟音中"，诚爽语快语。然鸟有吉凶事，则在鸟音中。即如海鸥鸣叫声之单调粗劣，听多了似也可辨出情感类型的差异：饱食而鸣，能听出满足；立久而鸣，能听出无聊；争食时老鸥的鸣叫明显威胁，而小鸥的叫声中则有娇痴和乞怜……我看到过海鸥逐赶海燕，其叫声中充满傲慢与歧视。然一次海鹰盘旋而至，四散飞躲的海鸥则叫得惊恐惶急，据说是在向小鸥们示警。

2000年8月
于罗弗敦群岛风湾

月色菩提路

对于菩提树，我应说是心仪已久了。大约自禅宗六祖惠能那著名的偈语"菩提本无树"流传以来，中国佛教及文人者流便对"菩提"有了一种特别的眷注，经典中每每冠名，诗文中再再诵及，使人神往与遐思。只我先前无缘得见，又平添出几分神秘，几许圣洁。

去岁冬月，我与几位同行赴台参加一个学术研讨会。其间往高雄的佛教胜地佛光山游览，见山门内两排大树枝叶繁茂，干若梧桐，叶似白杨，在冬阳下呈现着一派生机。因向陪同的比丘尼请教，告曰为菩提树。"菩提树？！"在后来的随喜中，在大雄宝殿前后，在山径与僧舍，在佛学院与图书馆，都可以看到这种树。菩提树在细细打量之下，愈觉朴质无华，恬然持重，让人感受到平凡，更感受到亲切。

当晚在寺院留宿，静夜无眠，便与悦苓到外面散步。皎月如盘，四围山色，听不见鸟声与蛩鸣，唯觉襟抱洒沥，心宇空明，全无了往时的杂音与俗念。我们常忘记了交谈，就在那菩提山径上走走停停，觉得有些累了，便在一条长凳上坐下来。长凳的上方，也是一株树冠如伞的菩提。我们静静地坐着，看着那无边的月色，看着那寂然的峰峦与巍峨的梵宇，看着远远近近高低错落的夜菩提……月光从菩提树枝干中透过来，叶影枝隙，更见迷蒙。那是一种凄迷，一种人生如梦、梦境常转、物是人非的清凉之雾。月光似水，流年似水，眼帘中真切生动的菩提一时竟也如诗如幻：树在月色中，月色亦在树中。所谓"恍兮惚兮"，正可供此一刻自喻也。

这便是"菩提本无树"的意境么？

蓦然想起曾在书上看到过的"大菩提树"，传说释迦牟尼就在那树下的金刚座上悟道成佛。《庄严经》："尔时世尊，观菩提树王，目不暂舍，禅悦为食，无余食想。不起于座，经于七日。"略似于后来我国宋明理学"格物致知"的功夫，却不知佛祖如何格那菩提树？唯与明代王守仁因格竹子晕倒不同，其所享受的则是无尽的禅悦。于是，这棵菩提便成为圣物，连带而及，这块地方也被尊称为"菩提伽耶"，即菩提道场。北宋年间曾有中国僧人到了那里，立下石碑以示崇敬，这些中华特色的石碑名为《菩提伽耶碑》。虽未有机会诵读碑文，也未得见相关记载，仍可想见中国僧侣历尽艰辛到达圣地的激动与幸福感。那株大菩提树若是当年旧物，应是能见证到这一情景的。

"大菩提树"是佛教的圣树，但其原来应不叫这个名儿。菩提，佛经中用以指豁然彻悟的境界，又指觉悟的智慧和途径，意译为"觉""智""道"等。以之名树，当在世尊成佛后。其原来的名字叫什么？我曾略做检索，或称作毕钵罗树，或称之为婆娑树，种种不一。古今中外此类例子极多，有圣人便有圣物，便有圣地与圣迹。当年世尊也许并无深意地那么一坐，普通的婆娑树便成了菩提树。

菩提树当是随着佛教的东渐进入中国的。当年穿越雪岭和沙碛的僧侣驼队中，是谁别有一番情趣，在经卷法器之外还捎带了几株菩提树苗？这些树苗该得到了怎样的呵护，才得以到达中土并存活下来？那位面壁九年的东土禅宗初祖又称为菩提达摩，或是缘于其悟道之透彻，尚难以证明北魏时达摩住锡的洛阳一带即有了菩提树。但至少在唐代前期寺中已常见菩提，禅宗五祖弘忍考较弟子，令作偈以呈，神秀便以菩提树为譬，偈云：

身是菩提树，心如明镜台。
时时勤拂拭，莫使惹尘埃。

神秀后来成为禅宗北宗的创始人，世称"两京法主、三帝门师"，大得朝廷尊崇。其偈语写得谦谨平实，已显现出讲求修行渐进的倾向。而另一弟子惠能亦以菩提树设譬，偈语则针锋相对：

菩提本无树，明镜亦非台。
本来无一物，何处惹尘埃？

惠能成了这场辩论的胜者，后来成了禅宗的六祖。这首偈语大处落墨，极言物理之虚幻，原也从宇宙最终极的意义上悟出。就禅理而言，惠能显然又深一层，毋怪弘忍以衣法相传。这便是禅宗的机锋，"石火电光犹是钝，思量拟议隔千山。"然则此时此刻，菩提树就在目前，那么真切实在，枝叶在夜风中微动，"本无"二字显得遥渺辽远。这便是佛教的所谓"障"么？像菩提这样的智慧树也会成为认识上的"障"么？

从生活实境与生命过程的意义上着眼，我倒更赞同神秀的以菩提树拟一己之身，以树的平凡喻人身的平凡，以树的单纯喻人心应有的单纯。日月两轮，红尘万丈，无论是树是人，都要常加省察检点。回避存在与拒绝修习，都是不客观的。

我对佛教了解甚少，以个人的经历，常以执着追求为荣，而对佛家提倡的打破执着，常也有些惘然。世尊在大菩提树下的打坐参禅，冥思苦索，在我看来，便是一种执着精神之呈现。复又想到佛光的开山大师，其由一个衣食无着的小和尚渐冉为一派宗师，佛光山由一片荒芜到蔼蔼然著名道场，其所提倡的"人间佛教"影响及于五大洲，若无一份执着，则何以成就？

夜风吹拂，台湾岛似乎是不拥有冬天的，略无一些寒意。菩提婆娑，月影参差，夜岚空蒙。我们的话题亦漫无际涯，然谈到来寺后最受触动的，竟不约而同。那是下午在展厅浏览时，引领的年轻比丘尼忽然提议："来，我领你们去看老奶奶。""老奶奶？""就是老师（山中众僧尼均以老师称星云大师）的妈妈。"我们被引到一个展柜前，星云大师与他高龄老母的合照挂在中央，同时还有多封家书：欲知亲人状况的殷切，安排母子重逢的渴望，重返大陆故里的激动……一切都出自朴素自然的人世真情。这是赤子之情、母子之爱，最为圣洁，也最普通自然。明代李贽说："自然发于情性，则自然止乎礼义，非情性之外复有礼义可止也。"只有自然流显的真情，才是感人至深的。佛语中有所谓"菩提心"，被阐释为佛教理想的最高果位，我倒觉得其与"平常心"很近似，不知是否？

夜凉渐浓，夜月愈明。明月朗照的山寺颇有点"太虚幻境"的感觉。《红楼梦》中有一联句："假作真时真亦假，无为有处有还无。"眼前的菩提树与佛语的菩提心哪一个更真实呢？一千三百年前那场以菩提说法的辩论与菩提树有多少关系呢？惠能说"菩提本无树"时，能于有中见无，打破的正是我辈俗子在认识上的执着。然则在那一夜，在提笔忆写的此时此刻，且相信在许多年之后，我和我的朋友都会记住那佛光山的夜晚，记住那洒遍月色的菩提山径。那是一个永恒的"有"，是一个不会褪色也不再转变的存在。

明月，菩提，曾经是多少美好事物与纯真情性的见证，其会记得住我们么？会记得住两个在月光下徘徊流连的大陆学子么？

2002年夏5月
于慧新北里

冬日看树

约略两年前的一个冬日,我因事往南京,当时只觉身心乏累,登机未久即迷迷糊糊睡去。抵达禄口机场已是傍晚时分,胡乱搭乘机场大巴往市区。心绪不佳,神情亦委顿,漫无意趣地望向窗外,一棵树,一棵屹立于冬野丘原上的大树,就这样撞入我的眼帘。那是一棵普通的孤零零的树,一棵欹斜裸裎的老树,径粗约合围,繁叶落尽,盘曲逸虬的枝仍密结结织成树冠。一轮将落未落的大太阳,恰从那树冠后透过,老树夕照,相拥相映,共构成一幅"黄昏冬树图"。

那是怎样恬静壮美的意境!

我打了个激灵,目光被点燃,思绪竟也活跃起来:想起古人诗赋中常出现的"缺月挂疏桐",想起《汉宫秋》与《梧桐雨》中那些凄清的曲辞,想起马致远的千古名句"枯藤老树昏鸦"……晚霞渐淡,车行逾远,老树已然杳渺难辨,那图景却长留在我心中：霜天寥落，四境肃杀，老树则姿致从容、意态安详，自具着一种坚韧遒劲，自具着一份坦然舒展，仿佛正得大自在。我的心底涌腾起一股震颤，那是对生命力量和生存意志的感悟，是对持守、坚忍及抗争精神的崇敬。后来又多次去南京，季节各不相同，几乎每次都留意于这棵老树。一次竟疯魔到让送行的朋友停车驻足，做一番略细的赏鉴与察识，试图寻觅那时序迁转的履痕，比较其四季景致之异同。最后的结论，则是更倾心于冬天的它，更忆念那蓦然一瞥留下的感受。

在世人惯常的感觉里，长冬是自然界的苦难。朔风冻雨，飞霜严冰，无不在摧残挫折着生机。当斯时也，路人裹上棉装，花卉进了暖房，唯树无可逃避，也只有不躲不闪，直面严寒。绿叶飘零，能不痛么？细枝甚至干枝断损，能不痛么？冬月的树光秃秃兀立于地表，常显得凋敝与凄惶，显得无奈与无助。然战栗瑟缩终也无用，索性就给它个硬挺。在任何季节，树都是大自然中的一道风景、一个精灵。唯独在冬天，或能升华为一种精神，一种抗争恶劣生存环境的精神象征。

从此我喜欢上在冬日看树。在不同的地方，看不同的树。我把看树当作一种阅读，也当作一种欣赏。朱熹夫子提倡"格物致知"，形形色色的冬树当是值得一"格"的。我却更愿意散淡地看去，且看且思，或看而不思，任由冬树从眼帘经过。由是那心中的块垒于不知觉时消解，由是拥塞的大脑渐化为疏朗辽阔，辽阔到能包容冬树乃至冬野。

冬日看树，最好去郊野，去荒原。没有种种色色建筑物的拥挤，没有市井的嚣杂，只可见冬树与静穆深沉的大地同在；同样，没了建筑物的遮挡，没了市井的喧闹，更可见冬树一空依傍、无所挂碍的天性。树，本来就是大地的精魄，是天与地、阳光雨露与土壤化育的灵物，其生长死灭自有宇宙间大道理在焉。与树对语，如对长老和智者，要用物语与心声，以默会与颖悟，五蕴皆空，五色迷茫，眼前心中唯一树，无须"格"而能有所感知也。

冬日看树，都市中亦有妙处。街道上缀满小彩灯的花树虽觉俗艳，但那不是树的选择。长安街上也曾出现过一些精心造作的假树，或能带给人短暂的叹赏和愉悦，却失脱了冬树的特征。"假作真时真亦假"，喻人事颇通，移而论树则大不然。假树多出现于冬季，且多出现于闹市，它那与生俱来的媚时媚世之态，注定其入不得冬树的族群。而就在这时，就在这城中的巷尾河畔、古城垣侧或公园一角，仍随处可见三两株或一大片古树，在冬阳冬风中静立着，春秋时不以浓绿簇翠与红墙碧瓦争风，此际也不因脱尽"铅华"自惭形秽。冬日的树内蕴着一种沧桑感，似乎更能够为古都的悠悠历史见证。

冬日看树，又因阴晴晦明、风雨霜雪而得不同情趣。雾中看树一同雾中看花，绰约朦胧增几多诗意；而风吹雨打下的冬树也不免瑟缩呻吟，每一片叶的飞脱，应都是一幅冬日小景。"树木何萧瑟，北风声正悲。"（曹操《苦寒行》）风岂知悲乎？否。诗人听到的悲声是树发出的。至于霜雪，则赋予树一种改妆的美："忽如一夜春风来，千树万树梨花开"，《红楼梦》中"琉璃世界白雪红梅"，吉林雾凇的万树异姿、霜天一色，都可为之作注。忆得儿时住在鲁西南农村，做饭缺柴草，冬季最爱听"咔嚓咯喇"之声，急急飞奔而去，抢在别的孩子之前，将那冰雪压折的树枝拖拽回家，博得母亲一粲。那时的少年情怀，常被贫穷挤迫得非常实际，竟将断枝当作冬树的价值所在。

冬天当不是树木生长的季节，却是其必然的生存过程，是其生命旅途中的一部分。确切地说，是其生命中的困境。人生中不也常会遇到这样的困境么？作家史铁生曾写过一篇有关人生困境的文章，读后印象深刻，他本人也正因为与生活困厄的搏斗取得了成就，赢得了尊敬。然"冬日烈烈，飘风发发"，年年岁岁轮转不息，与树所面临的苦境相比，人们似乎要幸运多了。冬天看树，我常慨叹其在苦寒中的袒露与从容，慨叹其在逆境中的骨气与劲节。鲁迅说："真的勇士，敢于直面惨淡的人生。"其也正是冬树的品格。

或也正由于此，冬日看树，我偏不看那些绿色的树。绿不是冬天的主流色彩——至少在北方不是，此时的绿树也不再拥有生机，不再拥有神趣，而显得黯淡颓唐。所谓"岁寒而知松柏之后凋也"，仔细察看，又可见那未凋的松柏已然是灰绿和惨绿。绿到这份上，其执着固然可敬，然又何妨让它脱去，待明春再萌发呢？

2002年5月15日
于慧心斋

敦煌的刀郎

去年秋月的一天,我们一行人由兰州往敦煌,航班延误,到达时已然晚上10点多钟。敦煌研究院办公室主任老罗显然等候已久,微笑的脸上带着逐不去的疲惫——天知道他从夏到秋要接待多少来访者。我们有些歉疚:为民航班机的这次晚点和常常晚点,也为我们的这次来访和那么多的来访。

怎么办呢?正如班机延误已成为老大难问题,"敦煌情结"也早已衍演为文人痼疾。如我已是第三次来敦煌了,可一踏上这块土地,深心处仍涌出莫名的悸动与感奋。

这里是敦煌啊!

驱车离开机场,夜风从大戈壁吹来,凉凉的,令人惬意,再远一些便是黑沉沉的三危山。老罗说,本来是要安排我们住在研究院招待所的,条件不太好,又有一个北京来的学术考察团在,就定在市区的飞天宾馆。说话间到了,侯黎明、娄婕夫妇赶到宾馆来会面。他们都在敦煌研究院美术所工作，又是事业有成的画家。娄婕曾因"中国文化年"的《敦煌艺术展》与我一起去过法国的蓝色海岸，一路上听她讲了许多敦煌前辈和同事的故事——朴素、动人的敦煌细事，这也是吸引我再次前来的原因之一。他们次日一大早就要开车送孩子去兰州读书（研究院的许多子女在兰州读书），让我好不感动。主人相邀去宵夜，我们坚决地予以谢绝，与老罗排了一下次日的行程，便催促他们回去休息。

可我却了无困意，同来的旅伴亦如此，于是就一起来到街上。汉唐时的敦煌郡是什么样已不得而知了，若非一间间专卖壁画仿作和工艺品的店铺，刻下的敦煌则与一般内陆城市没有太多两样。我们走进不远处灯火通明的文化夜市，寻了几张竹椅坐下，模样俊俏的老板娘利落地端来几色酒菜，一杯冰啤下肚，唇天齿地，魏耶晋耶，真有那么一点儿洗涤俗念、物我两忘。

夜已然深了。

我略略有些醉意，复觉并非酒，而是一种淳烈的文化氛围、一种自内向外的情感涌流使然。恰此时，耳畔传来一阵乐音，苍凉旷远，缠绵低回，又有那么多内蕴的热情——

> 2002年的第一场雪，
> 比以往时候来得更晚一些……

我听不真切后面的歌词，却分明能感受到其旋律的优美和情感的挚切，与远山的夜岚、敦煌的秋韵，也与远行人的意绪相契合。觅着歌声望去，这才注意到偌大的夜市里有几位斜挎吉他的男孩女孩，各拉着一个小小音箱，游动在餐位间请大家点歌。同事李彩云说这是近年来红遍域内的一支歌，说唱歌的那个男孩也很像原唱者刀郎。但见他短小精悍的身材，随着旋律略有些摇晃，唱得恭顺，唱得投入，唱得娴熟且自信。

遥听得一曲终了，我们招手示意，模样像刀郎的歌手过来，脸上带着甜甜的笑，真是个阳光男孩。同伴们忙着点歌和砍价，议定十元钱两首，另外赠送一首。"刀郎"便一首首唱起来，年长者喜欢怀旧情调，青年人偏爱时尚谣辞，有的点了王洛宾的歌，还有的点了苏联时期的《莫斯科郊外的晚上》——偏说是与此时此地的意境相通。"刀郎"还真有点能耐，"文武昆乱不挡"，将每首歌都唱得像模像样。我又点了那支《2002年的第一场雪》，第二遍倾听，以前所未有的专注来听，记住的虽还是前两句歌词，但心已经深深被感动，觉得这是他唱得最好的歌，觉得歌中的乌鲁木齐好像近在咫尺，而那2002年的雪花儿也好似正在我们头顶和周遭洒落。

夜气氤氲，秋意温润，大家都有些迷醉，有些忘情。彩云自告奋勇地唱起了歌，眼睛亮晶晶的，学法文的她唱的好像是一首欧洲民歌，轻快中夹缠着伤感。这时候的"刀郎"又成了听众中的一个，文静地在一边站立着，脸上流显出真诚的赞许和钦羡。已记不真是在何时回到的宾馆，但我记得回去时我们特特坐了三轮车，在几条主要街道上兜了一圈，为的是要看夜敦煌，看那敦煌的星星，北京没有那样亮的星星。

次日到莫高窟，这里是中华文化和艺术的宝库，更是现当代几代杰出艺术家的精神家园。常书鸿、段文杰、樊锦诗，每一任院长都有一个感人肺腑的故事，都把身家性命一股脑儿给了敦煌。我还知道，更多的敦煌人各有着自己的故事，他们的经历也是一部大书。研究院刚刚举办过一个大型研讨会，罗主任陪我们参观院史展，一边讲着几代敦煌人的故事，好多是与通行说法不太一样的版本，却让我们更觉得可信。在四十年代研究所的小院，张大千居住过的土屋前有一株梨树，果实累累，我问是否大千先生手植，告说是后来住的人所栽。而就在这次纪念性学术活动期间，张大千是否破坏敦煌文物又被旧话重提，主宾都有些不愉快。有关敦煌的话题，从那位集功罪于一身的王道士开始，件件桩桩，实在是太复杂、太沉重了。

前两次来莫高窟，都是东出敦煌，沿公路直南而行，经石窟北区、研究院办公区，到达宕泉河左侧的展区。这次我希望到窟顶看看，也见识一下旧时由敦煌县城来莫高窟的路。罗主任要了一部大切诺基，从南端蜿蜒向上，见平展展一片沙漠，有一座残塔和几堆瓦砾。罗主任说现在已经在莫高窟的上面了，当年人们从敦煌来进香，这座塔便是路标，而那条老路，已然被流沙湮没了。不远处葱郁郁一片，则是敦煌研究院建造的防沙林带，愣是在茫茫沙海中拓垦出一条绿洲，遮阻住随风涌来的沙流。如果说在这茫茫沙海中，莫高窟的残留和藏经洞的发现都有几分侥幸，则先辈艺术家和工匠的开凿雕绘，后人充满敬畏虔恪的守护，实在是皆出于呕心沥血的经营。

这天的夜晚我们又到了那个夜市,昨夜的那位老板娘似乎有所期待,热络地招呼我们过去,刚刚落座,一个胖乎乎的圆脸姑娘就过来卖唱。听女孩说自己是安徽人,大家便请她唱黄梅戏,几曲下来,还真是有板有眼。当天夜市的人不太多,散淡地望去,见靠里边一侧的暗影里,模糊便似昨夜的"刀郎",有些落寞地闲站着,眼睛也往这边瞟呢。我扬了扬手臂,"刀郎"急急凑过来,人也顿觉精神了许多。但此时的我们并不想听歌,请他坐下来,他羞涩地表示不妥,这使我蓦地想起《红楼梦》里自称站惯了的贾瑞,不觉有些心痛,遂坚邀他就座,这才勉强落座。从聊天中我们知道了这个大男孩十九岁,家在安徽省南部的一个村子(他说了家乡的县名,有点儿生疏,我给忘了),考入一个艺术学校学戏曲,而夜市中的这几位男孩女孩,都是他们一个班或同一年级的同学……

"冬天你们也在这儿吗?"

"在广州,夏天才来这里。"

"住在哪儿?"

"大家一起租了个房子,满好的,可以做饭。"散乱地聊了一会儿,他忽然像想起了什么,站起来说:"我还是给各位老师唱个歌吧。"

"刀郎"又唱了起来,我则失去了听的兴致,杂念如麻,在脑海里乱转:我想起敦煌壁画节度使张议朝出巡图仪仗中的乐伎,想起宋元两朝携家带口、冲州撞府的戏班子,想起川端康成笔下的《伊豆的舞女》,甚至想起吉卜赛人的大篷车……曾在中国戏曲学院教过书的我充满怜惜地逐一打量这几个男孩女孩,有点儿像看着自己的学生——毕业后难以就业的学生。不知候鸟般随季节迁徙的他们,是由南方直接乘车抵达,还是一个城市接一个城市地辗转唱到这里?我想了想,终是没有问。

古代将那些行走江湖的家庭戏班称作"路歧人","路歧歧路两悠悠,不到天涯未肯休"。敦煌是天涯么?我眼前的这些男孩女孩是当代的路歧人么?幸福常常是与选择相连的。南戏《错立身》中自愿加入草台班的显宦子弟是幸福的,刻下的"刀郎"投入且有滋有味地唱着,整个人儿显得自由舒展,应也是幸福的。

在敦煌的剩余两天,因忙于参观和应酬,我们没有再去那个夜市。

后来的日子里——在北京或他处,我又把《2002年的第一场雪》听了许多遍,多数是被动或被迫地听(因为那一阵子无论车站、机场、公园,似乎到处都在播放这支歌),直到最后听出了矫情和感觉到俗厌,仍是只记住开头两句的歌词;我也听了刀郎的其他歌曲,包括他演绎翻唱的那些与新疆有关或无关的老歌,都不太喜欢,至少是再没了那个夜晚的对心灵的撞击。终于我明白了,真正打动自己的是午夜的敦煌,是夜敦煌的意境,还有"敦煌的刀郎",那个一脸阳光的安徽男孩,和他那些一道闯西域的同学。

夏天又到了,敦煌老罗和他的同事们又该忙于接待了。彩云已在今年初去我国驻加拿大使馆文化处任一秘,偶尔在电邮上还会提一两句敦煌之行。几天前，台湾师范大学的陈芳教授电告，文化部门今年的海峡两岸文化联谊活动题名"丝绸之路"，要去甘肃，去敦煌，问我会不会参加。我说自己可能去不成了，但建议她抽空去看看敦煌的夜市，听听敦煌的刀郎……

"敦煌的刀郎？"陈芳教授的话音中有些迷惘。

于是我讲了那个漂泊异乡的小小流浪歌手的故事，但今年的他和他的伙伴，还会在那里吗？

2006年夏月
于方庄小舍

光启随笔书目

（按出版时间排序）

《学术的重和轻》　　　　　　　　李剑鸣 著

《社会的恶与善》　　　　　　　　彭小瑜 著

《一只革命的手》　　　　　　　　孙周兴 著

《徜徉在史学与文学之间》　　　　张广智 著

《藤影荷声好读书》　　　　　　　彭　刚 著

《生命是一种充满强度的运动》　　汪民安 著

《凌波微语》　　　　　　　　　　陈建华 著

《希腊与罗马——过去与现在》　　晏绍祥 著

《面目可憎——赵世瑜学术评论选》　赵世瑜 著

《中国的近代：大国的历史转身》　罗志田 著

《随缘求索录》　　　　　　　　　张绪山 著

《诗性之笔与理性之文》　　　　　詹　丹 著

《文学的异与同》　　　　　　　　张　治 著

《难问西东集》　　　　　　　　　徐国琦 著

《西神的黄昏》　　　　　　　　　江晓原 著

《思随心动》　　　　　　　　　　严耀中 著

《浮生·建筑》　　　　　　　　　阮　昕 著

《观念的视界》　　　　　　　　　李宏图 著

光启随笔书目

《有思想的历史》　　　　　　　　王立新　著
《沙发考古随笔》　　　　　　　　陈　淳　著
《抵达晚清》　　　　　　　　　　夏晓虹　著
《文思与品鉴：外国文学笔札》　　虞建华　著
《立雪散记》　　　　　　　　　　虞云国　著
《留下集》　　　　　　　　　　　韩水法　著
《踏墟寻城》　　　　　　　　　　许　宏　著
《从东南到西南——人文区位学随笔》　王铭铭　著
《考古寻路》　　　　　　　　　　霍　巍　著
《玄思窗外风景》　　　　　　　　丁　帆　著
《法海拾贝》　　　　　　　　　　季卫东　著
《中国百年变革的思想视角》　　　萧功秦　著
《游走在边际》　　　　　　　　　孙　歌　著
《古代世界的迷踪》　　　　　　　黄　洋　著
《稽古与随时》　　　　　　　　　瞿林东　著
《历史的延续与变迁》　　　　　　向　荣　著
《将军不敢骑白马》　　　　　　　卜　键　著
《依稀前尘事》　　　　　　　　　陈思和　著
《秋津岛闲话》　　　　　　　　　李长声　著